"一带一路"国家当代文学精品译库

主 编 郑体武

中亚与高加索系列

总 统 的 猫

პრეზიდენტის კატა

〔格鲁吉亚〕古拉姆·奥季沙里亚／著

杨 可　周兴武　黄天德／译

上海外语教育出版社

外教社 SHANGHAI FOREIGN LANGUAGE EDUCATION PRESS

www.sflep.com

图书在版编目(CIP)数据

总统的猫 /（格鲁）古拉姆·奥季沙里亚著；杨可等翻译.
— 上海：上海外语教育出版社，2019
（"一带一路"国家当代文学精品译库）
ISBN 978 - 7 - 5446 - 5864 - 5

Ⅰ.①总… Ⅱ.①古… ②杨… Ⅲ.①长篇小说—格鲁吉亚—现代 Ⅳ.①I367.45

中国版本图书馆 CIP 数据核字(2019)第 097620 号

出版发行：**上海外语教育出版社**
（上海外国语大学内）　邮编：200083
电　　话：021-65425300（总机）
电子邮箱：bookinfo@sflep.com.cn
网　　址：http://www.sflep.com
责任编辑：　陈妍宏

印　　刷：上海中华商务联合印刷有限公司
开　　本：890×1240　1/32　印张 10.125　字数 248千字
版　　次：2019 年 9 月第 1 版　　2019 年 9 月第 1 次印刷
印　　数：2 100 册

书　　号：ISBN 978-7-5446-5864-5 / I
定　　价：40.00 元

总序

  自习近平主席 2013 年访问哈萨克斯坦和印度尼西亚时提出共同建设"丝绸之路经济带"与"21 世纪海上丝绸之路"（简称"一带一路"）以来，这一倡议日益得到国际社会的广泛理解和支持，也得到了越来越多国家的积极响应。到目前为止，中国已经与 100 多个国家和国际组织签署了共建合作文件，各个领域都取得了重大进展和积极成果，极大地促进了我国和相关国家之间的政治、经济、文化的交流与合作。

  "一带一路"的建设，势必会促进国家之间的人文交流与合作，同时，国家之间的政治经济交流与合作也需要人文交流作基础和后盾。也就是说，在"一带一路"的建设中，人文交流举足轻重，不可或缺。常言道，国之交在于民相亲，民相亲在于心相通。文学是心灵的窗口，是民族性格、文化传统乃至国家精神的生动写照，一个民族和一个国家的历史经验和现实关切，总是会在相当程度上，以艺术的方式，通过重大事件的书写和日常生活的描绘，具体而微地在文学作品中得到反映。因此，要了解一个人、一个民族、一个国家的精神世界，走进其心灵，最好的途径莫过于文学。必须承认，同经贸合作的突飞猛进相比，我们与"一带一路"沿线国家的人文交往还明显落后，而对其中许多国家的文学，我们更是要么所知甚少，要么一无所知。这个空白亟待弥补。

  正是本着"民相亲，心相通"的宗旨，同时也是为我国外国文学知识体系中的盲点和薄弱环节提供新知，我们策划、组织翻译出版了这套

《"一带一路"国家当代文学精品译库》。

本《译库》根据语言文化和地缘因素,将"一带一路"沿线国家分成若干区域,并以此区域为基础,形成相应的若干系列,如"中亚与高加索系列""斯拉夫东欧系列""中东阿拉伯系列""中欧与北欧系列""东南亚与南亚系列"等。关于入选作品,原则上每个国家限选一部,要求是近二十年出版的新作,题材上反映当代生活,体裁上以小说尤其是长篇小说为主,艺术上有较高水准,在该国有一定的代表性。

由于"一带一路"沿线涉及的国家和区域众多,语言和文化具有多样性和复杂性,而我们对其中大多数国家的文学缺乏了解,再加上作品甄选、版权谈判乃至译者物色颇费周折,使得本《译库》在组织翻译出版过程中遇到的困难远超预想,缺点和遗憾也在所难免,诚望业内专家和广大读者提出批评和建议,以便我们在后续工作中不断改进。

本《译库》得到上海外国语大学重大课题立项和上海外语教育出版社重点图书出版支持,在此一并致以诚挚谢意。

郑体武

2019 年 7 月 22 日

序

在古代文学和传统之国格鲁吉亚,近十年来涌现出了很多很有意义的小说,但是,可以肯定地说,其中没有一部小说像古拉姆·奥季沙里亚的《总统的猫》那样,受到读者如此的欢迎和喜爱。

说到读者,我并不仅仅指格鲁吉亚的读者,我的意思是了解古拉姆·奥季沙里亚作品的那二十个国家的所有读者。

那么,这部小说受到如此广泛认可的秘密究竟是什么呢?

或许,是因为古拉姆·奥季沙里亚是位被赋予绝佳天赋的创作者这一事实;或许,是因为作家本人是阿布哈兹难民,所以小说主题对他而言既非常之亲近而又无限之痛苦;又或许,是因为他所有的作品都充满了善良、同情及爱之光辉。他从各个方面,到处找寻人的心灵之光,同时,他坚信格鲁吉亚的智慧:"爱能修复并重建那些被仇恨和战争毁灭的一切。"

身为散文家、诗人、剧作家、编剧、翻译——古拉姆·奥季沙里亚是数十项国家奖、文学奖和国际奖项的获得者。另外,他还担任世界全球联盟的和平大使。他的作品被译成多种文字。作为冲突学家、谈判专家、调解专家,他的身影经常出现在全球各热点地区。

《总统的猫》的主人公是真实存在的。他就是曾经担任(格鲁吉亚)阿布哈兹州委第一书记的米哈伊尔·捷穆罗维奇·布加日巴。他父亲是阿布哈兹人,而母亲是格鲁吉亚人。他正直诚实,令人无可挑剔地走完了自己的人生旅程。他和其他人的不同之处在于,他有很强的幽默感和一颗善良的心。

很多趣事都与米哈伊尔·捷穆罗维奇相关。认识他的人回忆起他时就像回忆一位真正的和平卫士和仁爱之士。

米哈伊尔·捷穆罗维奇在格鲁吉亚—阿布哈兹冲突时期去世。

不论是格鲁吉亚人,还是阿布哈兹人,都带着深深的敬意回忆他。

我必须指出的一个事实是,小说《总统的猫》被译为了阿布哈兹语——这是双方冲突后的首例,也就是说,这是格阿战争之后阿布哈兹翻译的第一本格鲁吉亚的书!

古拉姆·奥季沙里亚这部小说的首发仪式还曾在他的家乡苏呼米(阿布哈兹)举行。这部小说证明,人文作品有能力调解那些曾经在战争后被隔离的民族。德国文学家称这本书为格鲁吉亚和阿布哈兹之间文学的桥梁。这本书,充满了善良之意,让人感受到他人之痛苦,所以在那些冲突地区备受欢迎。

我曾听说,最好的乐器是用一种树木做的,这种树木生长在难以攀登的悬崖绝壁,并且长期与最可怕的暴风雪作斗争。用这种树木制作的乐器,能发出绝妙的声音。命运考验了古拉姆·奥季沙里亚,他也经受了可怕的暴风雪——战争,那场在兄弟之间燃起的战争。考虑到难民这一因素……希望没有人会感到奇怪,他把自己的痛转化到字里行间,并将它们馈赠给所有拥有善良意志的人们。

格鲁吉亚作协主席

马克瓦拉·戈纳什维利

აიპ საქართველოს მწერალთა
შემოქმედებითი კავშირი

CREATIVE UNION OF GEORGIAN WRITERS

საქართველო, თბილისი, მჭერალთა სასახლე, იე. მაჭაბლის №13
13 Iv. Machabeli st. The Writer's Palace, Tbilisi, Georgia
ტელ. Tel. 230 78 23, 599 98 50 57
mako_gona@mail.ru

103/01
№----------

,,------,,--------- 2017 წ.

25   09

Предисловие

В Грузии, которая является страной древней литературы и традиции, за последние десятилетие были написаны много значительных романов, но смело можно сказать, что не один из них не достиг такой популярности и любви читателей, как роман Гурама Одишария «Кот президента».

Говоря о читателей, я не имею в виду только грузинских читателей – я подразумеваю читателей тех двадцатых стран, где знают произведений Гурама Одишария.

И все же, в чем тайна такого большого признания?

Может тот факт, что Гурам Одишария, как творец награжден божественным талантом. Может то, что он беженец из Абхазии и тема романа для него очень близка и болезненная. А может то, что его все произведений наполнены светом доброты, сочувствия и любви. Он везде и во всем ищет свет человеческой души и верен грузинской мудрости: «То, что разрушает ненависть и война, восстанавливает и строит любовь».

Прозаик, поэт, драматург, сценарист, переводчик – Гурам Одишария является лауреатом более десяти государственных, литературных и международных премии. Он также Посол Мира Всемирной Глобальной Федерации. Его произведений переведены на многие языки Мира. Его, как конфликтолого, переговорщика, миротворца часто можно видеть в разных горячих точках Мира.

Главный герой романа «Кот президента» реально существовал. Он работал первым секретарем Абхазской (Грузия) Коммунистической партии Михаил Темурович Бгажба. Он со стороны отца был абхазом, а со стороны матери – грузином. Он прошел свой жизненный путь честно, безукоризненно. Он от других отличался с большим юмором и добротой.

С ним связано много интересных истории. Все, которые знали его, вспоминают его как истинного мирозащитника и человеколюбца.

Михаил Темурович умер во время грузино-абхазского конфликта.

Его с большим уважением вспоминают как грузины, так и абхазы.

Обязательно хочу отметить тот факт, что роман «Кот президента» переведен на абхазский язык, что после конфликта является первым случаем (т.е. после войны абхазы перевели первую грузинскую книгу!).

Презентация романа Гурама Одишария состоялась и в его родном городе Сухуми (Абхазия). Роман Гурама Одишария доказал, что гуманные произведений способны примирить тех народов, которые были разобщены после войны. Немецкие литераторы книги назвали литературным мостом между грузин и абхазом. Эта книга, пропитана добротой, чувством восприятием чужой боли, особенно популярна в конфликтных зонах.

Я когда то слышала, что самого хорошего музыкального инструмента делают из того дерева, который растет в недоступном скале и борется с самыми страшными бурями. Инструмент изготовленный из такого дерева, издает самые божественные звуки. Судьба испытала Гурама Одишария – он тоже перенес страшные бури – войну, которая разожглась между братьями, учесть беженца... и пусть никто не удивляется, что он свою боль превратил в строчки и подарил их всем людям доброй воли.

Маквала Гонашвили
Председатель Союза Писателей Грузии

目录

总统的猫

杨 可 　周兴武 　译

1

南洋杉开花的季节到了。

或者说——五月到了。

与巴西南洋杉同时开始绽放的有番荔枝和苦柑橘,还有鹅掌楸。

还有,芜菁花——也开了。虽然,芜菁花蕾有时开得稍晚一些。

但是那个五月极其古怪……尽管,有可能它和过往所有的五月完全一样,不过应该告诉各位的是,人们通常不会在自己的内心中将去年五月的记忆保留至今年的五月。

不过,我们先不谈芜菁花。想想看,连肥皂树和山梅花都开花了,尽管按规律,不论是前者还是后者都应该在六月甚至七月才开始开花。

但是,不管怎样……是的,那年苏呼米植物园的的确确遇上了一个不平凡的、肆意的五月。

魔术师般的五月。

通常全年都开花的香雪球和宇宙花,不知何故,偏偏也在这个五月像发了疯似的,尽情绽放,令游客如痴如醉。

当时的情景就是这样。

总之,那个五月再度完美呈现了昔日五月的一切美好。

而他……而他静静地坐着,一言不发,一直盯着已经凋谢的诺诺佩莉斯花,鲜红鲜红的,宛如一串串小气球,抑或是电视屏幕上放大的一堆堆珠宝。

植物园里已是接近中午时分,但还能听到夜里睡了个好觉的清新晨风吹起树叶时小心翼翼的沙沙声。

当然还有——叽叽喳喳的鸟叫声。

"有多少人不知道诺诺佩莉斯的存在啊，"他黯然神伤，"不知道，这多糟糕啊……不知道，这又多好啊。"

那天诺诺佩莉斯的香味尤其浓郁。

"浓浓的香味……这意味着马上就要下阵雨了。"他不慌不忙地继续思考。

他穿着白大褂。其他所有的人也穿着白大褂。他在参加学术委员会的会议。连同被邀请的嘉宾一起，他们一共二十二个人。

作报告的是茶叶与亚热带植物研究所的高级研究员。该报告人来自"柠檬小组"，这一次讲的是耐寒的柠檬品种。这是一位典型的学者：戴着眼镜，谢顶，淡定自若——总之，是庄重和受人尊敬的化身，忠实的丈夫，顾家的好男人，模范公民和爱国主义者。

报告已经持续了半小时。他还要讲半小时。

米哈伊尔·米哈伊尔·捷穆罗维奇（瞅着诺诺佩莉斯花的那位）特别希望那天的会议在露天举行。在成排棕榈树冠交织形成的林荫道上，胡桃树荫下已经摆好了一张长长的桌子。

他喜欢植物园那绿色的丝丝凉意，沐浴着阳光，弥漫着来自蓝色海洋和绿色庭院的微风，风儿飘散在每一个角落。

他抿了一口茶，品着茶的香味。

其实他更喜欢不放糖的茶，但是那天他给自己洒了半勺糖。

那是古巴糖。蔗糖。白色的，雪白雪白的。也许因为是来自古巴的糖，所以他才给自己洒了些。此事有因。

他边喝茶，边聆听着花园的声音和报告。

当耐寒"柠檬小组"的那位成员结束报告时，顿觉四周静悄悄的，只能听到花园的声音。

一两分钟过去了。

所有人都看着他。那么,他这个领导究竟会说什么呢?

于是,他说:

"一切都很好,尊敬的……但我要在此指出,在您阐述自己的科学论断之时,就在那棵树上,瞧,就是那棵树左边的树枝上,那只画眉三次飞到鸟巢里……三次都成功了……所以有时它们的羽毛飞落到了我们头上,我只是顺便说一下,尊敬的各位同行……"

和风像吹散奇异植物的种子一样将他的话吹遍了整个植物园。

顿时,仿佛不仅在植物园,还有在高空中的某个地方,爆发出学术委员会成员和被邀嘉宾们的笑声。

由于坐在核桃树和棕榈树萌下的大部分是女性,所以银铃般的笑声占了上风,激发出男人们的哈哈大笑声,然后又将之淹没。虽然这其中的原因,也许,不仅仅是她们人数上的优势。

在那个五月,他的听力还能好到从她们所有人的笑声当中分辨出那个响亮的笑声。

真的,对他而言,她那响亮笑声的魔力远远胜过其他所有人笑声加起来的能量。

这笑声属于一位有着勇敢目光的女人。

"她的祖先肯定是海盗。"他之前就这么看她。

是啊——是啊,事实就是如此:这位有着巴尔扎克女主年龄般的美人儿温柔却又咄咄逼人,咄咄逼人却又温和淡雅(是啊,还需补充什么呢?其他的自己去想象吧)。

当从开心中平静下来,人们才发现胡桃树的树枝和那只站在树枝上羽毛凌乱的画眉鸟。它小女友们的身影不见了,但谁也不怀疑,它,就是它,也只有它才是刚刚弄得胡桃枝叶连续发出巨响,抖了三抖的那只画眉鸟。不知何故,刚才仅除一人以外,谁也没发现这一点。

总之,说完这些话之后所有的人才听到花园里的声音,仿如有人突然打开了儿时的旧收音机一般。

胡桃树略带讽刺地把叶子弄得沙沙直响。

那天,城里未给任何一滴悲伤的眼泪留下任何一处地方,任何一个瞬间。

是的,这正是植物园里南洋杉开花的时节。

而很多人,简直就是大多数人,不论是对诺诺佩莉斯花,还是对约翰·费兹杰拉尔德·肯尼迪的猫都还一无所知……不过当时他本人对这只猫也压根儿毫不知情,因为那时只有这只猫的远祖们(祖母和曾祖母)发出了哀怨的吱吱声,用它们粉红的小舌头触及着节日般繁星闪耀的苏呼米天空之谜。

当然还有——他不久后单独出版并取名为《画眉—— 一种会唱歌的鸟》的学术著作当时尚未完成。

当然还有……

最主要的是:离阿布哈兹的战争还那么遥远——却又触手可及:短短几十年,区区几秒钟……

总统的猫

在二十世纪八十年代,斯大林死后三十年,在第二次世界大战中以其两千万公民,也就是全世界六分之一人口的生命为代价战胜了法西斯的苏联,突然爆发了人们期待已久的动荡。

其巨大的钢架已经不可能以任何用心加工的特殊螺丝来加固,尽管装饰着它们的五角形符号的是质量的标志。

无论是华丽的阅兵……

无论是海誓山盟的信仰承诺……

无论是克格勃的幕后操纵……

都徒劳无益。

因为人们行动起来了……在新巴比伦地基上点燃了一把火……

事实就是如此。

关于这件事,以及其他类似的事情在不太久远的过去已经谈论过不少。很多事情在将来还会被谈论。

总之,一个新奇的、"不同的"时代在共产主义故乡扔下了一片叶子,这个时代铆足了劲地发展,积蓄了力量,等待猛烈地绽放。

被一位迷失的天才称作"我们这个时代之荣誉和良心"的共产党任命和罢免了各社会主义加盟共和国的领导,以及社会主义自治共和国的领导。

当然,阿布哈兹也不例外。从斯大林被安葬在克里姆林宫围墙脚下那一天起,直到苏联解体,阿布哈兹更换过不止一位第一书记,而且,每一位第一书记都在阿布哈兹的生活中留下了自己的印迹。

然而,他们当中有一位非常特别,那就是米哈伊尔·布加日巴,米哈伊尔·捷穆罗维奇。

布加日巴的政治生涯是在赫鲁晓夫执政时期,因此,它部分地是由时代精神所决定的。但是,如果说其他领导无论如何都会一丝不苟地遵守党的纪律,想方设法哪怕是贴近与当时领袖形象相符合的形象,那么,布加日巴甚至都不曾尝试过这样做:他按自己的、很多人根本不懂的法则生活。

像赫鲁晓夫一样,强硬的斯大林时期特有的诸多品质束缚了他的天性,他也没有完全从中解放出来;但与此同时,似乎得益于某种难以解释的自然规律,他建立起属于自己的领导者形象——带有鲜明异域辛辣味的形象。在这件事情上,时间本身也与他一起,同样很配合地,顺利和谐地行动。唯有出色的具有特殊天分的人方能促成这种合作关系。

确实,有时,就像是一种缘分,某一特别的时间段与预先指定的人相遇在了一起。二十世纪下半叶的阿布哈兹与布加日巴,米哈伊尔·布加日巴,米哈伊尔·捷穆罗维奇就是这样一种缘分。

米哈伊尔·捷穆罗维奇——人们那时总是这样称呼他。至今,那些认识他本人,并且还活在世上的少数几个人,或者那些在另一个世界的熟人比这个世界的熟人更多的人回忆起他时也只用这个名字——他自己的名字和他父亲的名字合在一起(米哈伊尔捷穆罗维奇)。

通常,在阿布哈兹各领导机关,就像在苏联所有的官僚空间一样,习惯了俄语的"-维奇"[1]这种称呼。十九到二十岁的孩子们在共青团机构相互之间用名字和父称相称:达维德·尼基福罗维奇、弗拉基米尔·杜尔米什哈诺维奇、戈奥尔基·弗拉基米罗维奇……一群孩子,胸前佩戴着列宁头像的徽章,一起学习用名字和父称,用"-维奇"彬彬有礼地称呼对方,一起学习如何正确打领带,刮胡子……还有——模仿经验丰富的党务工作者,培养如何神气十足、一本正经地说出令人印象深刻的祝酒词的能力。这叫做"成长"。当然,如今回想起来脸上不禁露出悲伤而讽刺的微笑。所有这些以及其他很多东西是爬上"高大而

1　译者注:俄罗斯男人的父称由其父亲的名字+"维奇"构成。

温暖"的位子所必需的。训练他们就像训练特种部队队员一样,他们必须迅速而毫无"闪失"地将未来押作人质。

在六十年代末的苏联,在共产主义资本主义苏联牧歌的鼎盛时期,被相互排斥的各种追求所撕裂的新一代出现在地平线上,并开始迅速成长。这是集梦想家和实用主义者于一身的一代,同样也是抒情浪漫与享乐的一代……

而与此同时,在阿布哈兹,有一个人的名字听起来却完全不一样,名字、父称和姓氏连起来就是:米哈伊尔·捷穆罗维奇·布加日巴。

按名字加父称,用"-维奇"来称呼;但是,所有的人,不论我从谁那儿听到"米哈伊尔·捷穆罗维奇",人们说出这两个词的时候都带有一种特殊的旋律感,而且不知何故,他们的脸上也都会为之一亮。

对于那些非常熟悉他的人而言,这个"米哈伊尔捷穆罗维奇"听起来总像是一个词,而不仅仅是一个名字。

所以,我在此书中也将试着称他为"米哈伊尔捷穆罗维奇"——作为一个独一无二的、唯一的名字,而且带着从他的亲朋好友那儿听到的,而非格鲁吉亚人所习惯的语调来重复它:巴多诺·米赫伊尔,米赫,米哈或者只是米沙。尽管我也知道"-维奇"在格鲁吉亚语的发音中听起来很刺耳——而且政治洪水已经将之连同共产主义家园一起冲走……尽管如此,我还是要试一试。

我似乎已经做到了。好吧,来听听吧,我的"米哈伊尔捷穆罗维奇"听起来和正式的官方说法"米哈伊尔·捷穆罗维奇"不一样吧?!

当然不一样啦。只是要仔细听——那么就会……

他的朋友遍布全国各地。就连陌生人,他也会说:"这是我的朋友。"

他在阿布哈兹任州委第一书记十多年,后来一直在一些科研机构工作。他是一位遗传学家(不,我这可不是在给他写讣告)。

他跟自己的一位朋友讲到阿尔弗雷德·诺贝尔时说过,诺贝尔似乎是他的血亲(关于这一点我稍后再讲。现在我只想指出一点,那就是他对诺贝尔非常着迷,不过最爱的是他的奖金)。

他与跟他一样不安分的日本亿万富翁樫尾忠雄签订过一些绝对令人咋舌的合同(关于这件事——稍后再叙)。

在皮聪大他寻找过亚里士多德的墓地……(关于这一点我们也下次再聊吧)

诸如此类,如此等等……

他以加速的步伐和加速的人生超越了二十世纪原本就已加速的节奏。

他是宇宙人,可不是舒舒服服过日子的类型。还有,他还属于很多其他类型……

加加林的"出发!"和阿姆斯特朗在月球上迈出的第一步,都是与全人类一起:与美国人或俄国人,与尼日利亚人或小亚细亚居民一起迈出的第一步……加上和平演变或革命一起——所有这一切也都属于他。

也许,首先是属于他的,因为当忘记了人性现象的时代在其他星系寻找人的时候,他却在地球上找到了人,并且温和地对待他(不,这不是赞美他的祝酒词)。

顺便说一句,他既认识加加林本人,也认识阿姆斯特朗本人;还与两位在兄弟般的气氛中用牛角杯喝过葡萄酒。

所以(也是顺带说一句),在对于满世界找工作的我的同胞而言,美国签证比美国所有新旧诗歌的意义重要得多的今天,我不禁想起我的青春岁月,我和朋友们四处寻找几乎被禁止的美国诗人所写的(也不仅仅是美国诗人的)诗歌,着了迷似的阅读那些诗歌。

美国——它给我们送来遥远的信号！给我那一代人送来信号：通过它的越南战争，通过 1945 年原子弹轰炸后变得更像美国的，而非日本的广岛和长崎，以及通过加勒比海危机，通过它的音乐、汉堡包、肯尼迪总统……送来信号。

当驶入我们港口仅仅几个小时，有时还舷窗紧闭的外国船舶到来时，我们在苏呼米港口以从外国水手手中购得牛仔裤、口香糖、"芝加哥"乐队的唱片、"猫王"埃尔维斯·普雷斯利的唱片、星条旗、"大胡子"海明威笔下的拳击手和猎人们、威士忌、"可口可乐"、"美国之声"的方式找到了我们的美国……

我们置共产主义宣传于不顾，仍然期待着美国。

美国在共产主义阿布哈兹最先采取的措施之一就是开办"百事可乐"康采恩企业。康采恩建在阿布哈兹的古尔里普希区。苏呼米市想向美国人展示其热情好客，希望产品是在它的主持下，以它的名义生产的。我记得，当时古尔里普希区的居民对苏呼米居民有多么愤怒：他们称，这是厚颜无耻的不公（不是一般的"不公"，而是"厚颜无耻的不公"）。

米哈伊尔·捷穆罗维奇于是说：

"'百事可乐'是属于古尔里普希人的，就像建在那儿的精神病院一样。如果'百事'是我们的，那精神病院也应登记在苏呼米名下。"

苏呼米人这才安静下来。就这样美国的"百事"才仍旧是古尔里普希的。

他后来还补充说：

"顺带说一句，'百事'是美国的口味。"

美国味道就这样进入了阿布哈兹。

米哈伊尔·捷穆罗维奇本人去过几次美国。

有一次，刚刚从美国回来的他伤心地对我们说：

"伙计们,美国啊,就是高度发达的苏联,仅此而已。"

接着又更加忧伤地补充了一句:

"不要期待美国……我在那儿对关于它的事一点都没弄明白,甚至它位于哪里也没弄明白……所以,我亲爱的朋友们,我似乎觉得美国有时确实是在美洲……"

那一刻我记得非常清楚,简直跟影像一样。我们——学生和他,这个同我父亲年龄相仿的男人,坐在桌子旁。他手上端着一个红酒杯,斟有伊莎贝拉葡萄酒。伊莎贝拉酒是在他家乡的小村子——阿布哈兹奥恰姆奇拉区的古普村采集葡萄并酿制的。

是的,米哈伊尔·捷穆罗维奇出生在古普,但尽管如此,他还是苏呼米人,从头到脚都是。正如他自己所言,在这座城市,完成了一部最伟大的宗教奇迹剧,或如他所补充的,他灵魂的苏呼米化过程。

所以关于他,他苏呼米化了的灵魂,近几年苏呼米的阿布哈兹人、格鲁吉亚人、亚美尼亚人、希腊人、俄罗斯人、乌克兰人、爱沙尼亚人、德国人……在几千次不同的场合讲述过……还要继续讲吗?……

在苏呼米、第比利斯、莫斯科、伊斯坦布尔、索契、圣彼得堡,在纳尔奇克,在雅典……人们都给我讲述过,我就不往下罗列了。

我的一位受访者说:"每个人都有他自己与上帝的联系,每个人在《圣经》里领悟自己的圣经。但是如果你不了解米哈伊尔·捷穆罗维奇,那就太糟糕了。因为,假若你很了解他,那你也就会懂得他的圣经。"

于是,我开始寻找他的圣经。

于是,我明白了,倘若我不理解他的古兰经,他的佛教,他关于克里希那的颂歌,他本人的圣诗……我就无法领悟他的圣经。

另一位受访者这样对我说:"你不停地在那儿写些什么,但是为什么对米哈伊尔·捷穆罗维奇只字不提呢?怎么,难道你不是苏呼米人吗?! 所有的人都应该知道他。总之,我真搞不懂这是怎么回事。我们给世界提供这么多美好的东西:萨齐维[1]、阿吉卡蒜酱[2]、哈恰普里[3]、埃拉尔吉[4]、恰恰酒[5]、白葡萄酒和红葡萄酒,可全世界对此却一无所知。全世界对米哈伊尔·捷穆罗维奇,对库库尔-茶,对维阿诺尔·潘德若维奇,对'阿姆拉'咖啡馆,对'布列哈洛夫卡'老年休闲中心一无所知……对我们一无所知。总之,我不明白到底发生了什么——那你呢,难道你不是苏呼米人吗? 这你不觉得奇怪吗? 因为毕竟你知道他是怎样的人——米哈伊尔·捷穆罗维奇……他曾经……"

接着他陷入沉思,沉思着,不再言语。

他,米哈伊尔·捷穆罗维奇,曾经是怎样的一个人呢?

数十人,数百人在交谈中同我一起回忆他。

当进行到大概第一百三十个谈话时,我已经完全确信,随着时间的推移,米哈伊尔·捷穆罗维奇已经成为苏呼米民间创作的主人公,成为苏呼米神话中的主要人物……就是现在,每当我闭上眼睛,我都能看到

---

1 译者注:萨齐维是格鲁吉亚一道传统菜肴,有多种烹饪方式。这道菜重点是上面的酱汁,通过特制核桃酱打碎后用香菜、蒜以及当地特色的什锦香草按一定比例混合而成。

2 译者注:阿吉卡是格鲁吉亚和阿布哈兹的一种辣酱,其在阿布哈兹语中的原意是盐。阿吉卡的主要原料是红辣椒,但也加入莳萝等香料,还包括盐、蒜、香菜籽粉、蛋黄酱。

3 译者注:哈恰普里是最有代表性的格鲁吉亚美食之一,是在发酵之后的面包上加入乳酪和鸡蛋等食材然后烘烤而成,某种意义上像是没有馅料的比萨。作为格鲁吉亚的主食,融入了格鲁吉亚人的生活,早饭、正餐、快餐、坐火车,吃的都可以是几块甚至一整个儿的哈恰普里。

4 译者注:埃拉尔吉是格鲁吉亚的一种玉米粥名,供早餐用,格鲁吉亚西部地区更爱食用,主要原料是玉米面、干酪,其中干酪占将近一半的比例,可以用水或牛奶煮。

5 译者注:恰恰酒是一种格鲁吉亚酒,传统的恰恰酒被归类为葡萄白兰地,酒精纯度达40%到75%,高过伏特加。因为是用葡萄酒酿造后的残渣酿制,又被称为果渣酒或渣酿白兰地。恰恰酒是葡萄酒酿造过程产生的一种副产品,是一种未经雕琢的蒸馏酒。恰恰酒除了用葡萄酿制外,还可以用其他水果,比如樱桃、苹果、橘子、柠檬、橙子、柿子、无花果和桑葚等,甚至还可以加入花香。

他：或是在某家咖啡馆里，或是在某家餐厅里，又或是坐在小吃店里，在一群好友之间……他身后是停满了白色船只的苏呼米港口海面……夏季，阳光明媚的日子，似乎应该非常炎热，但这里却很凉爽，因为风儿从黑海吹过来……

于是我决定写一本关于米哈伊尔·捷穆罗维奇的书——《约翰·费兹杰拉尔德·肯尼迪总统的猫》(《总统的猫》)。不过您可别以为这本书真的就是讲肯尼迪总统和他的猫……

那么我就开始写书了，而您呢，我希望，您能读它。

也许，您对某个近乎童话的故事有所耳闻，然而，实际上确有其事。一个被放逐到异国他乡的民族用这样的方式保存了自己的文字：每家受命烤他们民族文字字母形状的面包。他们就是吃这种"字母"面包过日，孩子们吃着这种面包长大，对孩子们而言，世界始于他们本民族的言语，始于他们母语的字母。他们用这种"字母"面包埋葬逝者和庆祝婚礼。这个民族的人无论高兴还是悲伤时都会聚在一起，而且每个家庭都带来烤成某个字母形状的面包。这样一来，他们的文字和家乡的葡萄酒就总会出现在餐桌上……

一种名为"米哈伊尔捷穆罗维奇"的文字(字母或密码)在世界各地传播(主要是在苏呼米人当中)。一些人只认得其中的一个字母，另一些人认得两个或三个，无人能认全整个字母表。

而这本书——是回忆、研究和重现这种文字的一种尝试。

于是我坐下来写这本书，自己也变成了写作的一部分。我按照我所记忆的去写，写我与许许多多人所谈到的，或者按照这许许多多的人所记得的去写：关于他，关于他的奇遇和冒险，关于他的朋友们，关于他的城市。其实，对于我们，对于人们而言，所发生的一切都像我们所记得的那样，而非它们实际发生的那样。

所以恳请各位只读那些写在这本书里的话，而不是书里没写出来的话。

要知道也存在这样一种阅读方式：你读的是没写出来的东西。没写出来，但暗示了。有时是作者暗示，有时是读者暗示。有时二者一起，像是串通好合谋似的。

在这本书中，除了里面写出来的，不隐含任何东西。

我按照人们给我讲述的那样去写每一章。人们的讲述各不相同，每个人都有自己的方式。要知道我们的主人公本人也喜欢多种多样的风格。例如，有时他说祝酒词的时候就像是在祈祷，就像是"主祷文"，有时——又用苏呼米俚语。一切都取决于大家的心情——他和他朋友们的心情。

我未在任何地方列举我的作者、共同作者的名或姓，就算是因为那会使这本书过于冗长吧。可是我希望此书仿如大海的气息、小鸟的歌声般宜人，仿如欢乐的盛宴、香槟的耳语和米哈伊尔·捷穆罗维奇讲述的趣闻般轻松，仿如夏日的沙滩般五光十色，绚丽斑斓，仿如美人的笑声般令人热血沸腾。

我不知道，我写出来的会是什么样：是一本像女人一样的书，还是像祝酒词一样的书，又或是祈祷文一样的书，或者只不过是一本回忆录。都有那么一点点，或这样……或那样……拭目以待吧……

重要的是我们不要失去往日岁月的光芒。

小说的文字别被铅坠拉得太深！

我们要躲过所有的暗礁！

我们不要搁浅！

愿我们总有顺风相助！

起航吧，上帝啊，让我们的航船一路乘风破浪，勇往直前。

我现在就已经感觉到，有些情节显然会很短，怎么说呢，就是非常之短——像日本诗歌一样：不知是叫俳句，还是俳谐，短歌，还是短曲。

忘记那儿是怎么称呼它们的啦，再说也没空去翻字典了。这些诗歌有多少行：四行还是六行？连这我也不记得了……或许，是三行？……

但即便是再小的章节，也有其存在的权利。就像他自己常说的那样：后生啊，这也是必需的！

如果它没能成为一本像样的书，那我们就像智者所罗门那样来解决吧：你们应该会原谅我不出书，而我也将宽恕你们同样的罪过。

因为这本书——是我们的，是我们大家的。诚然，书的命运在很大程度上不仅取决于它写得如何，同样重要的是，还取决于怎么去读它。

我们——是共同的作者。

所以我们一起对它负责。

书——是我们相遇的地方。

而我们——是交谈的双方。

有时我们要像乘火车旅行时偶然相遇的人那样交谈，互相讲述生活中——自己生活中和别人生活中各种不同的情形。火车真是个好东西！车轮发出咣当咣当的响声，窗框外一排排村庄，一座座城市交相替换，日夜交替，而我们面前还有漫漫长路。列车员给我们端来茶水和饼干。我们边喝边聊，一直聊呀聊的。我们自己则看着窗外铁轨附近的房屋，观察着形形色色的人。我们能看见他们，但他们看不见我们。他们只能看到火车。所以我们似乎因为他们看不到我们，我们却往他们房子窗户里看而略感尴尬。可是有什么办法呢，火车就这样子！

有时我们就像坐在汽车上交谈一样。城市代替了乡村，乡村替代了城市，日夜交替。前方是漫漫长路。我们看得见街道上过路的人，而他们也能看见我们，看得见我们和我们的车。汽车真是个好东西！我们没有尴尬的感觉：我们看得见人们，而人们也看得见我们。汽车就是这样——是民主与平等的奇迹。

有时我们就像在远洋客轮上偶然相遇一样交谈起来，然后相互跟对方说些什么。乘船航行多好啊！我们一直航行,航行,但又似乎原地不动,仿佛进入到了另一个时间,我们那艘巨大的轮船多好啊！四周全是海。没有城市,没有乡村,没有房屋,没有人群……船——是一种神秘的交通工具,它仿佛是按外星人设计的图纸建造的。似乎有它——又似乎没有它。只有在港口或港口附近才能看到船只。

在海洋中,船——就是"飞行的荷兰人"。每一艘船——都是一个"飞行的荷兰人"。船是不可知的,就如同过世的人或尚未出生的人:你看不到它(就像我刚刚说的,我指它没有停靠在港口时),但是你知道它在某个方格中,比方说,在 B-177 方格中——永恒与无穷之地……于是你能感觉到它的亲近……而且只要你愿意,你就总能感觉到。

有时我们交谈起来,像是在飞机上见……

作为一个开头,一个几乎什么也没说的开头……

这已经足够了!

好吧——讲正事!现在就讲正事!一个个重要的相遇等着我们呢!

我们开始吧:

七!

六!

五!

四!

三!

二!

一!

出发!!!

(看来,这一声呼喊来得还是不如它原本应有的那么精神抖擞和勇敢无畏,那么充满自信,不像我们第一次送往宇宙的使者发出的喊声那样。所以我觉得,在那一刻他也克服了种种疑虑,所以——前进吧!)

2

尼基塔·赫鲁晓夫接替了约瑟夫·斯大林。

地球上共产主义部分的这位新领袖很快就对全世界的帝国主义扔下一纸战书,宣布在苏联全面建设共产主义。而全面建设,而且是建设共产主义,需要一百双眼睛来监督和一百对耳朵来达到同样的目的——因为人在哪儿都还是人,在苏联也一样。

作为真正的时代之子,赫鲁晓夫代表的不仅仅是他个人,在一定程度上他又是斯大林,所以始终要考虑到每时每刻的严格要求。首先他建立了一个全苏机构"苏联党和国家监察委员会",旨在定期检查公民和国家。在该机构中整合了一帮可靠的同志,他们经克格勃多次审查过,就像是用花岗石雕刻而成的,"出身干净"。

于是,在一个美好的日子里,一个由上述同志们组成的小组完全出人意料地从莫斯科飞抵苏呼米,然后从巴布沙拉机场直奔州委。

当这一行三十人涌进米哈伊尔·捷穆罗维奇的办公室,相互打了个招呼后,他马上邀请这群不速之客去用餐。所得到的是冷冰冰的,简直就是令人心寒透顶的拒绝:"我们在飞机上已经吃过午餐了,我们没时间,我们要全面检查自治共和国,我们时间有限,总共只有一个月。"

听到这个信息后米哈伊尔·捷穆罗维奇非常诚恳地问他们的头头,他问根纳季·米哈伊洛维奇过得怎样。

那些人草草回应了几句:"费古林同志情况很好,但我们没时间谈这些,我们要检查自治共和国,我们只有一个月的时间来做这件事。"

米哈伊尔·捷穆罗维奇沉思了片刻。不速之客迫使他必须迅速做出决定。

"是啊,不过……这变成了什么呢,"他脸上那副好客的主人应有的亲切、温和的表情被无边的诧异所替代,"我跟尼基塔·谢尔盖耶维奇[1]可是说好了的……赫鲁晓夫同志和我,我们可是商量好了的,今年不检查我们这儿,他亲自跟我说的……也许,他忘了把这个谈话内容告诉费古林同志了。哎呀,尼基塔·谢尔盖耶维奇,尼基塔·谢尔盖耶维奇!……他事情太多,所以可能会忘记一些事情,这也确实没什么可奇怪的。现在还有谁记得德国呢!这不,又是这个美国折腾死人了……不过我们还猜测啥呢,现在就赶紧给尼基塔·谢尔盖耶维奇打个电话吧。"

他脸上再次露出亲切而温和的表情。

米哈伊尔·捷穆罗维奇沙发椅旁有张小桌子,比他的书桌稍矮一点,上面一共放了十二台电话。其中有一台红色的电话,像枞树玩具一样闪闪发亮,这台电话拨号盘中间银色金属表面的克里姆林宫图案闪闪发光。主人对这台红色电话毕恭毕敬自不在说。

这台红色电话与其他电话的区别还在于它没连在任何地方,它的电线末端消失在桌子深处的某个地方,但谁也看不到在哪儿……米哈伊尔·捷穆罗维奇拿起的就是这台电话的话筒……于是就……"打了

1　译者注:指赫鲁晓夫,其全名为尼基塔·谢尔盖耶维奇·赫鲁晓夫。尼基塔为名,谢尔盖耶维奇为父称,赫鲁晓夫为姓。

电话"。

他等了一两分钟,等着电话那头的人接电话。这几分钟客人们似乎也屏住呼吸,睁大着眼睛坐在那儿。紧闭的窗户外听得到枸杞树和枞树树枝上鸟儿的歌唱声,仿佛它们就在这里,在房间里,坐在那台红色电话机上歌唱。

终于,赫鲁晓夫"拿起了"听筒——也许也是这样一台红色电话的听筒。

亲自直接拿起了听筒,他本人,亲自。

米哈伊尔·捷穆罗维奇的脸上绽放出几乎比那台电话还炫亮的光彩:

"您好,尼基塔·谢尔盖耶维奇……"

"……"

"那您,您亲自?……我希望,好的……"

"……"

"没什么,没什么……尼娜·彼得罗夫娜还好吗?"

"……"

"哦哦,想我们啦?……是啊,是啊,尽快去。尽快。"

"……"

"还有我,还有我也去。"

"……"

"哦哦……"

"……"

"尽……"

"……"

"是的,尽……"

"……"

"那您何,何时光临？……"

"……"

"我为您备了上好的葡萄酒……那简直是人间极品……"

"……"

"人间极品,不仅有葡萄酒,还有……"

"……"

"当然,古达乌塔的,毕竟那儿的葡萄酒……"

"……"

"您太让我高兴了,尼基塔·谢尔盖耶维奇,我简直,不好……"

"……"

"是……"

"……"

"是,当然,尼基塔·谢尔盖……"

"……"

"没关系,没关系……"

"……"

"是是,他们在这儿……"

"……"

"一群非常可爱的同志……中央监察委员会的。您真是太细心了,尼基塔·谢尔盖耶维奇……我和您说过关于费古林同志的……对,对,关于根纳季·马克西莫维奇……我还请您……对……"

"……"

"什么什么？"

"……"

"是是……"

"……"

"是是……"

米哈伊尔·捷穆罗维奇办公室里死一般的寂静——赫鲁晓夫"讲了"已经差不多三分钟了。

"我就这么转达,尼基塔·谢尔盖耶维奇……"

"……"

"是……"

"……"

"所以,去阿扎尔……"

"……"

"所以让他们去检查阿扎利亚?[1]……查阿扎尔?"

"……"

"是,是……"

"……"

"我就这么转达……"

"……"

"就是说今天就让他们去。去阿扎……"

"……"

"今天就去阿扎利亚?……"

"……"

"尼基塔·谢尔盖耶维奇……哪怕把他们交给我一天也好啊……怎么说是客人啊……再说我这儿有那么好的葡萄酒……多不好意思呢,哪怕就一天,行不行,尼基塔·谢尔盖耶维奇……"

"……"

办公室再次笼罩着一种漫长而毕恭毕敬的寂静——尼基塔·谢尔

---

1 译者注:指阿扎尔自治共和国,亦译阿扎利亚。格鲁吉亚的行政区,在外高加索的西南部,西濒黑海,南邻土耳其。

盖耶维奇又讲了两分钟。这时只听到鸟鸣声,是的,就像鸟儿不是在窗外,而是又在这里,坐在这些电话机上叽喳直叫。

"我亲爱的……"

"……"

"非常棒的人……"

"……"

"是我的荣幸……"

"……"

"尼基塔·谢尔盖耶维奇,请代问家里人好,问尼娜·彼得罗夫娜,谢廖沙好……"

"……"

"谢谢,谢谢……"

"……"

"谢谢……再会,再会。"

"……"

"我也给您一个拥抱……"

红色电话筒又回到了红色电话机上。

米哈伊尔·捷穆罗维奇慢慢地向客人转过身去。他脸上的表情就像堂·吉诃德一样凝重而悲伤。他平静地说:

"尊敬的各位,你们也都听到了,"——说话时他手指向上指了指,"就是说,你们得去阿扎利亚检查……跟大家见面我非常高兴……很遗憾……不过以后再来我们这儿吧……但是现在我可不能轻易放你们走,我们备好了美味的葡萄酒,黑葡萄酒招待特殊的客人。卡尔达赫瓦拉村的黑葡萄酒非常有名,它不像其他的一些黑葡萄酒口味那么烈,你可以一直喝呀喝……总之,它就像巧克力……再说,毕竟,归根到底,我们都是同行……"

作为州委第一书记，米哈伊尔·捷穆罗维奇同时也是阿布哈兹监察委员会主席。

同行们若有所思地站了起来。他们中的一位，看样子是领导，口齿不清地说：

"我们已经吃过了——在飞机上，我们没时间了，我们得全面检查阿扎利亚自治共和国，我们时间不多，只有一个月的时间……"

当监察委员会的监察员们走出去之后，米哈伊尔·捷穆罗维奇转过身对还站在那儿的州委秘书彼得·克拉辛斯基说：

"唉，彼得·彼得罗维奇，彼得·彼得罗维奇，你看见了没，这生活中的事情有时多有意思啊……"

尽管那一年阿扎利亚遭遇了不同寻常的大雪，但它不是作为暴雪之年留存在阿扎利亚人的记忆中，而是作为"苏联党和国家监察委员会检查小组到访的一年"被人们记住，就是那个像晴天霹雳一样突袭阿扎利亚，然后又打道回府的检查小组。

3

是他的一本小册子告诉了我这件事情。

出版小册子的是当地名叫"阿布哈兹农庄庄员图书馆"的出版社。

这是本科普读物。

里面讲的是关于水牛的事儿。

只不过讲的不是高深的科学所研究的水牛，而是只有他一个人见到过和了解过的水牛。但不管怎样，这还是一本学术读本……是他的歌，他的诗篇，是他对比亚当还古老的事物的赞美诗。

那本小册子上附有编辑部写的序，短短几分钟内它就将我带到了半个世纪前。

我们来听听吧：

"苏联共产党和苏联政府提出这样的任务：要在未来几年内大幅度增加农产品和畜产品产量，以完全满足居民对食品和轻工业产品日益增长的需求。阿布哈兹苏维埃社会主义自治共和国的集体农庄庄员们，拖拉机机械站的所有工作人员以及国营农场的员工们，在苏共二十大各项决议的鼓舞下，为了实现农业部门的迅猛发展，进而提前完成第六个五年计划，开创了新的储备。

"阿布哈兹苏维埃社会主义自治共和国畜牧业中最落后的领域之一就是水牛业。同时，在阿布哈兹，水牛是一种非常有价值，并且在许多场合都无法替代的动物，因此要特别注意与该品种发展前景有关的一些问题。"

但是，关于他的水牛的故事一点也不像这篇序言，就好比他本人根本不像他那个年代或任何某个具体年代的人一样。他的水牛，就像他一样，游走于三种时间之中：过去、现在和将来——并且还曾在某个未知的，不受理性控制的维度中徘徊过。

故事一开始就告诉我们，没有人知道是哪一个民族最先驯养水牛的，尽管大家都知道，在古巴比伦时期的石头上就刻有水牛像。另外，在美索不达米亚的其他地方也找到了它的图像。

也许，人类是在大约 5 500 或 5 600 年前开始驯养水牛的（通常，他使用数字是为了获得更大效果,他根本就是在用数字变戏法)。

一些潜心研究过水牛角结构和水牛头盖骨骼的科学家认为,水牛的故乡在印度。另一些科学家则在多年研究牛蹄的基础上得出水牛起源于美索不达米亚的结论。

尽管,它的故乡也有可能是至今还栖息着大量野生水牛——倭水牛的西里伯斯岛。

或者,也许,它家乡就是民都洛岛,菲律宾群岛中的一个岛屿(民都洛水牛,"民都洛的"水牛)。

一般而言,水牛属可分为非洲水牛和亚洲水牛两大亚属。非洲的短角红水牛很出名。而在乍得河周围一带遇到的则大多是黑水牛。

在印度、缅甸、锡兰也有很多野生水牛。亚洲水牛如同亚洲的夜晚:平静、优雅、缓慢。

尽管非洲水牛也很优雅。

在中国,早在公元前人们就驯服了红斑水牛。

在日本,大部分是短角水牛。与这些水牛差别甚大的是南欧的水牛。与后者不同的唯有高加索水牛。

而从高加索水牛中脱颖而出的要数阿布哈兹水牛。

阿布哈兹水牛异常敏感。有一种传说,如果往它身上扔桃核,它可能会死。没人知道小小的桃核和庞大的水牛之间存在何种致命的联系,也没有人见过因挨桃核而死的水牛。

我们的水牛——多产而强大,套在特制的牛车上它可以搬运两吨重的货物。

(尽管如此,还是请不要向水牛扔桃核。)

它腿很粗,肌肉结实,蹄子宽厚,张得很开。它爬坡很从容,下坡也不急不慢,像经验丰富的老将。

它为人类服务可达二十到二十二年。

母水牛一年可提供 1 000—1 400 升奶——比奶牛几乎多一倍。它的奶非常油腻。哪怕只尝过一次用水牛奶制成的酸奶，就永远也不会忘记它的味道。

没有比享受被它"灌醉"更令人惬意的事情了。

水牛的奶——是治疗喉咙痛的一剂良药，民间还在其他伤风感冒的情况下使用它。

至于水牛肉嘛……那我们来看看关于这一点他本人是怎么写的："用烟熏水牛肉在烤架上制作出来的肉串是举世公认的美味佳肴。"

而佐以阿吉卡蒜酱的水牛肉——味道非同寻常。

我忘了说：水牛酸奶特别浓，浓到你可以用刀子去切（有一次他亲自给我读这本小册子，边读，期间还边口头给我做各种注解）。

水牛皮比公牛皮更耐用一些，其牛角也更结实一些。1956 年阿布哈兹 66.2% 的耕地是由水牛耕种的（既然神化了——那就这样神化好了！）。

但是既然一两个农庄能解决问题——那么到处都应该把水牛农场建起来。毕竟不论是在古普，还是在金德基、阿德丘帕热、库兰乌尔赫瓦、阿羌达拉、阿兹等地都有建农场的极好条件……

水牛非常喜欢沼泽地：躺在沼泽地的绿水中，在肚子上和肚皮底下挠挠痒——尽情地，尽情地享受。接着在沼泽里走啊，走啊——一直走到那些人和其他动物都无法接近的小岛。于是在那儿肥美的草地上以草为生。或者干脆就在沼泽地食草为生：嫩芦苇、蒲草、沼泽草。

与公牛和奶牛不同，水牛啃吃玉米干秸秆啃得干干净净，一直啃到根部。这是一种非常有用，饲养起来非常经济划算的动物。我们应该大力养殖！

如果去抚摸水牛，您可能会觉得这似乎不太合它的心意。但是了解它习性的人都非常清楚,它们特别喜欢人们的抚摸(尤其是抚摸它们的颈部)。

还有,水牛特别爱雨水——因为雨水能滋润沼泽地。

而在阿布哈兹降雨很频繁。

4

我曾经有过一只猫——马尔卡。有一次我看到我的鱼缸里似乎少了几条小鱼儿,小鱼儿不知消失到哪里去了。我猜到这是马尔卡的爪子弄的,可是得抓它现行。

有一次,我大声跺着脚向门口走去,像是要出门似的。我砰的一声关上门,用锁锁上,立马藏到了衣柜旁。接着悄悄地、蹑手蹑脚地靠近客厅。我看见,马尔卡以为我出门了,一只爪子伸进了鱼缸—— 一下就捉了好几条鱼。

米哈伊尔·捷穆罗维奇向我提起那只猫:它有其独特的温柔和狡猾,只有它才像一只温柔的、有爱心的、最棒的猫——具有最棒的狗所具备的一切最佳品质。

5

在布加日巴任第一书记时期,我是古尔里普希区泽别尔达村集体农庄的主席。下面给大家讲一个故事。正值玉米收割季节,全村出动去了地里。我们的任务是掰玉米,给我们排了计划,我们必须得完成。我也一直坐着车在山里田里跑个不停。天气很好,艳阳高照,没有雨水来捣乱。

简言之,有一天在某个生产队里我被灌了不少恰恰酒,所以当我回到办公室时已经醉得很厉害。路上我开着自己的威利斯吉普车,差点没撞到树上。我的司机比我醉得更厉害,所以是我亲自开的车,而他,我的司机,当然在后座呼呼大睡。

办公室房子很旧,我们都被安置在同一间房,而另一间房装满了干草。那时我有一名会计,是个不太吱声的家伙,不是个好东西,一直盯着我的位置,他自夸有文化,有个什么文凭,好像是哪个技校毕业的。所以在那里跳来跳去的,说我没有受过高等教育。总之,一直惦记着我的位置。

那天,我对那位会计说:"我醉得不行了,在干草堆上睡一会儿,不管谁问我,就说我到地里去了,然后我可能要去区里办事。"

"好的,"他说,"当然,我一定这么做。"

我一倒到草堆上就睡着了。当我醒来时,已经天黑了。我起身,走到自己房间。我的会计一个人坐在那儿写着什么,还一边用手指关节敲打着算盘,在那儿计算着什么。"没有人找我吧?"我问。"哦,有人找,布加日巴来过,问你呢。"他这么跟我说,头也没抬……我屏气凝神,问道:"那后来有事吗?""我不能欺骗他……""后来呢?!"我问。"他在那儿呢,在隔壁屋里,我对他说……""再后来呢?!""他走进去看见你在草堆上打呼噜。总之,让你明天早上去州委。而且他说你肯定是喝了恰恰酒,连草堆上都渗透着恰恰酒的气味,'一定是喝得够凶的',他这么说。"

好吧,我死定了,你都对我做了什么啊,该死的……我死劲推他,死劲推,总不能杀了他吧。我只见过布加日巴一面,在宴席上见到的。是什么风把他,这个职位如此之高的大人物吹到我这无人问津的农庄来了呢?! 我最怕区委和区执委的人,从没想过米哈伊尔·布加日巴会亲自光临我们村! 是的,从未想过! 不过,事实上他善于施展这种技巧,仿如从天而降地——突然造访这种小人物。这里的情况让他感兴趣了,瞧瞧,这不。

简言之,第二天早上,我双膝颤颤巍巍地往州委赶,我说,布加日巴召唤我啊。我确信我的事业完蛋了,肯定得把我撤了,不可能有第二种情况:农场主席在收割时节喝得酩酊大醉,大白天的,在大太阳底下,更准确点讲,是在正午时分,在草堆上呼呼大睡。我走了进去,但是任何人在此刻见到我都不敢吭一声。布加日巴对我问这问那。一会儿聊计划,一会儿又聊天气,一会儿还聊起哈什牛肉汤和醉酒。而对昨天的事只字不提。可我一直等着:等他突然冲我发火——或者马上就……可是他装作什么也没发生过似的,完全在讲别的事情。而到了最后,他说:"好了,现在去吧,干活去吧。"

"米哈伊尔·捷穆罗维奇,您没有什么别的要说了?"已经到了门边,我低声问了一句。

"哦,是的,还跟你说个事。你那个会计我不喜欢,他不是个好人,我这么觉得,你给他换到别处去吧,这事你考虑一下吧。"

我箭一般地冲出州委——直接冲回集体农庄。一到农庄，立马就对自己的会计说："我们没法一起工作了，伙计。"

他没表示反对，安静地站起身，然后安静地走了。

6

据说，菲德尔·卡斯特罗没来过苏呼米……怎么没来过呢——来过的。但知道此事的只有几个人，或者说几乎没有人知道。

菲德尔到过皮聪大一事众所周知，但来过苏呼米的事呢？……

事情是这样的。我当时在给布加日巴做警卫，几乎没有人发现我们这些做警卫工作的，我们当时的工作风格就是如此，规矩如此。不像现在，人群中好不容易能找到的官员身后跟着一大群保镖。那是不一样的时代，不一样的，好时代。

赫鲁晓夫把卡斯特罗带到了皮聪大。有一天，他们被邀请去雷赫内村。一切娱乐活动的主持人当然是布加日巴。姆扎瓦纳泽也在那儿。喝的是雷赫内葡萄酒。捷穆罗维奇回敬菲德尔·卡斯特罗时把牛角酒杯递给他。我不记得祝酒词讲的是什么了。卡斯特罗已经喝得很好了，怎么也不肯喝牛角杯中的酒。勉强还站得稳的赫鲁晓夫出面，他说，给我吧，这些古巴人不会喝酒——说着豪情满怀地试图与古达乌塔区第一书记德米特里·赫瓦尔茨基亚干了那一牛角杯的酒。不过赫鲁晓夫没能干完整杯酒，牛角杯里的一半酒都倒到赫瓦尔茨基亚身上了。德米特里·安德烈耶维奇当时穿一身白色蚕丝西装，所以葡萄酒把他的衣服全染成了红色。那样子看起来就像他受伤了，浑身是血……赫鲁晓夫上身穿一件"乌克兰式"衬衫，裤子同样是白色的。他也变得像是血迹斑斑的样子。红酒洒了他俩一身。

赫鲁晓夫的警卫立刻把他带回皮聪大，带回别墅。而赫瓦尔茨基亚则回到家里，姆扎瓦纳泽也离开了，喝完那一牛角杯的酒就离开了。

但卡斯特罗留了下来。

已是凌晨一点。

布加日巴不停地劝卡斯特罗，他说，你还没看苏呼米呢，我们去吧——看看这是个什么样的城市，它很像哈瓦那，我们那儿也有殖民时期的建筑遗迹，一小时全都能看完，因为后天你就要离开了，也许，几年之后你才会来阿布哈兹，我们去吧——你去看看苏呼米是个多么伟大的城市！

他说服了卡斯特罗，也搞定了中央警卫队的人，这可不是件容易的事。

我们偷偷地向苏呼米进发，像游击队似的。我们开了三部车：菲德尔的警卫，捷穆罗维奇的警卫，翻译，米哈伊尔·捷穆罗维奇的几个副手。

两点多一点，我们已经漫步在苏呼米海滨大道上。城市还在酣睡，街道上空无一人。但是我们，警卫们，高度警备，眼观四路，耳听八方。

从港口走到剧院大楼。

"怎么样，苏呼米是座好城市吧？"

"是啊，确实不同寻常。"菲德尔捋着胡子答道。

突然，剧院不远处，在一个带有秃鹫、猛禽格里芬和各种其他怪兽雕塑的喷泉旁，在午夜的一片寂静中响起了蛙鸣声。喷泉关掉了，没有喷泉的声音,所以蛙鸣声都传得老高,直冲天空。我很惊讶:以前从未听到过那儿的蛙鸣声。当然,日常服务工作搞得太糟糕了,否则市中心怎么会有蛙鸣声呢?! 喷泉无人打理。

菲德尔无法掩饰他的惊讶:"难道这真是青蛙——还是我的错觉?!"

显然,布加日巴也未预料到与青蛙的邂逅,但他没慌神:他说这是我们的骄傲,我们神圣的青蛙,它们栖息在我们的各大名胜景点。接着,他讲了很久关于只有在阿布哈兹才能见到的那种稀有的青蛙品种的事:这是我们土生土长的,这种青蛙叫"迎客蛙"。

这位古巴人是青蛙肉美食的大粉丝,他对米哈伊尔·捷穆罗维奇所说的立马信以为真:"你们这种青蛙真是太奇妙了!"

顺便说一句,几年过后,当布加日巴已不再担任第一书记时,他出版了一本关于青蛙的学术著作,一本不是太厚的书。假如我没记错,在这本书里面也顺带提及了这种土生土长的"迎客蛙"。

所以,当人们说菲德尔·卡斯特罗没来过苏呼米时——您别信,菲德尔来过苏呼米,我以我老妈的灵魂发誓,来过的,只是仅有少数几个人知道这件事情。似乎,这些人当中只有我还健在,虽然不知道为什么是菲德尔和我。所以,如果有人问菲德尔,他是否去过苏呼米,我相信,他一定会回答,去过。假如他记不起来,那您问问他剧院前面的青蛙,问问喷泉里的青蛙,问问"迎客蛙"就行了。您看吧,他一定会想起那个夜晚的。

我的一位同事有一只德国牧羊犬。

它已经垂垂老矣。

有一天,这位同事带回来一只小狗,也是德国牧羊犬。

他把小狗安置在院子里一个单独的狗窝里,也把它当做自己家庭的一员。

老牧羊犬对此很生气:"这意味着主人们不再需要我了。"于是它离家出走了。

它成了一条在集市上游荡的狗,那里的人喂它吃的,而它以它自己的方式为集市效力。

不过若是见到之前那个家庭的某位成员的话,它就会去舔他,寸步不离,全程陪着他,一直把他送到家——而且,尽管这时全家人都会冲出来,开始抚摸它,并劝它回来,请它进到院子里去,但它还是会往回走,回到集市。

它觉得,它被伤透了。

它非常爱那个家,也正因为如此深爱,所以才无法原谅那个家对它的伤害。

让我们为那只狗的自尊干杯!

所有人都应该干了这一杯!而且要站着干完!

8

我们坐在堡垒里,被敌人团团围住,我们就等着敌人向我们发起猛烈进攻的那一刻。我们最后一次相互握手并把手中的武器握得更紧……

敌人没有现身。

当我们的面包和水、勇气和耐心已经耗尽,我们走出堡垒,扔下武器,缴械投降。

但实际上,敌人早已远去——他们正在一条清澈干净的河边某处,在一排百年老树的树荫下坐着,庆贺着。他们庆贺着,说着祝酒词——也为我们干杯。

我们颤抖着,然后哭了起来……哭着,又颤抖起来,就是没有感谢上帝。

9

"第一天下海游泳应该持续两到三分钟,而接下来的几天可以逐渐增加到十分钟,甚至十五分钟。可以一天游一次,只有身体特别结实的人,才可允许自己一天游两次,但要有三到四个小时的间隔。"

（《医生建议》,1937 年）

10

我在古尔里普希区报社工作过。有一天我发表了一则关于在阿布哈兹山上抓到一只鹰的短篇报道。我写道,它的翅膀有两米八长。州报纸转发了我的报道,只是到了州报纸报道时,鹰的翅膀被说成了三米八。两周过后,第比利斯的一家报纸报道说:在阿布哈兹抓到了一只鹰,其翅膀长达四米八。

维阿诺尔·帕丘利阿将这则报道转发到莫斯科的《环游世界》杂志。报道被刊登出来。只不过这一次,也已经是最后一次,鹰的翅膀"达到"了七米。

根据《环游世界》杂志上提供的线索,一些外国专家纷纷飞到苏呼米,请求展示这个奇迹,世界第一巨鹰。

接待外国专家的是维阿诺尔·潘德若维奇和米哈伊尔·捷穆罗维奇。

"很遗憾,这只鹰从我们这儿飞走了。"米哈伊尔·捷穆罗维奇一脸郁闷地对他们说。

同样深感痛心的维阿诺尔·潘德若维奇证实了他的话。

接着潘德若维奇对外国人说：

"不过我们有关于'雪人'的可靠数据。'雪人'曾经栖息在里察湖周边，那里的某个地方埋葬着'雪人'。"

专家们和维阿诺尔·潘德若维奇一起，花了一个月的时间寻找"雪人"的墓地，但毫无结果。

11

"太有才啦！"米哈伊尔·捷穆罗维奇哈哈大笑起来，"假如他是故意这么做的，那他简直就是个天才。"

这讲的是一位鲜为人知的诗人，当这位诗人在苏呼米话剧院一位大名鼎鼎的作家周年纪念晚会上读完欢迎辞后他如是说。诗人精神抖擞、步伐矫健地走到麦克风前，从口袋里掏出一张折了几折的小纸条，将它打开，声音洪亮，充满艺术激情地念了起来：

"两只小猪，四只火鸡，十只母鸡……"

所有人，包括当天的主角，顿时目瞪口呆……

接着整个大厅爆发出阵阵大笑声！

原来是这么回事，那位诗人除了致欢迎辞还被委托组织一场节日宴会，由于白天奔波而疲劳，他把写有欢迎辞的小纸条和菜单搞混了。

12

我那已经老去而又青春永驻,充满智慧和文明的欧洲啊!你对我的萨齐维和阿吉卡蒜酱,对我的矿泉水和葡萄酒,对埃拉尔吉和哈恰普里均一无所知。你对我们的祝酒词和我们的"节日盛宴科学院"也一无所知。

我经常看到你,几乎每天都看到,而你……仿佛透过茶色玻璃:我看得见你,而你——怎么也看不见我。

你哪怕问那么一次:我在这里还好吗?为何欢乐为何愁,请告诉我,我究竟错在哪儿,又对在哪儿……

13

一只小流浪狗寄居在我们的公共院子里。这是一只黑色的狗,所以我们叫它贝利。它很温顺,总是在某个大人或小孩周围转来转去,而且使劲儿想舔他的手。

有一次它被一辆小轿车给撞了。

它死的时候就像个小孩子似的,浑身发抖,呼吸越来越急促。

这时,米哈伊尔·捷穆罗维奇不知从哪里突然出现。他俯下身,双膝跪地,对着小狗,抚摸着它的头,一边抚摸,一边对它说着什么。贝利在他怀里死去了。

米哈伊尔·捷穆罗维奇起身,一言未发,留下我们就走了。

当我来到米哈伊尔·捷穆罗维奇的葬礼现场时,我发现他穿的是一双非常破旧的鞋子。我的心痛得缩成一团。还在那时,就是贝利死的那一天,他脚上穿的就是这同一双鞋。

14

我们邀请著名记者库兹涅佐夫去"梅尔赫乌利"饭店。在饭店入口处,当他看到一个个半埋在地里的硕大的葡萄酒细颈罐后,转身对米哈伊尔·捷穆罗维奇说:

"我怎么觉得,一年前我来这儿时这些罐子没这么大。"

"长大了,"米哈伊尔·捷穆罗维奇立刻回应道,"因为这是泥做的。所以如果把它们保存在土里,就会长大一点点。"

"怎么会这样呢?!"库兹涅佐夫感到很诧异。

"是啊,就是这样长的呀,"餐馆老板也附和米哈伊尔·捷穆罗维奇道,"明年再来吧,您就能看到了。"

15

他在自己的《阿布哈兹会唱歌的鸟》一书中写道：阿布哈兹八哥能唱出十八种不同的旋律。在其他地方同样的八哥只能唱出五到七种旋律。

在同一本书中，他把某种鹦鹉的特点赋予了阿布哈兹八哥。

这一信息在观鸟者中引起了巨大的轰动。他们往阿布哈兹发了大量信件，一些人甚至飞到苏呼米。

但他辩解说："我书中的不足是约瑟夫·卡帕纳泽的错：他校对时没好好看。"

总统的猫

他打开一个窗户，两扇窗叶都打开了，第二个窗户也一样。办公室里散发着冬日海边温暖的凉意。

那是 1962 年 1 月，更精确点儿——是 1 月 13 号。那时他就已经与 13 这个数字结下了交情，之前这个数字太困扰他了。

一天前,城市留给他的印象完全是另一个样子——安宁而满足。但 13 号一大早就出了太阳——因此皑皑白雪变得更加闪亮。蓝天因白雪而变得更加蔚蓝,白雪则闪耀得更加刺眼,就连太阳光线都异乎寻常,仿如玫瑰色美容粉一般——同样是因大海、白雪和太阳本身的作用所致。

顺带说一句,蓝蓝的天空充满了绿色和玫瑰色,使得海滨城市看上去像美丽的女人。不仅像美女,简直就像所有的女人。特别是在这种基调和其他一些色彩上增添些刚刚落下的雪的颜色时,尤其如此。

我不止是喜欢——我是热爱被白雪覆盖的海滨城市。在那儿,在这些城市,一些最短暂的瞬间彼此交融,整个世界都变小了,变得那么温柔,陶醉于人声鼎沸的孤独之中的人们看起来真是奇怪无比……

实际上,在这本书中,如果有标示为"总统的猫"的章节里某处提到代词"我"的话,那么,这个"我"就是我本人,作者。其他所有地方(也就是带编号的章节中)的"我"——完全是其他人,各种各样的人。我只是记录了他们生活中的故事(仅仅是记录!),但有关总统的猫的故事我要亲自讲述(亲自讲述!),所以,对我而言,写别人身上发生的事容易些,而写总统的猫的事——很困难,这不足为奇。

这已经是第几个年头了,我还在备受煎熬。我曾经屡次欲放弃这些关于总统的猫的章节,但是,近年来驻扎在我内心里的某个人一直不让我安宁,每每距离黎明还有很长的时间就早早唤醒我,命令我:写啊!快写,快写啊!……我已经严重怀疑:这个某人是不是他呢?是他吗?!但是,您知道吗,不知何故,对此我也不是完全确信……

总之,时间定格在 1962 年 1 月 13 日清晨。旧历新年前夜。

在我东拉西扯的当儿,他已经打开了办公室的第三个窗户。房间里只有他一个人,所以他挥了挥手,以示跟如同海豚背一样闪闪发光的大海打个招呼,然后将视线转向海滨公园绿树丛中一片毛茸茸的白色。

在他面前的是一座无上幸福的城市，而且主要因为这个原因，也同时既是世界上最大又是最小的城市。永远朝气蓬勃，永远因思考而宁静。我似乎觉得，一座城市，只有当你不慌不忙地从它那儿去任何地方的时候，它才是你的城市。你带着某种温柔的慵懒，带着无法改变的家园的感觉，在城市里生活，在城市里漫步。由于在地球上的其他地方缺少这些感觉，人的眼睛和心灵才可以辨认出自己故乡的城市。

城市——这是无数陌生人走马观花的地方，特别是在夏天。而度假小镇首当其冲，即便是在冬天它也到处充满着精灵般调皮的眼神——各种各样截然不同的、静静流淌的、闪闪发光的……唯一不同的是：夏日的目光——悠闲而期待，而冬日的——则更加平静和淡定，似乎如此。

他确实没看见，但他知道，在远处，快艇停靠的码头附近，一群老人已经在咖啡店的小桌上摆好棋盘，放好了象棋棋子，并且，恐怕已经在下着棋了。他甚至能想象他们的样子：这座城市里如圣经中的老者一般善于思索的人，说话声因为下雪而显得低沉，他想不知不觉地加入其中，和他们在一起。真的忍不住想去。但是，他必须待在办公室——因为毕竟是阿布哈兹的头号人物。况且马上就要开会了。在头号人物这儿，也就是在他这儿召开会议。一个非常重要的会议。

还在那个早晨，就像近来经常发生的一样，他琢磨着不可能事物之可能性，琢磨着那些按照一切规律和法则不可能发生，但又还是可能会发生的事情，这些事情在发生、形成、实现、执行……比如不可能进行时间旅行，但是明天也许突然成为可能——瞬间回到过去，回到好几百年前……就在不久前对于人类而言飞向天空、在月球漫步皆不可能，但这些终究都已经成为了可能……

他看了看办公室墙上的世界地图，扫了一眼他熟悉的河流、国家，检查了一下一座座城市是否在自己的位置上。一条条河流的名称沿着其河道,顺其长度一直蜿蜒下去,而一座座山峰则由于空间有限只有编号。"做河流好啊,"他微笑着说了一句,"再说,我根本不想做城市。如果你是河流,人们用完整的名字来称呼你,而你只管在大地上伸展,自由地流淌,静静地想象着远方的彼岸,自在地旅行。"

就在他再次将目光转向海岸和城市的那一刹那,他发现了一只无名小鸟,停在窗台上,一只绿黄绿黄的小小鸟儿,他又看了看。他想起来了:这就是那种哪怕再增加一克体重都飞不起来的小鸟。他还没来得及想这件事儿,小鸟儿已经消失了。

他脑海里突然闪现出莫列夫的诗句,永远处于半醉状态的科斯佳·莫列夫。这位莫列夫是从某个滨海小城来到苏呼米的。他,可以说,所有俄罗斯(而且不仅仅是俄罗斯的)诗歌都知道得清清楚楚。他在海滨散步,念得最多的就是普希金的流氓诗。海滨的常客们笑着往科斯佳的口袋里塞点儿钱,让他去喝葡萄酒和伏特加。但是,其实在这座城市人们更喜欢他本人的诗。而他呢,由于人们那么喜欢他本人的创作,所以经常闪电般地"奉上"所有新创作的诗歌。比如,当尼基塔·赫鲁晓夫宣布"我们一定要在牛奶和肉产量上赶超美利坚合众国"时,第二天早上科斯佳就在快艇码头倚着柱廊扯着嗓子朗诵起来:

"我们的牛奶产量已经赶上了美国,

"而肉产量没来得及赶上——公牛的老二……折了。"

在刚刚提到的第二天早上的第二天早上,在一则从克格勃转给米哈伊尔·捷穆罗维奇的每日特别公告上,科斯佳的这首"诗"也出现在办公桌上。米哈伊尔·捷穆罗维奇笑了好长时间,他像海滨的所有人一样,已经将这首诗记得滚瓜烂熟。就在那天晚上,他对克格勃的头头说:"对莫列夫别太当真了,他是个疯子,假如他不是疯子,他会搞出这种事吗,难道您不知道,他因为一段不幸的爱情坏了脑子,所以在黑海一带的城市里游荡……"克格勃的头头确实不了解这段历史,所以感到很奇怪,米哈伊尔·捷穆罗维奇从哪儿知道那么多的事情,甚至对可怜的科斯佳也生出几分同情。

我当时还是个小孩子,但至今对科斯佳·莫列夫和他在苏呼米海滨组织起来的诗歌烟花会记忆犹新。

就在这天早上,工作人员给米哈伊尔·捷穆罗维奇送来内务部的日常公报。准确点讲,公报已经在他的桌子上等着他。昨天夜里,海滨大道有一名十八岁的青年被人用刀刺死。他的尸体在别斯列特卡河口不远处靠近蓝色图书馆的桉树下被人发现。

公报上讲,这个年轻人被杀时,正好下着雪。下着雪——在这个时候被杀?!下着雪——就把人给杀了?!几个人卑鄙地用刀子重重地捅死了他(也可能是某一个人杀的),捅了好几刀:往胸部、腹部、腿上……

那些桉树从办公室清晰可见。但看不到图书馆。此刻,被白雪覆盖的巨大的桉树更像是一片大气球。

接着他打了个电话给内务部长:"为什么你们写的是某人被杀?被杀的人是谁?他姓什么?"部长回答:"我们尽快向您汇报,其身份尚未查明。"

他在房间里来来回回走了好几趟。一般在出发去某个很远的地方旅行之前,人们会这样来回走动,在房间里走,而实际上——他们已经在路上了,离家很远,很远。

他给一个朋友打了个电话,就是昨天一起应邀到一户人家做客的那位。在此的前一天他喝了太多的白兰地。早上被某种呼吸声惊醒。他顿时吓得双眼紧闭:一只德国牧羊犬在他头的上方,它在闻他的手,用它湿润的鼻子触碰他的手,然后舔了舔他的脸。他壮着胆子睁开眼。房间里从哪儿冒出来的牧羊犬,他不知道,不记得啦。这些天他一人独自在家。接着他好不容易捕捉到一个思绪,他很喜欢狗,而德国牧羊犬是他的最爱。狗懂了他的意思,所以舔得更卖力了。

他起身,从冰箱里取出香肠。牧羊犬闻了闻,但没去碰香肠。他夸它是个很有环保意识的动物。

朋友告诉他:"狗是房子的主人昨天送给你的,难道你真的不记得了?"可他说:"我应该还给他,我们没法在一起住,它不吃香肠……"

会后他示意市长德米特里·赫瓦尔茨基亚留一下。当留下他俩面对面时,他问:"你为什么不给房子?""给谁?"——赫瓦尔茨基亚好像没听懂似的。"真的不知道呀,就是那个女人。""哪个女人?"——"戈列奇科的情妇。"德米特里·赫瓦尔茨基亚慢腾腾地打开一包新烟。他笑了笑:小孩子通常这样打开巧克力糖果盒。德米特里·赫瓦尔茨基亚点燃一支烟,看着他的眼睛,平静地说:

"我说,米哈伊尔·捷穆罗维奇,我们这么约定吧:这是钥匙,给你,你去市苏维埃,坐在我的位置上,亲自把房屋凭证给这个妓女。"

他又笑了笑。

"季马[1],你也理解一下我吧,我能怎么办呢? 他打电话给我,怎么说也是个元帅啊,部队总司令啊……"

接着不知为什么又补充了一句:

"要是哪天我写回忆录,写成邮件的形式,都用短句子……"

说着耸了耸肩:

"有时,我仿佛觉得我生活在日记里,生活在自己的和他人的日记里,而且全是用短小的句子写成的……而我们的对话也将记录在其中。"

说着他笑了起来。

当他让德米特里·赫瓦尔茨基亚离开后,女秘书送来了一份公告:在海滨被杀的男子是苏呼米"迪纳摩"足球队球员。他想起来了:10

1　译者注:季马为德米特里的小名。

号！那位球员是踢进攻位置的，穿 10 号球衣。他经常在"里察"餐厅纵酒作乐。那天夜里他也和一个朋友在那儿坐过。他们不知道因为什么与同在那里的一群加加林队和加利队球员吵了起来。侦查员怀疑是那两伙人作的案。

天上下着雪——有人杀了人……

他突然从圈椅上跳了起来：是的，这是瓦列拉！是齐娜伊达的儿子！

他立刻叫了车。他拒绝坐"伏尔加"，要求坐"海鸥"车。他的"海鸥"车在市里转了整整一个小时。他查看了被白雪覆盖的马路、步行街，登上缆车，检查了"灯塔"、新区。天空时不时地下着小雪。

他在普希金大街，离诊所不远处将"海鸥"车停了下来。齐娜伊达一般从早到晚都在那儿卖瓜子，住也住在那旁边。他下了车，穿过人行道和公共院子。齐娜伊达跟女儿和瓦列拉住在一间非常小的屋子里。

他还没进屋，煎鱼味儿就扑鼻而来：齐娜伊达在用煤油炉做红鲻鱼。

"米哈伊尔·捷穆罗维奇！"她高兴极了。

齐娜伊达对儿子的死还完全不知情。

"齐娜伊达·尼古拉耶夫娜……你怎么样，还好吗？我见你没在外边，所以想是不是生病了呢？"

虽然他们差不多从孩提时起就是朋友，但两人一直礼貌地用名字和父称称呼对方。

"身体感觉不是太好，米哈伊尔·捷穆罗维奇，你知道的——这风湿病真是要了我的命。"

"这是因为你动得太少了，尼古拉耶夫娜，所以它就来祸害你。我讲过很多次了，要多去散散步。"

他明白，他没法告诉她关于她儿子的事。

齐娜伊达不知何故变得像她自己护照上的那张照片了。那样的她他也喜欢。

他在她那儿坐了半个小时，吃了些煎红鲻鱼。他发现，他在她那儿待得越久，她脸上的皱纹就消失得越多。

临别时齐娜伊达诉苦说她的猫丢了。

"丢了就丢了呗，祈祷就行了，愿它活着。在古埃及，猫临死时，它的主人会剃掉自己的眉毛。"他笑了笑说。

齐娜伊达也笑了起来。

深夜，他与朋友们一起坐在"阿布哈兹"酒店餐厅的包厢里。那天他比任何时候都更需要朋友，更需要餐厅。他时不时地稍稍打开包厢的门，看着大厅。他也需要在此娱乐的这些陌生人。也许，比起朋友和餐厅本身，他甚至更需要他们。

在街上走过的鸟人卢基奇出现在餐厅宽敞的窗户前。他刚开始想请人把卢基奇领到餐厅来，但又改变了主意。

大厅里传来某人自鸣得意的笑声。他听出来了，这人是个小芝麻官。他那个声音就仿佛是他一人独自创造了世界的这一部分，这个被称作"阿布哈兹"餐厅的部分。

"有那么一种平底小船，很容易在浅水中，或者没有大船航行的地方行驶，"他不禁想起，"这世上究竟有多少这种'平底船'类型的人呢……"

他又记起夜间被害的小伙子。

突然，一对带着几分醉意的陌生男女走进他们包间。女人像扑克牌上的皇后，男人——像杰克。皇后和杰克道歉后想马上离开，原来是走错门了。他没让他们走：你们是我们这座城市的客人，我们好久没有展示我们的热情好客了。好一阵没人来我们这里了——说着请他们坐下，并将包厢门稍稍掩上，大厅欢快的嘈杂声立刻消失了。

女人咯咯直笑，而男人带有几分醉意和一副谦卑的模样坐在椅子上,局促不安。

他建议大伙为此刻干一杯:

"让我们为女人美、男人醉时所营造的那种和谐干杯!"

大家二话没说就为"那种和谐"干了一杯。

紧接着皇后开始温柔地在杰克耳边哼哼起来:她说,你不是信徒,你既不信教,也不祈祷。而杰克说:"我今天和几个好人打了三次招呼,难道这还不可以抵一次祷告吗?!"

第二杯为三种友善的问候语而干。

接着他对皇后和杰克解释说:"如果你们是——皇后和杰克,那我就是 A!"他俩懂了他的意思:"您大概是美食店的经理吧。""差不多猜对了。"——宴席上的一群人哄笑起来。

大厅里一位喝高了的顾客差点没把麦克风给啃掉:

"世上最好的城市——

就是奥恰姆奇拉!"

他一边递给皇后一只香蕉,一边对坐在桌旁的人解释:这个世界上没有什么比水果更性感更可怕的啦,否则为什么军人用水果的名字来称呼各种手榴弹呢:"柠檬""橙子""柚子"……

"那香蕉呢?"——有人问。

"人类很快也会发明'香蕉'出来的,"他鼓励在场的人,"'菠萝'也会发明出来的……"

有人稍稍打开包厢的门,又迅速关上。

"啊哈,害怕了吧,认出是我们了吧。"他说。

"大家这么害怕美食店经理吗?"皇后和杰克异口同声地问。

"你们以为呢? 这可是高加索。"满桌人都哈哈大笑起来。

接着,他站起来,又说了如下祝酒词:

"当生命结束时,一扇门关闭了,但马上又打开了另一扇门,下面一扇门,于是我们恐慌地看着那儿:这扇门后等待着我们的是什么呢?!门关上时——是一种声音,打开时——是另一种声音。门用一种声音送走离开的人,用另一种声音迎接进来的人。让我们为门,为所有的门! 为关闭和开启的门干杯!"

他们走出餐厅时已是深夜,他想起了某种非洲的树,他拽着正要离开的皇后和杰克的衣袖,大声地对客人和主人们讲:

"大象和长颈鹿吃那些树的枝叶,但是如果枝叶数量灾难性减少,且树也濒临死亡边缘时,它们的枝叶会变得有毒,所以大象和长颈鹿就不能吃这些枝叶了。过了一定的时间,当树又恢复了平衡,枝叶繁茂起来时,它们又能食用了。"

他的话仿如孔雀的羽毛洒落在积雪覆盖的城市街道上……

而客人和主人们满面春风地走着,仿佛刚刚从八月温暖的海浪中浮现出来。

16

樊尾忠雄是日本的亿万富翁。

在莫斯科的一次国际研讨会休息期间,米哈伊尔·捷穆罗维奇在"宇宙"酒店的大堂与他相识。

樊尾忠雄和助理一边喝着锡兰茶,一边吃着图拉甜饼。

米哈伊尔·捷穆罗维奇加入到这次"宇宙性"茶歇中。实际上他不是特别爱喝茶,而且他一辈子都认为,茶和烟草对阿布哈兹的损害最大,把土地的汁都给喝光了。他将阿布哈兹的茶叶种植归罪于俄罗斯,烟草种植则归罪于土耳其。"茶夺走了我们女人的健康,而烟草则夺走了男人的健康。"他说。

他本人只爱喝蓝莓茶。

"您喜欢锡兰茶?"他通过翻译问樫尾忠雄。

米哈伊尔·捷穆罗维奇已经知道樫尾忠雄是何许人——亿万富翁,茶叶经营领域的超级成功人士。

樫尾忠雄和他的助手同时笑了笑,并向加入进来的品茶人点了点头。

"好东西就是好。"樫尾忠雄大致那么回了一句。

"看来,您什么好茶都没喝过。"这话是米哈伊尔·捷穆罗维奇大致说出来的,说着他从口袋里掏出一个小小的蜡纸包。

他的小纸包里装的是茶叶。

"这是哪儿的茶?"樫尾忠雄问。

"阿布哈兹的茶。"米哈伊尔·捷穆罗维奇答。

樫尾忠雄不知道阿布哈兹是什么,更不知道它在哪里。

"阿布哈兹茶,"米哈伊尔·捷穆罗维奇重复了一遍,"我们叫它'乌什古里山茶'。"

樫尾忠雄对乌什古里山也一无所知。

"乌什古里山就是我们的富士山,"米哈伊尔·捷穆罗维奇这么跟他解释,"是高加索!"

樫尾忠雄的脑子里某种东西稍微清晰起来,亮堂起来——如同黎明时太阳光线照耀下的富士山一样。

"我们那儿与你们不同的是,有好几座富士山。"米哈伊尔·捷穆罗维奇更具体地解释道。

樫尾忠雄的脑子完全开窍了。

接着米哈伊尔·捷穆罗维奇给他推荐了"乌什古里山茶"。樫尾忠雄礼貌地答应试试,助理也答应试试。

"乌什古里山茶"的特点在于有一种非同寻常的香味。樫尾忠雄一边喝着茶,一边看着远方的某个点。米哈伊尔·捷穆罗维奇看不懂,樫尾是喜欢还是不喜欢"乌什古里山茶"。

"它曾经是我们高加索武士最钟爱的饮品,我们重新创造了它,把它保存下来……"

日本亿万富翁的目光还未从那个远方的某个点挪开,他慢悠悠地品着"乌什古里山茶"。

"只有我们那儿的水和空气才能赋予这种茶完美的味道和芳香。"米哈伊尔·捷穆罗维奇说道。

他猜不出樫尾忠雄对"乌什古里山茶"抱什么态度。

他邀请他去阿布哈兹。

他们就这样分手告别了。

十天过后,他收到一封来自东京的电报:"我将于 7 月 9 号抵达苏呼米,樫尾忠雄。"

"索西克[1],他要飞过来了!"他挥舞着电报冲进别别伊西尔科学院的实验室,"这个怪人! 两天后就到这里了,索西克,我亲爱的院士! 火速准备——'乌什古里山茶'!"

听到"乌什古里山茶"时,索索·卡帕纳泽明白谁要来了,他脸都吓白了。

"我说,别怕,索西克,我们既有蓝莓,也有橘子干花花瓣,还有茶!

---

1   译者注:索西克为人名索索的爱称。

打倒谢瓦尔德纳泽糟粕！'乌什古里山茶'万岁！"

但索索·卡帕纳泽仍然一脸苍白。

不过几分钟过后，他还是与米哈伊尔·捷穆罗维奇一起在玻璃柜里翻寻，选罐子，准备茶具。

"快要来了，约瑟夫·斯比里多诺维奇，快要来了！我都没想到……真是个怪人……我怎么想得到呢……生活是多么有意思的东西啊！"米哈伊尔·捷穆罗维奇又重复了一句。

将近黄昏时，按米哈伊尔·捷穆罗维奇的配方制作的"乌什古里山茶"已经准备好了：30％的干柑橘花，10％的干蓝莓（从斯瓦涅季运来的，"乌什古里山茶"的主要成分），而其余的60％为精选的格鲁吉亚茶。

第二天早上，工作人员在别别伊西尔科学院的实验田种下了几颗小茶树苗。这是些普普通通的格鲁吉亚茶树苗，它们在樫尾忠雄迈进科学院大门之后，将成为"乌什古里山茶"。

"他们会猜到的，米哈伊尔·捷穆罗维奇，唉，会猜到这是格鲁吉亚茶树苗——仅此而已。"索索·卡帕纳泽表示担心。

"这就是'乌什古里山茶'！重要的是你自己要牢牢记住，这就是'乌什古里山茶'树苗，这样一切都会没问题……那时他也会相信，这是乌什古里山的。他是一个传统的日本人，不可能有其他的想法。"

樫尾忠雄、他的助理和几位品茶师一行来到巴布沙拉机场，米哈伊尔·捷穆罗维奇在随员的陪同下开着几辆黑色"伏尔加"迎接客人们。

彼此问候之后，所有人向阿奇格瓦拉方向行进，去别别伊西尔湖。

米哈伊尔·捷穆罗维奇和樫尾忠雄坐在"伏尔加"的后座。坐在司机旁边的是一位翻译。樫尾忠雄从车窗眺望阿布哈兹的群山，寻找着阿布哈兹的富士山。

"忠雄君，您时间不够，否则得带您看看那些雪峰。"米哈伊尔·捷穆罗维奇猜到了樫尾忠雄的心思。

这位日本亿万富翁确实没有时间。

"我奶奶是山区人,斯旺克人,有这么个民族,"他对客人解释道,"那里最先种植'乌什古里山茶',那是公元前二世纪上半叶的事。勇士们的饮品'乌什古里山茶'能给人增添勇气,还能大大提高男人的性能力。"

半小时过后,他们已经到达别别伊西尔湖岸。主人们,几位加利区的当地人,直接在科罗法半岛上铺上一张能容纳四十人的餐桌,桌上摆满了最纯正、最上乘的烹饪艺术作品。

"'科罗法'是什么意思呢?"翻译问。

"明格列尔语中的'爱情',米哈伊尔·捷穆罗维奇这样命名这个半岛。"索索·卡帕纳泽答道。

"是他发现这个半岛的。"米哈伊尔·捷穆罗维奇补充道。

"是他发现这个半岛的。"索索·卡帕纳泽立马呼应了一句。

"怎么样,我们现在来品茶吧,"樫尾忠雄说,"明天一大早我们得搭飞机。"

"我们先得边吃边休息,大家一起,这之后——才喝茶!这里的传统就是这样的。"米哈伊尔·捷穆罗维奇说。

"那就没办法啦!"樫尾忠雄耸了耸肩,笑了笑。

埃拉尔吉奶酪玉米饼、萨齐维汁凉盘、哈恰普里奶酪面饼、牛奶炖小羊羔、格布扎利亚奶酪卷[1]……樫尾忠雄完全不知所措了。

"现在您先尝尝这个,忠雄君,然后是这个,再然后还有这个用日本托盘上的菜。"米哈伊尔·捷穆罗维奇尽力地帮着这位刚交的朋友。

樫尾忠雄一开始不肯喝红酒。"但这可是我们世世代代延续下来的传统啊,而传统是神圣的!"参加宴请的所有人异口同声地呼应。当

1　格鲁吉亚菜名,起源于明格列里,属冷盘,主要制作原料包括牛奶、蛋黄酱、淡奶酪、酸奶调味汁、酵母、薄荷。

然啦,领头倡议的是米哈伊尔·捷穆罗维奇。

亿万富翁放下了他的日本武器,但用了一个旁人不易觉察的手势禁止自己的几位品茶师喝酒,而他本人在那一天喝了差不多七玻璃杯。

当总主持人米哈伊尔·捷穆罗维奇……你瞧,除了他,谁还可以当总主持人呢?总之,在这本书里面,以及在那个生活中,在那里,在当时,如果某个地方摆上宴席,总主持人必定是他,米哈伊尔·捷穆罗维奇,只可能是他。

简言之,当总主持人提议客人们和主人们干了第一杯时,樫尾忠雄问是怎么回事。

传统!那天这个词不知响起了多少遍。

"你们有喝茶的传统,我们的传统是——喝葡萄酒。"米哈伊尔·捷穆罗维奇用最有分量的论据让对方信服。

"喝茶时你们更喜欢沉默不语,而喝葡萄酒时,我们要说祝酒词。"过了一会儿他补充道,"贵国的沉默和我们的话语在拉近人们的距离和使人们相互了解上有异曲同工之妙。"

真挚的掌声淹没了别别伊西尔湖周围所有会唱歌的和不会唱歌的小鸟的声音。

接下来的一杯,为日苏人民的友谊而干。正如他所言,这两个民族的友谊源远流长,从公元前六到七世纪就开始建立友好关系,尽管也有一些其他的说法,说这种友谊应该追溯到公元前十三到十四世纪。接着,他痛心地讲述起第二次世界大战时期的一些误解,还补充说:"它们是对我们友谊的考验,我们之间的友情终归毫不动摇地经受了一切考验。"

樫尾忠雄说:

"那时我也打过仗。"

米哈伊尔·捷穆罗维奇说:

"我也打过,不过是在西线。"

樫尾忠雄说:

"我也是在西线作战。"

"这是怎么回事呢?"米哈伊尔·捷穆罗维奇大吃一惊。

"我们的西部——就是你们的东部。"樫尾忠雄微笑着让他平静下来。

米哈伊尔·捷穆罗维奇说:

"您不会碰巧是卡米卡泽飞行员吧?"

"我若是当过卡米卡泽飞行员,就不会坐在这里吃饭啦。"这回是樫尾忠雄笑着说。

其他人也笑了起来。

米哈伊尔·捷穆罗维奇说:

"卡米卡泽是格鲁吉亚的姓,我们这里的加利市住着十二户姓卡米卡泽的人家。"

樫尾忠雄说:

"卡米卡泽意为'神之风'。"

"用明格列尔语讲也正是这个意思,"米哈伊尔·捷穆罗维奇呼应他的话,"只是词序不一样:'风'字在前,'神'字排后,是这么回事。阿布哈兹语读起来不一样……"

就在他回忆阿布哈兹语里"神风"是怎么读的当儿,发现了一个令人愉快的巧合。原来樫尾忠雄和米哈伊尔·捷穆罗维奇两人是同年同月同日生:都出生于 1917 年 12 月 7 日,只不过是在地球上不同的角落:一个——在上田市,在日本,另一个——在古普村,在阿布哈兹。

"不过我护照上登记的是另一天,另一个年份。给弄错了,因为革命开始了,忠雄君,混乱无序、动荡不安,把人搞糊涂了。顺便说一句,有些人的生日至今就这样保存了下来——一直糊涂着。所以,证件上给我登记的是 1915 年。"米哈伊尔·捷穆罗维奇这样告诉大家。

第七杯他建议为欢唱的鸟儿和静默的鱼儿干杯。为黑海的鸟儿和鱼儿与日本海的鸟儿和鱼儿。

又喝了几杯后,他说:

"你们的清酒像俳句一样简短,我们的红酒——像亚洲诗歌一样悠长。"

"是啊,那奥马尔·哈伊亚姆呢?"樫尾忠雄以主考人的口吻问道。

"奥马尔·哈伊亚姆的诗也相当悠长,只是在原文里如此,而译文减缩了,特别是日文译本,"米哈伊尔·捷穆罗维奇找到了证据,"那么,您读过奥马尔·哈伊亚姆用波斯语写的诗吗,忠雄君?"

樫尾忠雄没有读过用波斯语写的奥马尔·哈伊亚姆的诗。还应该指出一点,他也不懂波斯语。

"真是遗憾……那我现在给您提供一个听原文的机会。"

于是他为这一位客人,为其他的客人们,为主人们,为鸟儿们、鱼儿们,为别别伊西尔湖和黑海,为群山和云朵……朗诵了奥马尔·哈伊亚姆的诗,给所有的人用在那天之前他们不知道的语言,在那天之前根本不存在的语言朗诵了奥马尔·哈伊亚姆的诗。

"清酒的作用类似夜空里的流星:一闪即逝,而红酒的作用则类似漫长的晴日。清酒的冷艳和娇媚来得快而长久,而红酒则数量众多,但却短暂。"

樫尾忠雄听他听愣了,用那双瞪得有欧洲人眼睛那么大的眼睛盯着他。

接着——是亚当年代的一些事情:

"我们的实验室里有来自所有五大洲的实验土样,我亲自带回来的。所有的土样都是由同样的成分组成的。有所有五大洲的水样,居民的血样,我们对它们进行研究——我把这项任务委托给我的院士们。我亲自领导这个项目,和院士索索·卡帕纳泽一起(客人们无比崇敬地看了索索·卡帕纳泽一眼,主人们也同样)再次证实了,我们所有的人——血脉相同,我们所有的人——都是兄弟,只是不幸的是,并非所有人都明白这一点。"

接着他想起了日本人生活中的一个故事,也是亚当年代的事了。

"一位统帅与另一位统帅打仗。他们分别坐在对面的山上。他们的武士在山谷里互相厮杀。第一位统帅愤怒策马,风驰电掣般冲向另一座山头,他冲向另一位统帅,举剑向他挥了过去。第二位统帅用铁扇击退了他的进攻,并朗诵了他即兴赋的一首诗,俳句。这之后,进攻的那位统帅又再次风驰电掣般,不过是向山谷里自己的武士们冲去,吩咐他们停止战斗,并与他们一起打道回府了。忠雄君,您记得那首俳句诗吗?"

樫尾忠雄记不得那句俳句。他也不知道这个故事,连类似的故事都没听过。也许,曾几何时倒是听过,但不记得了。他的助手们也好,品茶师们也好,都不知道那句俳句。

于是,米哈伊尔·捷穆罗维奇用一种神秘的声音读出那句俳句(他差点就用日语读了,但及时想起樫尾忠雄先生是日本人,所以改变了主意):

"西方,东方——

"到处都是同样的灾难,

"风也一样地令人寒冷。"

在他读诗的当儿,科罗法半岛上已经响起了日本音乐。

樫尾忠雄已是热泪纵横……几位助手也个个热泪盈眶。品茶师们忍住了——可能是因为他们只喝了茶。

"天才作家苏尔汗·萨巴·奥尔别利阿尼是我的一位远祖,"米哈伊尔·捷穆罗维奇说,"他写了一本书,叫《虚构的智慧》。"

樫尾忠雄又一次潸然泪下。

也许,是因为《虚构的智慧》他也没读过。

宴会后,所有人移步至枞树树荫下,舒服地躺在蓝白条纹的躺椅上。他们先休息了两个小时,然后"乌什古里山茶"的品鉴开始了。

别别伊西尔科学院的"品茶师"是从苏呼米带来的一群二十到二十五岁的妙龄迷人金发女郎。她们有着宛如中国瓷器般白净的肌肤和蓝蓝的眼睛,身着黑色丝袜和迷你短裙。樫尾忠雄用一种饱含莫名忧伤的目光盯着这群皮肤白净的"品茶师"……

"漂亮极了。"终于,一位日本品茶师说出一句。

"漂亮极了。"米哈伊尔·捷穆罗维奇的"品茶师们"重复了一句(只不过是很羞涩地),用一种更像是小鸟呢喃的声音。

接着,樫尾忠雄考察了"乌什古里山茶"的苗圃。

天已经黑了,太阳已落向海面。

太阳升起之国的强大之子若有所思地看着斜阳:太阳西落到日本去了。

"我要一百万棵'乌什古里山茶'树苗。"樫尾忠雄说。

"一年零五个月后我们开始发货。"米哈伊尔·捷穆罗维奇承诺他。

索索·卡帕纳泽悄悄地碰了一下米哈伊尔·捷穆罗维奇:你想想看,你在说什么呀。

"不管我们愿意与否,都应该培育出'乌什古里山茶',对于我们而言没有什么是不可能的。"米哈伊尔·捷穆罗维奇低声对他说。

索索本想再碰他一下,还是出于那个原因,但是米哈伊尔·捷穆罗维奇的话让他想到,他确实连这个都能做到。

接着,樫尾忠雄的助手们从公文包里取出几张雪白的纸,摆在米哈伊尔·捷穆罗维奇面前那张漆成蓝色的花园桌子上。米哈伊尔·捷穆罗维奇左思右想,最终签了那几页纸。

第二天早上,樫尾忠雄、他的几位助手和品茶师都飞走了。

两个星期后,樫尾忠雄转来 50 000 美金。他还准备在未来一年零五个月内,根据"乌什古里山茶"树苗的接收进度,再分批汇

3 000 000(三百万!)美金。

可是战争开始了。那片土地上布满了战争双方的人,还有就是——像战争双方的人。不过区区几个小时,属于别别伊西尔科学院的一台小型拖拉机("地鼠电子显微镜")就从实验室消失了。这是一位遗传研究所所长赠送给米哈伊尔·捷穆罗维奇的电子显微镜,价值27 000 美金(没有人明白这位所长内心深处究竟是如何想的,但他不知为何,见到米哈伊尔·捷穆罗维奇心就融化了)。

战争夺走了一切,

绝对是一切。

战争用自己人的双手夺走了一切。

这些人为数众多。

谁也无法阻止他们。

甚至米哈伊尔·捷穆罗维奇也做不到。

17

他坐在"狄奥斯库里亚"酒店的餐厅里,和一群苏呼米老人在一起。

他手里握着一个盛满了闪闪发光的名为"杜-雅克"饮品的水晶杯,他将它举过同伴们的头顶,说了一通祝酒词。

同时,他还欣赏着大海。

对那些不知情的人我来解释一下："杜-雅克"不仅表示十五子棋游戏中的骰点(2∶1)，它还是一种饮品的名字，其中白葡萄酒和香槟酒比例为2∶1。通常，该饮品在苏呼米各酒店餐厅里制作起来速度很快，所以在各种节日宴会上广受欢迎：往饮品瓶里倒入一瓶香槟酒(例如"苏联香槟")，两瓶白葡萄酒(例如"阿纳科皮亚")。有时候，往盛酒用的细长颈玻璃瓶里加些切碎的桃子、梨子或苹果，再往里扔一些冰块，从一大束葡萄上摘一些小枝，上面结着大个儿葡萄，每串有三四个葡萄，这会使"杜-雅克"饮品显得更加高贵。

还有一种叫"谢-雅克"(3∶1)——白葡萄酒和香槟酒比例为3∶1，还有"雅坎"——由一瓶香槟酒和一瓶葡萄酒勾兑而成，"杜巴拉"(由每种酒各两瓶勾兑而成)等等。您知道吗，这些"十五子棋"在席间时比任何东西都更像亚洲的虚拟游戏。我写这些为的是让年轻的读者们对一些"过往的残余"更加了解。

我深信，这一发明的重要性不亚于任何中等水平的科学发明或地理发现，况且它是由黑海，美妙的女人，自古以来男人具备的团结一致和相互支持的精神以及这座城市自身半童话、半现实的自然特性等因素促成和决定的。

就这样，他欣赏着大海……

他高高举起盛满"杜-雅克"的水晶杯，说出祝酒词。

他为那辆敞篷四轮马车祝酒。大约是在二十世纪初的一个夏天，苏呼米喜爱欢乐盛宴的一群人雇用了一辆四轮马车，跑了整整一天，跑遍了城里所有的饭店和小酒馆，在牧笛、口琴和鼓乐声的伴奏下放声高唱……

他赞美那匹被套在四轮马车上的种马。还是搞节日盛宴的那伙人，在一家饭店门口扎扎实实灌了它一大槽冰镇法国"香槟"，使它成为他们的酒友，就这样，这匹因香槟和歌声而迷醉的种马，在苏呼米一个小市场旁,突然袭击了一匹最漂亮的白色小母马。

　　他为那匹兴奋不已的种马说着祝酒词,祈祷它健康。那匹种马,虽然被套在四轮马车上,但不知怎么变得很机灵,它扑在漂亮的母马身上,想尽一切办法骑到它身上,开始有节奏地摇摆猖獗的四轮马车,摇啊,摇啊,摇啊,摇着坐在马车上不明就里的醉醺醺的乐手和参加宴会的人们。这些人仍旧在木笛、口琴和鼓乐声的伴奏下继续引吭高歌,他们张开双臂,似乎在舞蹈,又似乎想拥抱整个世界。

　　他赞美这匹种马、这匹小母马和这座城市。这座城市和这个节奏,这个魔幻般神奇的、童话般神圣的节奏,创造性的节奏,一切生命的起源和开始,这个在我们每一个人身上,在每一个有生命的存在身上,以及在所有星星、星系、总星系最本质的地方跳动的节奏……好似神秘而永恒的音乐。

18

　　"我不知为什么困得很。"奄奄一息的女人羞涩地微笑着说。

　　米哈伊尔·捷穆罗维奇的眼睛湿润了。

　　接着,他整了整枕头,在她耳边轻声说道:

　　"我多么希望歇一会儿啊……"

　　"你要相信,这日子更让我感到疲倦,如果我现在处在你的位置上,我都不知道有多想休息……"

19

有一次我和米哈伊尔·捷穆罗维奇一起去古里亚。主人们忙坏了,不知如何招待我们是好。每次大餐之前年轻的姑娘们都用带把的细颈罐端来泉水,主人邀请我们说:"亲爱的客人们,装点一下我们的双手吧!"(不是"洗一下",而是"装点一下"。)

米哈伊尔·捷穆罗维奇在院子的角落看到一眼泉水。他向主人们表示歉意,然后脱下鞋子,将双脚伸进泉水里说:"我仿佛重生了。"

当我们返程回家时,已是暮色浓浓,在通过苏普萨河的桥边时,一辆卡车挡住了我们的去路。上桥的路被封了,于是我们停了下来。这时,从卡车车厢里突然跳出一群好像是持着燧石枪的强盗,他们把我们带出汽车,甚至还朝空中放了几枪……我们被俘虏了。

我们吓坏了,确实吓坏了。

接下来,我们被抬到卡车长长的车厢里。在那儿迎接我们的是主人们友好的笑声,他们正躲在摆好食物的桌旁:这下真正的狮子之宴开始啦!

古里亚人把卡车直接停在冲浪地的边缘,舍克韦季利村旁的某个地方。那是一个月光皎洁的夜晚。吃得正欢的时候我下车去小解。我转过身时，看见了一幅永远铭刻在我记忆中的画面：大海，月亮，还有在卡车车厢里饮酒作乐的人们。

米哈伊尔·捷穆罗维奇欣喜万分：有创意的热情好客万岁！他甚至唱了起来："我可怜的小脑袋，你一生中真是不走运"（他非常喜欢的扎哈里亚·帕里阿什维利歌剧《戴斯》中的唱段）。

总的来说，他酒量不大。一般喝两杯后他就会脸红。他经常说：哪怕只要有一位美女在场，我都会多喝一些，她能赋予我力量。

后来，我与米哈伊尔·捷穆罗维奇一起去明格列里亚做客。在一次有百人参加的盛宴上，突然灯灭了，接着某扇门打开了——角上飘着烛光的九只小羊羔一个接一个地出现。餐桌摆成字母"Π"形状——便于服务。当小羊羔停在中间，停在宴会人群餐桌之间时，这时，灯突然亮了。于是我们看到，一只只嘴里插着几束绿叶菜的烤小山羊摆在安着轮子的上菜车上，车与车之间用小绳子连起来，而坐在主桌的一个人很隐蔽地牵着那根绳子。接下来小羊羔被分送到各个桌上。

那天宴会上我旁边坐着一位奥恰姆奇拉人。宴会结束时，他挽起衬衫袖子，给我看他的右手，上面刺着："瓦扎＋"。其他字已经擦掉了。

"从前这里刺着'瓦扎＋祖拉布＋绍塔＋奥塔里＝兄弟们'，瓦扎就是我，其他人是我的朋友们。他们在自己的生命中，在我的生命中干了不少糊涂事，愧对我们的兄弟情谊，背信弃义，所以我用干酸擦掉了他们的名字。过了几年以后我还是恢复了'绍塔'的名字，可是他又背信弃义，我又把它擦掉了。"

20

在去里察湖的路上,离蓝湖不远处,有一个瀑布。泡沫四射的水流从高高的悬崖上直落下来,整个瀑布白花花的,像牛奶一样。

有一次,米哈伊尔·捷穆罗维奇领着一个中国代表团去里察湖,向他们展示阿布哈兹大自然的奇迹,路上他们在那个瀑布前停了下来。中国人对所看到的一切兴奋不已,于是问米哈伊尔·捷穆罗维奇,为什么瀑布这么白。

他回答道:

"你们别以为这是水,这个瀑布整个是用牛奶做成的。我们在那边的高山上,有一座农场,农场里养了3 567头奶牛。每天早上都挤奶,将牛奶运到海岸边的乳品厂就是通过这种方式来实现的,因为到农场没有公路。我们的方法是超级创新的,而且效果非常棒,我们大幅降低了牛奶的成本:一升牛奶我们只花一个戈比。"

接着,他问万分惊讶的中国人:"你们有几百万人口?"中国人答道:"差不多十亿。"

米哈伊尔·捷穆罗维奇于是说:

"那让我们联合起来吧,你们——中国人和我们——阿布哈兹人。那样,我们就不是差不多,而是整十亿。"

21

二十世纪八十年代初,我曾经在苏呼米地区工作。

有一次他来请我办事:我需要一小块地,想盖栋房子。我们帮他弄了。他在格瓦恩德拉海边盖了座非常小的房子。我们一般就在那儿见面,还有就是"德齐德兹兰"餐厅。餐厅也位于格瓦恩德拉。米哈伊尔·捷穆罗维奇那样称呼它。德齐德兹兰——水中仙女,是阿布哈兹的美人鱼。我们在"德齐德兹兰"餐厅旁有个小旅馆。

我们去北高加索办事:交换农产品,我们用橘子换了肉、奶酪和树苗。米哈伊尔·捷穆罗维奇也常跟我们一起去——到处都有他的朋友,所以他常帮我们。

吃饭时,他向主人们介绍我们是院士、教授、高层领导。

有一次,在纳利奇克有人问他:"在阿布哈兹住着这么多民族的人,您是如何做到协调他们之间关系的呢?"他答道:"我们有一种葡萄酒——'阿布哈兹花束'。我们这么叫这种酒,因为我们像一捧花束一样生活,在这一捧花束中每一朵小花都有其独特的芳香。"

有一次访问俄罗斯时,我们认识了一位充满异域风情的女士——她是古巴共产党党员。米哈伊尔·捷穆罗维奇请求我们:"把这位女士让给我这个老头子,她更适合我,你们去照顾年轻的吧。"

他为女士干杯时说的祝酒词总是很特别,而且说完之后,他总是会吻女人们的左手——左手更靠近心脏。

22

在"阿姆拉"咖啡馆,米哈伊尔·捷穆罗维奇和一位浅色头发的年轻女人坐在一个僻静的小桌旁,他喝着白兰地。女人也喝了。

米哈伊尔·捷穆罗维奇给那个女人看自己的怀表:

"你瞧瞧,塔涅奇卡[1],瞧瞧,我这是什么表啊——木头的。你看看,我多穷,连块像样的表都没有……我只有这种木头的,在越南时胡志明送的。你就不可怜可怜我这个穷光蛋吗,塔涅奇卡?是啊,是啊,你是铁石心肠,就像其他所有的美人儿一样。"

女人放声大笑起来。接着米哈伊尔·捷穆罗维奇用一种听不懂的语言跟她讲了些什么,讲了好几分钟。

女人问:"您讲的什么语言,我什么也听不懂。""这是朝鲜语,"他答道,"这是一种朝鲜方言。不过你怎么会知道这种方言呢?我甚至怀疑,你究竟懂不懂朝鲜语。"米哈伊尔·捷穆罗维奇一直在讲。

女人继续大笑。

米哈伊尔·捷穆罗维奇也笑了。

接着女人突然哭了起来,呜咽着。看样子是想起了什么伤心的往事。

米哈伊尔·捷穆罗维奇安慰她:

"你看看,周围多美啊,这个世界多美好,多奇妙……可你在这儿

---

1 译者注:塔涅奇卡为塔妮娅的指小表爱形式。

哭,亲爱的……别哭了,没必要……"

米哈伊尔·捷穆罗维奇的侧影很像铸造在金币上的古罗马皇帝。

23

我在"梅尔赫乌利"饭店当过厨师助理。我怎么会忘记我们是怎么接待赫鲁晓夫的呢！只不过要回忆他的哪一次光临呢？

他极其爱吃萨齐维。"你们这萨齐维是怎么做的,用手指吃可以吗?"他经常这么说。

他喝伏特加就像喝水一样。

用野蕨菜(我们那儿山上有这种植物,野生的)拌核桃醒酒。他吃完这种小吃,十分钟后就精神了。我们用酒醋蘸山野蕨菜,这挺管用。他有时训斥我们:"你们为什么没有野蕨菜种植园呢?！"

米哈伊尔·捷穆罗维奇回答他:野蕨菜是本地生的,只在这里生长,不过在其他地方也能见到,但是在那些地方长的就丧失了醒酒的性能。

"那在这里建一个野蕨菜种植园吧,我们的苏维埃野蕨菜将让整个人类从酒醉中清醒过来！"赫鲁晓夫慷慨激昂地说。

为此,米哈伊尔·捷穆罗维奇为共和国提了些特殊要求:那就请砍掉我们的烟草和茶叶种植计划吧。

赫鲁晓夫同意了,并交给自己的助手一个任务:记下这个请求,取消阿布哈兹的茶叶、烟草种植计划,如果必要的话,取消任何作物的种植计划,只要建一个野蕨菜种植园就行了,这将有助于宣传我们的意识形态。

24

此刻大海的模样就仿佛上帝本人在附近某处漫步似的。

清晨六点时分的大海,海面波光粼粼,碧波闪亮。

天空也泛着光。那是清晨六点零一分的天空。

只有一个人,唯一的一个人在海里游泳。

"出来吧,出来吧,"他开心又玩笑似的叫那个人,"现在轮到我了,我要到海里去了……出来,出来!"

在他这样喊着他上岸的当儿,时间到了六点零二分整。

接着是——六点零三分。

六点零四分。

六点五分……

六点六。

六点七。

六点八。

六点九。

十

十二……

二十四……

25

有一次开会,我碰巧坐在米哈伊尔·捷穆罗维奇旁边。当时,我记得,他是一个实验农场的场长。苏呼米区委书记阿斯季科·格瓦拉米亚到处发威,他冲着执委会主席发难:"为什么不及时申请所需数量的橘子箱?! 你们看吧,箱子不够,很多橘子都坏掉了。"而那位回敬他:"那我能怎么办,箱子数量是布加日巴告诉我副手的,跟我有什么关系!"

区委书记更火了:"布加日巴是谁啊? 能找谁问问?!"

他不知道米哈伊尔·捷穆罗维奇也在大厅里,没看到他。

当布加日巴在阿布哈兹任第一书记后,该区委书记在共青团组织工作,所以一听到他的名字就吓得发抖。

我瞅了米哈伊尔·捷穆罗维奇一眼。他微微一笑,怪怪地微微一笑,我也解释不出究竟是什么样子。有一点很明确:他脸上没有不满的样子。那笑的样子似乎在说:"这点我也料到了,一切就应该是这样发生的,不可能是别的样子。总之,这生活也并非那么有趣……"

26

　　那个夜晚,坐在"阿姆拉",在"阿姆拉"咖啡馆,而不是在餐厅,我们彼此是多么喜欢对方啊。

　　我们又聊天,又喝酒。

　　几个宽口长颈玻璃瓶很快就喝得见底了,然后又重新倒满。

　　玻璃瓶里倒满了低度数的白葡萄酒,并且往这种葡萄酒里切了点桃子、梨子、苹果,有时还往里面扔樱桃,再加一点点"阿瓦德哈拉"或者"博尔若米"矿泉水(就是那样,闹着玩儿似的加一些),更多的是加黑葡萄酒,有时是加香槟,有时是——红葡萄酒,有时再加白葡萄酒,接着又加香槟……

　　总之,在那个晚上,我们抓住这葡萄酒的尾巴,就像抓着高加索牧羊犬小狗的尾巴一样,跟它玩耍,宠着它,虐它,摸它的头,挠它的肚皮,爱抚它,掰它的腿,卷起它浓密的长毛发。

　　它,葡萄酒,也乐在其中! 它尖叫着,与我们同乐,有时叫上一两声,有时甚至往桌子上尿尿。

　　然后它又一个劲地呻吟着,叫唤着,唠叨着穿过我们的静脉。

　　就这样,因为点点星光和月光,还有——微微的海风,我们的女人们一个个变得半透明似的……

我们爱着——所有的人互相爱着……尽情地爱着……

27

当席间大部分人是女人时，主持人总是他。他两次为那头骆驼的健康干杯，尽管它是头骆驼，但还是饱受干渴的折磨。

而且，他两次将继续举杯的权力——敬酒权转交给女人们，先是转交给一个女人，然后是另一个。他准备为此再敬第三杯，但是女人们，哈哈大笑，表示投降："别喝了，就这我们也都领情了。"

然后，他提议为蜜蜂干一杯：

"在众多不同种类的蜜蜂中有一种特别的——阿布哈兹蜂，它是世界上鼻子最长的蜜蜂，所以它能从最深处的花中采选花蜜。它可以到达其他蜜蜂无论如何也够不着的地方。"

女人们忍俊不禁：要是让我们也见识一下这是什么蜜蜂就好了。

于是他许诺：等我们起身离开餐桌时，一定指给你们看，走到那片小树林，阿布哈兹蜂就住在那里，不过在森林最深处才有，就是得往森林里走很远，我的女王们。

28

在一次会议上他突然发火了：

"我们太卖力了，展现我们的热情好客时完全没必要那么投入，得先搞清楚是什么人，然后再来对他们负责。前不久，从莫斯科来了一位中央巡视员，我邀请他去朋友在新阿芬的家，他在那里通宵开心快活，又唱又跳。可是回去后偷偷给中央打我朋友的小报告：他哪来那么多钱可以在一栋两层楼的房子里占据整整一层楼?! 我们在我朋友房子的一楼潇洒，他没上二楼。他压根儿就想象不到，我朋友也是第二层楼的主人。假若他知道这一点，你们想想看，他在自己的告密信上不知还会写些什么呢!"

29

在一次宴会上，一位当地记者转达了别斯列季村民的请求：

"米哈伊尔·捷穆罗维奇，这个村里有条小河，但没有桥。所以，到河对岸去得绕道走,但这样很远。或许,可以找个什么机会给村里建座桥?"

米哈伊尔·捷穆罗维奇(他当时是第一书记)不知为何没在意记者的话。

记者第二次为村民提出请求。

这次他还是没在意。

记者没有放弃。

当他第五次说同一件事情,但已经是要求建桥时,米哈伊尔·捷穆罗维奇像是刚刚才发现他似的说:

"我看你是好样的,为老百姓着想。怎么能不实现你的请求呢,不过出于对你的尊重,我们不是建一座桥,而是两座:一座——到对岸去,另一座——给从那里回来的人。"

30

我们坐在"阿布哈兹"酒店的小吃部——米哈伊尔·捷穆罗维奇、维阿诺尔·帕丘利阿和我。我们坐在那儿,心情大好。米哈伊尔·捷穆罗维奇点了所有需要的东西,其中还有一瓶白兰地(维阿诺尔·帕丘利阿有糖尿病,所以他忌葡萄酒,更倾向于喝白兰地)。

维阿诺尔·潘德若维奇问服务员:"你们的白兰地是几星的?"那人

回答:"三星的。"维阿诺尔说:"可我们想要五星的。"服务员说:"我们只有三星的。"米哈伊尔·捷穆罗维奇平息了一场一触即发的小冲突。

"红酒尔[1],怎么,你不知道所有的白兰地,不管多少颗星,都是从一个大酒桶里倒出来的吗?"

他总是这样称呼维阿诺尔:红酒尔。也许,是因为他这位朋友的名字使人想起他喜爱的饮品——红酒。

维阿诺尔·潘德若维奇是他忠实的朋友,秘密的守护者,尤其是关于女人那一部分秘密。他是这么评价潘德若维奇的:

"当我做第一书记时,一到晚上他就在州委大楼的出口处等我,详细地跟我讲述城里白天都发生了什么事情。早上也在门口等我,然后报告夜里苏呼米发生的事情。所以维诺尔曾经是我的编外信息部长。"

就这样,我们坐在"阿布哈兹"酒店的小吃部,慢悠悠地喝着白兰地。

离我们不远处,负责"阿布哈兹"酒店区域的克格勃人员瓦利捷尔正在散步,他跟我们打了个招呼。他的克格勃身份大家都知道。而且他自己也毫不掩饰这一点。

米哈伊尔·捷穆罗维奇像往常一样,带着嘲讽的语气说:

"苏联没有哪座城市建得像苏呼米这样。住在这里的全是马克思主义者。我们的克格勃在恩格斯大街,犹太教堂在马克思大街。其实,克格勃应该在马克思大街,而犹太教堂应该在恩格斯大街……但是,也许那样它更好——更相配。这些聪明鬼想出的点子不错!"

1　译者注:原文 Винор(维诺尔)是对 Вианор(维阿诺尔)的称呼,由于 Винор(维诺尔)与 вино(红酒)仅一个字母之差,故结合上下文此处译为"红酒尔"。

31

1929 年马克西姆·高尔基再次访问阿布哈兹。米哈伊尔·捷穆罗维奇当时十四岁。简言之，正如米哈伊尔·捷穆罗维奇所述，他认识的一帮少年在苏呼米海滨大道偷走了高尔基的白色上衣。高尔基欣赏着大海和海滨大道，把上衣给忘了。就在那会儿，几个苏呼米的男孩子偷走了他的上衣。

偷衣服时米哈伊尔·捷穆罗维奇并不在场，但还衣服那一刻他在场。

就在当天晚上，时任阿布哈兹第一书记的涅斯托尔·拉科巴在饭店宴请高尔基和他的一个朋友。正值晚宴高潮时，一个小流浪汉走进饭店，转交给拉科巴一个纸包。拉科巴打开纸包，原来里面是高尔基的那件上衣。高尔基很高兴，他的上衣还回来了。他穿上衣服，手伸进口袋里，发现里面有一张纸条。他读完纸条，哈哈大笑起来：

"涅斯托尔，你看，还是你厉害！"

接着，他大声读了一遍纸条："亲爱的涅斯托尔！我们不知道这个爱出风头的人是你的客人，现在我们还回这件弗伦奇式军上衣，口袋里的五卢布我们给了送衣服的小家伙。"

32

有时候我在想,我是不是梦见过那个时候呢? 战前的苏呼米? 你记不记得库库尔-茶,开茶馆那个? 库库尔-茶还写过诗:"孩子们,抽烟会使人变傻,不如来库库尔这儿喝茶。"或者:"谁若一早不喝库库尔-茶,霉运一天都找茬;来吧来吧,快快飞来取热茶;你若不喝白水就喝它,定将快活如马赫拉。"当有人问他:"马赫拉真是那么快活的人吗?"他回答:"我又怎么知道呢,是为了押韵才用马赫拉这个词。"那你记得加博吗? 那个港口工人,戴着头带,上面写着"2 号"的字样。当人家问他究竟谁是 1 号时,加博不知何故生气得要命。有一次在"布列哈洛夫卡"老年休闲中心,阿兰尼亚教授抱怨:"我有三个女儿,可我妻子怎么也没给我生个男孩,而加博这个弱智竟然有五个大小子。"站在旁边的加博立马建议教授:"那你让我去你妻子那儿,你就会看到:她肯定会给你生个儿子。""我要杀了这倒霉蛋!"——阿兰尼亚教授咆哮着冲向加博。教授追着疯子加博一直跑到了"狄奥斯库里亚"酒店,而苏呼米人站在那儿笑得前仰后合。

你看,苏呼米曾经就是这样一座城市。

你还记得穿着水手服和背心,手上拿着把吉他的斯沃博达吗? 他最常出现的地方就是"苏呼米"电影院旁。他常在那里大喊:"我们应当拯救全世界的儿童!"

那马拉多纳呢? 苏呼米所有精神病人中流动性最强的一个。什么地方都能见到他,通常,他一会儿站在大钟旁,一会儿在红桥周围走动,一会儿出现在集市旁边，一会儿又在灯塔区。冬季和夏季都是半裸着身子。他那晒黑的脖子上装饰着一根用绳子串起来的石头项链。前不久我偶然得知：马拉多纳死啦，2007年年初死的。这消息如此刺痛我的心，就仿如失去了一位朋友或近亲……我当时正在某人家里做客。我们一起祈祷他安息……

一大早在"狄奥斯库里亚"酒店旁聚集了一帮大人和小孩在那里踢足球。一支队伍叫"红辣椒"，另一支队伍叫"飓风"。大家开着玩笑，乐呵着。

有一次，不记得为什么我们和米哈伊尔·捷穆罗维奇在"企鹅"咖啡馆喝咖啡，跟我们一起的还有他的摄影师朋友希奥尼季和几位摄影记者：塔拉索夫、德格布阿泽和梅利克亚恩。那天不知拍了多少照片！

我一张也没留存下来。

后来，著名的交警，萨齐维上校也加入到我们的行列。我最好还是克制下，不说出他姓什么。大家叫他萨齐维上校，因为他每周都给莫斯科一位大领导寄萨齐维，用一个五升装的保温瓶。原来，那位大领导对萨齐维情有独钟。于是，转眼间他就从一名普通的交警变成一位上校，更准确地讲是萨齐维上校。萨齐维是埃舍拉村的一位妇人做的。

在"企鹅"咖啡馆通往海边的台阶上，有人打碎了一瓶香槟酒。过了一会儿，不知从哪儿钻出来一只老鼠，开始舔洒出来的酒。米哈伊尔·捷穆罗维奇对摄影记者说：拍这位香槟爱好者吧！四台相机瞬间咔嚓一顿拍。而这些照片我也没有。

萨齐维上校提议：

"我们也来喝几杯吧。"说着将三瓶香槟酒摆到桌上。

有人提起了一个有争议的话题：哪种女人更赤裸——穿着衣服的还是脱光了的？两位摄影记者认为，穿着优雅的女人比一丝不挂的女人要赤裸得多。

米哈伊尔·捷穆罗维奇先为女人敬了第一杯酒：

"女人万岁！女人就像地球：时而像非洲一样火热，时而像南极一样冰冷，时而像高山的草甸，时而像平原的河川，时而像高山之巅，时而像大海、像大洋、像陆地、像风儿……女人身体每一个珍贵的细胞万岁！"

有意思的是，那晚拍的照片现在在哪儿呢？

不远处传来女人的笑声和年轻小伙委屈的声音："怎么，难道我是亚历山大大大帝那样爱出风头的人吗，是吗，傻瓜？"

探照灯一会儿照亮着大海，一会儿又照亮着天空。

"好了，现在我们来赞美葡萄酒这种有上万年历史，一直英明地调节男人和女人之间关系的饮品吧！"米哈伊尔·捷穆罗维奇提议干了最后一杯。

33

如果某人被"追踪子弹"击中，那他就在劫难逃了。是女人发明了这种子弹。这种子弹最初是在猪身上实验，后来——在尸体上，直到后来才开始大批量生产。

34

1992 年 11 月中旬。苏呼米周期性地被轰炸。我坐车去了一趟普沙皮村。我儿子妻子的家人——我们的亚美尼亚亲戚住在那儿。

我在普沙皮村逗留了三天。回到苏呼米时,在家门口碰见了米哈伊尔·捷穆罗维奇。他抱了抱我,然后说:"我想吃东西了,索西克。"

我们进了屋。既没水,也没电。我拿出亚美尼亚亲戚们分给我的食物,包括一瓶三升装没煮开的牛奶。我们用酒精炉热了半升牛奶,摆好桌子。我们有加乳酪的碎玉米粥、烤鸡肉以及壁炉烤出来的大饼。午饭后,我们聊了各种事情,还聊到在我家地下室快熟的"阿特拉斯"南瓜。我们去看望了"阿特拉斯"。它还活着,没有生病。

"'阿特拉斯'绝不应该枯萎,它应该能让我们获得丰收。"他一边轻轻地抚摸着南瓜侧面,一边说。

尽管他虚弱了很多,但他还是坐到钢琴前,开始弹奏贝多芬的《月光奏鸣曲》,后来又弹奏了歌剧《戴斯》中他喜欢的那首咏叹调。

晚上十一点左右,我送他出门。与他分享了从普沙皮村带回来的吃的,陪他一起一直走到他家。

微风不知从何处吹来橘子的味道。我们像迎接久未谋面的朋友一样迎接它;久久地站立着,呼吸着它们的芳香。

临别时,他再次抱住我,说道:"会朋友,与之交谈——真是幸事啊……明天三点后我在家等你,我们再聊聊生物学的一些关键问题。"

35

"你看看这张地图，索西克，只要看看就行了！不同的国家是多么不一样！你看，那个国家像什么？而这个呢？古巴几乎和美国差不多大小。或者——你看，这个半球形的是什么？这里——是一个样子，那里——完全是另一个样子。或者各国的颜色，变化多大：红色、黄色、棕色、灰色、绿色……就像某个交通红绿灯似的：过！停！离开！走！过来！去那！……我说，这个星球不会让你觉得害怕吗？……"

总统的猫

他在岸边浮出水面，取下潜水面具和呼吸管装置，朝着坐在松树下的索索·卡帕纳泽喊了一声：

"索西克，这样的话，当然，也就是说，这样一来，第17个我也找到了。一共是17个，不多也不少。这样的话，很自然，就是说，就这样。"

索索·卡帕纳泽在笔记本上标注了别别伊西尔湖第17个地下水源的位置。

他们正在研究别别伊西尔湖，更准确地讲是研究湖泊群，大大小小的湖泊。而在这之前，也是在这个夏天，他们研究了小石子——"土耳其小石子"向海洋移动的问题。这些石头多少年来，这么说吧，当然，也就是说，也用这种方式慢慢向苏呼米移动——经由萨尔皮和巴统。他们研究了从新罗西斯克"旅行"至巴统的"俄罗斯小石子"。他时不时地仰面躺着，闭上眼睛，倾听海浪的声音和小石子小心翼翼的沙沙声。

"仿佛马其顿亚历山大大帝的军队开过来了，索西克。"

别别伊西尔湖坐落于加利地区，离大海不远。奥库米河、莫霍赫和纳姆格瓦列峡谷汇入其中，沃尔奇峡谷、萨姆格列将其与大海相连。湖泊地处黑海和外高加索铁路之间。两个别别伊西尔湖面积达两平方公里，湖深在三到五米之间。

他用一条大毛巾把身上擦干，朝着太阳的方向转过身去：

"17——是个不错的数字。所有的数字里如果包含了7都是好数字。比如，11月7号。"

说着就笑了起来……接着，他看了看索索·卡帕纳泽画的图纸说：

"你瞧瞧，瞧瞧，索索，你看我之前说别别伊西尔湖像女人的怀抱是对的吧。你的图纸是，解剖学教科书也是。这个科罗法半岛，它是怎么闯入这个怀抱里的?! 我说，你看，你看看，怎么弄的，啊?! 这是个神奇的地方，索斯! 要知道，科罗法——这是阴茎，同时，如果从后面看的话，它又像人的大脑。太疯狂了，男人的大脑和阴茎——形状相同!"

半岛由他亲自命名为"科罗法"（明格列尔语意为"爱情"），而当地峡谷的名称是和维阿诺尔·帕丘利阿一起定的。

科研中心就坐落在科罗法半岛上，他与米哈伊尔·阿拉维德泽、索索·卡帕纳泽一起，在那儿一直工作到1992年8月14日。

他们这样描述别别伊西尔湖：

"湖水温度冬季在−3℃—＋6℃之间，而夏季在＋27℃—＋33℃之间。绝对最低气温为 11℃,最高气温——+41℃。湖水为红褐色,夏季透明度——50—150 厘米。全年多云天数可达 170 天,晴天——193 天,年平均降雨量为 2 200—2 700 毫米。降雨主要在冬春两季。夏季大部分时间干燥,无风,清晨从海面有微风吹来。

"在峡谷中有一个湖,湖周围可见的夏季植物有:白桦树、椴树、榉木黑、板栗树、橡树、秋水仙树、榛树、滨海云杉树、梨树、苹果树、梅子树、李子树。同类植物还有:棘树、猕猴桃树、茶花树、金橘树、枸橘树、桉树、胡桃树、凤仙花、滴血莲花、茶花树、香樟树。水生植物有:菱角、水浮莲、荷花、农田杂草、漂浮植物、微萍。微萍是一种精油植物,有些鱼——鲤鱼和鲩鱼吃这种植物。水底和水面都能见到微萍这种植物。其运动随着气温的波动由下至上或由上至下。当气温下降到低于零上10 度时,微萍停止其精油的合成。与此同时,其比重相应增加,所以植物沉到湖底。随着气温的升高(相应地,高于零上 10 度时),其精油合成加剧,于是它又浮到水面。

"湖中栖息着各种各样的鱼:鲶鱼、鲫鱼、银鲤鱼、鲩鱼、草鱼(由米哈伊尔·阿拉维德泽引进的)、鲱鱼、鳟鱼(由米哈伊尔·布加日巴引进的)、鳊鱼、赤睛鱼、狗鱼和其他一些鱼。必须指出的是,海梭子鱼常常从海里冲到湖里,毁灭生活在那里的鱼儿。为了防止这种入侵,按米哈伊尔·布加日巴的提议,临近大海的湖湾用尼龙网隔挡了起来。"

他经常这么说,也经常这么写,那就是城市化进程减少了阿布哈兹的森林面积,每年从山地和丘陵中要吹走 81 000 吨沙土(特别是从上埃舍拉村),所以,一定要引进和开发新作物,但同时不要损害阿布哈兹原住民的绿色植被。据他说,两种工业作物——茶叶和烟草带来的危害最大。茶叶是苏维埃政权强加给我们的,烟草——是土耳其强加的。

他从事建立杂交柑橘基因库的收集工作。汇总了 188 种形状的杂交柑橘基因。其中有种汤姆逊克隆脐橙,在苏联时期被重新命名为"约维斯"(约瑟夫·维萨里奥诺维奇·斯大林)。米哈伊尔·阿拉维德泽非常喜欢斯大林,所以在计划外培植了这种约维斯。

早在1949年,当他刚从季米里亚泽夫农业科学院毕业,同著名的眼科医生菲拉托夫的小组一起来到苏呼米研究毛果芸香时,脑海里就萌生了创建科尔基斯遗传学研究所的想法。毛果芸香是柑橘的亲属,长得像黄杨,是一种四季常绿的植物。在巴西有着一望无际的这种毛果芸香的森林,正是从那儿往苏联运送用它做成的一种昂贵药物:毛果芸香碱,这种药被认为在治疗严重眼疾——青光眼时非常有效。

菲拉托夫小组成员除了布加日巴,还包括霍梅祖拉什维利、哈萨亚、米米诺什维利以及德国学者哈特曼,该小组在苏呼米还研究芦荟,很快,在苏呼米就建起了几个研究毛果芸香和芦荟的温室。

就在那时,有一天早上,他结识了在实验室有条不紊忘我工作的索索·卡帕纳泽。整整一天,他俩都在谈论并且争论有关遗传学的问题。快到晚上时,他对索索说:从今往后,我俩就是兄弟啦。

瓦维洛夫是世界著名的遗传学家。李森科也是。起初斯大林尽力给两位都创造了理想的工作条件。李森科研制出了土豆皮中发出来的土豆芽,并许诺将土豆产量增加好几倍。"李森科,太棒了!"斯大林对他的发明表示欢呼。半饥饿的俄罗斯需要大量土豆。瓦维洛夫宣称:"李森科搞的是嵌合物,而我们不应该偏离自然指引的道路。"李森科支持营养繁殖,而瓦维洛夫支持自然繁殖。李森科的方式是短期的,瓦维洛夫的是长期的。

第二次世界大战前夕,瓦维洛夫被捕,并被关进萨拉托夫监狱,他在那儿受了风寒,并最终死于肺炎。斯大林已经在没有他们的情况下,独立自主,试图去搞清楚遗传学,以及稍晚些时候,又试图去搞清楚语言学。

索索·卡帕纳泽认为自己是瓦维洛夫事业的忠实追随者,而且——是瓦维洛夫的学生，但是他也赞同李森科的一些观点。从1965年起，米哈伊尔·捷穆罗维奇和索索·卡帕纳泽开始在一起工作：有时在亚热带植物研究所苏呼米分院，有时在该研究所的试验农场，有时在格瓦恩德拉，有时在古尔里普希，有时在阿奇格瓦拉。当然，还有在苏呼米。

"没有我你没法活下去。"他对索索·卡帕纳泽说。

也许，还真是如此。

有一次，拉宾院士提议索索·卡帕纳泽去苏呼米养猴场研究中心工作。米哈伊尔·捷穆罗维奇对此大发雷霆："得了吧，去你的那些臭猴子，怎么，难道你没看见我们这里有多少活儿吗！"

最开始他们研究选育耐寒的柑橘品种，后来又研究全球变暖、洪涝灾害预测问题，还研究了黑海海底沉积的硫化氢的性质。为了进行研究和试验，他们在海里，30米深处，设了一个独一无二的试验塔，另一个设在森林里。

他们培植了一种奇怪的植物——枸橘柠檬，耐寒、可食用。

关于费约果他曾经说：这是一种奇妙的植物，这种植物是风的孩子。处处随风而行，是风把它带来，又把它带走。因此能幸免于难。这是其他植物应该学习的。

他坚信，所有食品都可以通过光合作用获得，而且也确实成功了：在奥胡雷伊温室基地联合企业，从反应器的蒸汽中获得了一种黏性液体，里面含有动物饲料加工所必需的物质。用它可以使鹅增肥。

他与阿拉维德泽一起开发了两种工业茶种："工业4号"和"工业5号"。同时还和他一起在种植这两种茶时使用了"阿奇格瓦拉"营养液。在采茶前十天用它浇茶树。

1991年，试验区每公顷地收获了50吨茶叶。

他致力于加快热带和亚热带作物生长和发育的研究工作。他甚至拍了一部关于加速发育的纪录片。

他和朋友们一起,在不同时间分批把十二月桃、草莓树和蜂蜜树、罗多彼柠檬、柠檬、田岛柠檬和山口柠檬分别从美国、中国、保加利亚、意大利和日本带到了阿布哈兹。

在美国召开的一次研讨会上,他偷走了巨型南瓜的种子——就是放到口袋里,然后带回到苏呼米。南瓜是墨西哥人培育的,名为"阿特拉斯"。这种南瓜有的可重达450公斤!

他在自己的一部作品中写道:"一辆小汽车每行驶1 000公里就要消耗相当于一个人一生所需的氧气。在苏呼米细胞遗传学试验室,我们在柑橘皮上发现了苯。我们将关于它的相关材料寄到斯维尔德洛夫斯克州的维戈罗夫那里。我们总体上确定,一升苯可以代替三升汽油,汽油燃烧的结果使其成为地球上一切生命的敌人。你们也非常清楚,人们也在用这样一种自杀式方式结束生命,即关闭车库门,发动汽车,尾气把人杀死。在城市里,特别是在大城市里,有5％到12％的居民死于汽车尾气。"

36

1962年春天,中亚某加盟共和国党中央第一书记来到阿布哈兹。米哈伊尔·捷穆罗维奇用自己的"海鸥"轿车,一路兜着风把客人送到了加格拉。接着,在"埃舍拉"设宴。在埃舍拉村的"埃舍拉"饭店。

返回苏呼米时,在埃舍拉的山坡上他们看到一头驴在静静地吃着草。

"是吗,你们这儿也有驴子啊!"客人高兴地感慨道,接着又问,"米哈伊尔·捷穆罗维奇,你们在什么地方用它们吗?"

"那当然了,"主人答道,"我们这里有汽车到不了的高山村落,在这种情况下就是驴子帮我们,只是我们这儿的驴子太少了,不够用。"说着米哈伊尔·捷穆罗维奇的声音哽咽起来,眼泪都流出来了。

"让我想一想,我们一定能解决这个问题。"不比米哈伊尔·捷穆罗维奇醉得轻的这位客人对他表示怜悯。

几周过后,一批驴子——五车厢的中亚驴子运到了苏呼米!那位重量级客人没有食言。

当人们向米哈伊尔·捷穆罗维奇汇报,说从中亚送来了一批驴子时,他好久都没想起来,如此充满异域风情的礼物会是谁送来的。最终他好不容易想起了埃舍拉、"埃舍拉"饭店和山坡上那只孤独的、安详地吃着草的驴子。

怎么办? 这么多驴子该用在什么地方呢? 于是,将它们放到埃舍拉山上。它们吃着草,在中午前后,大自然指定的时间,有规律地嘶鸣几声,自顾自地生活着。草吃光了以后,它们又再往山上更高的地方,往森林里爬。接下来冬天到了,驴子被狼吃掉了。也许,全都被吃掉了,否则就会有人在某个时候听到它们的嘶鸣声。

37

从"阿布哈兹"酒店的楼顶,准确地讲,是从"顶层"饭店看去,大海是黑色的。尽管它终究没有古希腊编年史家和历史学家所描述的那么黑。

他赞美那位老人,那位不论冬夏都穿着破旧的褪色雨衣,坐在和平大街糖果店前开辟的街心小公园里喂鸽子的白胡子老者。

鸽子与老人为友,蹲在他的头上、肩上,咕咕直叫,在他身边摇摇摆摆地晃来晃去,这里那里地飞来飞去。

城里的人说,第二次世界大战时他在集中营服务过,是个叛徒。

城里的人说,二战后他逃到了苏呼米,为了躲避复仇者们。

城里的人还说了很多事情。

而米哈伊尔·捷穆罗维奇说:"这些鸽子是那个集中营里牺牲的人的灵魂,老人在给自己赎罪,而鸽子们早已原谅了他的一切。"

38

"如果一个人在某一个地方不幸,那么在另一个地方他一定会幸福。关于这一点阿利别伊尔早在九世纪时就写过。这是对称规律。"——有一次米哈伊尔·捷穆罗维奇在饭桌上肯定地说。

接着他举起高脚杯悼念自杀身亡的潜水员科利亚的亡灵:科利亚独自喝了两瓶伏特加,划着小船驶向大海深处,并最后一次沉入水中。

他说,其实,科利亚在跟我们一起喝咖啡时,在跟我们打招呼时,在用我们的香烟点烟时,在爱时,在睡觉时……就已经在计算着自己的生命了。"难道现在在座的人之中有谁会像科利亚一样,在此刻告别自己的生命——自愿告别吗?"

他这么想觉得很伤心。

"但是如果科利亚在这里是不幸的,那么,在另一种生活中,他一定是幸福的。"他安慰着某人,补充了一句。

39

　　大雨笼罩在城市上空,笼罩在大海上空,雨水打落在每个人身上和每个物体上。

　　新年前夜。

　　(哦,是的,当然,"狄奥斯库里亚"上空也笼罩着大雨。)

　　他从"狄奥斯库里亚"饭店走到街上也就约莫十分钟的样子,但又突然掉头回去,拿起一个盛满白兰地的玻璃杯,站着说道:

　　"我出去才十分钟,但你们知道吗,我听到了怎样的祝酒词? 你们一定会喜欢的。就在旁边那个包厢里有个流氓在赞美麻雀。我尽量试着原封不动地转达他说的话:'总——总之,街上刮着大风,傻瓜……我在爬楼梯时发现:台阶上一只只小麻雀儿在蹦跳着。我想起了小燕子,可是小燕子究竟在哪儿呢,我问。没有小燕子,事情很清楚,是冬天,它们飞往度假胜地,飞向美好生活了,这些,这些……这些小海象……总——总之,麻雀儿跟我们在一起,不会飞走,在台阶上蹦跳着,把食物吃干净,讨食……大伙瞧瞧,都在发生着什么,多么了——了不起的麻雀啊,多懂事啊,傻瓜……我也要跟它们一起去侦察,傻瓜……那小燕子呢? 我们和那些会飞的垃圾有什么共同之处,呃? 总之,麻雀万岁,它们是我们的兄弟姐妹! 哎呀,它们也很强大,无论如何都不会离开这个城市,不会离开我们!'"

　　我们也站起身,也为那些在新罗西斯克的凄风冷雨中,在"狄奥斯库里亚"台阶上欢蹦乱跳地玩耍的麻雀们干杯,还为在苏呼米所有街道和广场、港口和火车站、植物园、街心花园、集市和体育场、山丘和田野、光秃的树枝和干枯的草地上的……那些飞来飞去、忙忙碌碌、唧唧喳喳、连蹦带跳、自由自在的麻雀们干杯。

我们也为其他城市和乡村，其他国家的麻雀们干杯——是资本主义国家的，还是社会主义国家的，这不重要——特别是为中国的麻雀们干杯：有人曾经想消灭它们，但它们经受住了大屠杀的考验，为它们干杯，它们在精神和肉体上都不可战胜。我们声明与它们团结在一起，但是，我们为自己感到羞愧，我们为伟大的中国感到脸红，他们在这场完全消灭小麻雀的斗争中蒙受了难以洗刷的耻辱。我们以联合国驻"狄奥斯库里亚"分部的名义，以"空运"的方式，向中国发出最后一封强硬的严正警告照会，而我们每个人都在照会上各自的签名处用白兰地杯子予以盖章确认。接着，我们祝愿其他星球上的麻雀们长寿。我们的祝酒正变成行星间乃至星系间的祝酒。

确实也是，如果某个地方还有生命，那么毫无疑问，那里一定会有麻雀。因为没法想象没有麻雀的世界。而且我们相信，不论发生什么，麻雀永远还是麻雀，像我们苏呼米的小麻雀一样忠诚，永远忠于自己的鸟巢，像这位小小的迷你苏呼米成员，这个只有人类机体的最开心和最悲伤的器官——心脏那么大的魔术师。

40

　　当尤里·加比索尼亚得到提拔,成为了阿布哈兹共青团核心成员之一时,很多人感到非常惊讶。

　　这事儿据说是米哈伊尔·捷穆罗维奇助了他一臂之力。

　　"确实是,这事儿我帮了一把,"他笑着说,"但是你们知道尤拉[1]中学时的外号叫什么吗?! 不知道? 大伙儿叫他'门捷列夫'。为什么呢? 你们知道吗? 不知道吧?! 这就是问题所在! 这种人恰恰是我们共青团最需要的。"

　　你们听听,克格勃的人给我提供了一份怎样的关于他的调查资料。当尤拉读六年级时,他爷爷去世了。家里让他去放大爷爷的照片。给了他小照片和钱。这个小无赖用这些钱给自己买了一辆自行车。原来,自行车当时是他一生的梦想。他买了辆"哈里科夫"牌子的——二手车,但毕竟是"哈里科夫"牌的。然后他在学校化学办公室摘下门捷列夫的肖像,把它涂得真的很像他自己爷爷的样子。

　　学校惊慌起来,忙着寻找门捷列夫的肖像和小偷,但是没法找到。而尤拉有绝好的托辞——完美无缺:他爷爷去世了,他没去上学。最心急如焚的是那位教化学的老处女:所发生事件的所有责任,思想上的和物质上的,当然,还有道德上的,都落到了她的身上。

　　一切都进行得很顺利,可是……学校的代表团出席了葬礼,代表团

1　译者注:尤拉为俄罗斯男人名,是尤里的小名。

的一位成员突然在鲜花和花环环绕的肖像中认出了伟大的化学家,于是大叫一声:"这不是门捷列夫吗!"——说着晕了过去。你们当然猜到了,此人就是那位女化学老师。

趁大伙儿让她清醒过来的时候,尤拉已逃到了玉米地里,在谷仓里躲了起来。

而后来,意料之中的事便开始了:门捷列夫事件被拿到村委会上讨论。村委会主任用拳头敲着桌子说:加比索尼亚,你竟敢偷政治局委员的肖像,我说你啊,真是个地地道道的反革命分子! 接着他问,罪犯具体偷了哪位同志的肖像。"门捷列夫的。"有人回答他。而他说,更何况啊,你竟敢偷门捷列夫同志的肖像,你这个可鄙的特洛茨基分子! 村委会秘书悄悄跟主任解释说门捷列夫早就不在了,他是位科学家,而且从未当过政治局委员。对此主任勃然大怒:岂有此理,谁竟敢在政治局委员的肖像中间挂某个死者的肖像,这是个什么机会主义分子! 大伙儿告诉他,门捷列夫的肖像是挂在化学办公室其他著名科学家肖像之间的。现在你就是用武力也没法让主任让步:除政治局委员外,任何人的肖像都不应该挂在墙上,感觉这事有帝国主义间谍插手,今天就将一切上报区委! ……

总之,"门捷列夫"这个外号就一直跟着加比索尼亚了。

我们共青团从未有过门捷列夫,所以我就帮了他一把,不能失去这样的人,共青团就是非常需要这种干部,这种随机应变、有创新意识的人。

41

　　我做了他三十二年的女婿。他有两个女儿——娜塔莎和塔尼娅。大女儿娜塔莎就是我妻子。娜塔哈——他这么叫她。娜塔莎像她父亲一样，也喜爱动物。他有时候会说："娜塔哈非常像我。"有段时间我家养了四只狗：一只多伯曼平犬、两只罗特韦尔犬和一只小品捷狗。

　　他不溺爱两个女儿，上中学时她们自己步行去学校，读大学也是。"我的车是国家的，是为我服务的，而你们有自己的路。"

　　我的岳母卡捷琳娜·安东诺夫娜·瓦希娜那时在农业部工作。她是个安静温和的女人，一位好专家。我记得，有一次米哈伊尔·捷穆罗维奇要出国，我们去送行，他提起旅行袋后惊讶地问我岳母：

　　"喀秋莎[1]，你往这里头放什么了？它怎么这么沉？"

　　旅行袋里放着三个熨斗。

　　"你不是喜欢熨烫吗，那就随身带几个熨斗，用得上的。"

　　事情是这样的，前一天晚上我家来了几位莫斯科的客人，米哈伊尔·捷穆罗维奇喝得越多就越频繁地抚摸坐在他身边那位貌美女子的头发和肩膀。对夫人的抗议之声"别这样"，他回答说：

　　"喀秋莎，你是知道的，我有多么喜欢抚摸[2]。"

　　有时他会回忆伟大的卫国战争，常常是回忆他们分队参加解放克

1　译者注：喀秋莎为俄罗斯女人名，是卡捷琳娜的小名。
2　译者注：俄语动词"гладить"为多义词，既表示"熨烫"，又表示"抚摸"之意，在此米哈伊尔·捷穆罗维奇的妻子利用双关来讽刺他。

林的柴可夫斯基故居那段时期。他讲述道："我们在那儿俘虏了很多法西斯分子。"他从未说过"杀死"，而是——"俘虏"。

他从未讲过任何人的坏话，甚至对陌生人他也会说"我的朋友"。他喜欢用的两个词是"怪人"和"聪明鬼"（"哎，这些聪明鬼，不让我安生。""你看这些怪人：互不喜欢！"）

他会瞬间爆发、生气，会甩给我一些难听的话，但只要过五分钟，他的不快就消失到某处去了，然后立马尽力设法与我讲和。

"年轻人，去吧，我们一起弹钢琴。我跟你说，莫比利，你怎么，好像没听见吗？"

为了跟我和解，他总是弹奏"苏里科"。他一共只会弹十来首曲子，但是歌唱得很好。他根本不识谱，但还是把乐谱摆在钢琴上，有时甚至会翻页，似乎在向大家展示：你们看，我是按着乐谱弹的。

我跟娜塔莎结婚时，他去了我父亲的老家库塔伊西。我家有个大书房，这令他很高兴。"我很了解你父亲，大家会永远记得他。"他说，我父亲是一位非常出色的人。我相信，他不认识我父亲，但他就是那样的人——总会夸别人两句。

在苏呼米我们住在一起，住在伏龙芝大街。我们家有一张很大的圆桌，他不喜欢新家具。我们生活得并不富裕，周围都是些动植物。他有几样从国外带回来的纪念品，只有这几样东西他才爱护备至。

他不喜欢庆祝生日。我们家只为我儿子腾戈过生日。顺便提一句，他朋友索索·卡帕纳泽也不喜欢给自己庆生。

我们家里当时有一个很大很古老的盘子，上面画有亚历山大二世的图像。他说过，卡捷琳娜·安东诺夫娜与皇家是亲戚。战争之初那个盘子被乱兵打碎。我来第比利斯时，把那个盘子的碎块带了过来，将它们拼起来，粘好，所以现在它在我的新房子里，为的是纪念米哈伊尔·捷穆罗维奇和整个那段生活。这只盘子——是我从苏呼米带来的东西中唯一留下来的。

战争期间乱兵对他动手,质问:你为什么不给我们开门?! 还用枪托推他这个老人。他非常难过。我知道,他挺不过这场战争。他侄子被逼到墙边:我们现在就毙了你! 他们没有开枪,但这个三十岁的男人瞬间白了头。他们用了台施工升降机——"工作台"把隔壁屋子洗劫一空。他那些会唱歌的鸟儿和鹦鹉被"冰雹"火箭炮和机枪的声音吓死了。尽管他换了水,所有的金鱼还是都死在了鱼缸里。鱼儿先是变了色,接着就死了。他有几只稀有品种的青蛙。他用面包喂青蛙。它们肿胀起来,变成了蟾蜍,也死了。是的,他没法熬过战争。

他有一台日本便携式录音机。除了人的声音,他还录下了一切生物的声音:青蛙的呱呱声、奶牛的哞哞声、蛇的嘶嘶声、苍蝇的嗡嗡声、鹦鹉的鸣叫声、猫的喵喵声、狗的汪汪声……

有时我们家的那几只狗会在拼花地板上大便。岳母会生气,会愤怒,但他会说:"它们干了什么坏事吗?"

他在格瓦恩德拉有一幢两室的别墅小屋。他不让我们这些家庭成员进那幢小屋。"这是我的实验室,我的科学院,来这里的应该只有我的朋友。"他在那儿养了一些侏儒鸡。但是从格瓦恩德拉他只带来过两只老母鸡。我们炖这两只鸡炖了整整一天,但最终还是没炖透。他也带过一两次那些鸡下的蛋。全部就这些。不论他在哪里工作,哪怕一个橘子也没从工作单位拿回家过。

在格瓦恩德拉他还养了一些会唱歌的鸟儿。

他对费约果赞不绝口:它能壮阳。尽管这种植物有点两边倒,风往哪儿吹,它就向哪边倒;但如果不这样,风会吹断它的脊梁。你只要留意一下它的名称就行了,显然是一种与性有关的植物 [1]。

1　译者注:费约果(фейхоа)在俄语中的部分发音(-хоа)与俗语中男性生殖器的发音相近。

　　总的来说,他特别能说,但不是个好听众。所有餐厅中他最推荐和喜欢"埃舍拉"和"梅尔赫乌利"。他常常说:"我们今天要讨论重要的事情,所以我们去'梅尔赫乌利',或者——去'埃舍拉'。"

　　通常是我给他准备早餐。十年间食谱没变过:一只煮得半熟的鸡蛋、一杯酸奶、一份苹果泥和一块奶酪。实际上他不吃午餐,只吃早餐和晚餐。吃得像小鸟儿一样少。喝得也少。一些人以为他喝很多酒。不,他从不多喝。节日宴会对他而言是交际的工具,是剧院、机场、航天发射场。他无法想象不与人们交流的生活。他喜欢小牛肉、我妈做的特克马利[1]以及肉饼。哦,还有——我们的邻居罗莎·措玛娅做的令人赞不绝口的哈尔乔[2]。但正如我已经说过的,他吃得很少,像小鸟啄食一样。他曾这样说一只鸟:"它体重是十四克。如果增加哪怕一克多余的重量,它就飞不起来了。"饮品中他最爱"瓦尔兹赫"牌白兰地或亚美尼亚白兰地。

　　他不喜欢把衬衫塞到皮带里。他也喜欢穿夹克,还有白色的袜子。从四月到十一月底,他睡在阳台的沙发上。他在那儿用一件袍子当床垫,盖的也是袍子。

　　阳台上的葡萄藤爬到他那儿。浓密的葡萄藤爬满了阳台,但一般只长出五到六串葡萄。秋天,他有时把它们摘下来,还说:

　　"瞧,我终于等到丰收了。"

　　我们有台"冷暖"空调,夏天我们用这台空调制冷,而冬天——制

1　译者注:特克马利是格鲁吉亚一种传统酸味果酱,由樱桃李等酸味水果制成。特克马利由红色和绿色两种樱桃李制作,果酱的风味各有不同。为了降低酸味,有时会在制作过程中加入更甜的水果。人们还会在制作过程中加入大蒜、薄荷油、辣椒和盐等材料。
2　译者注:哈尔乔是格鲁吉亚一道传统浓汤料理。哈尔乔的主要原料是牛肉,将牛肉洗净之后慢煮两到两个半小时,去除泡沫,之后加入大米、核桃、香料、樱桃李酱等其他原料再小火煮五分钟,最后加入盐和新鲜的香草,放凉后就可以食用了。

暖。我们冬天是用空调使屋子变暖,但是当米哈伊尔·捷穆罗维奇回家时,那他一定会打开通往阳台的门——他缺少新鲜空气。

"你看看他,"岳母对我说,"他可是想让整个苏呼米都暖和起来。"

战争期间他和我儿子腾戈留在苏呼米。战争开始时,我也在苏呼米。后来离开了。而现在我感觉他内心是埋怨我的,而且不仅仅是埋怨我。

42

"您看,比方,您穿上白色西装,穿着它沿沼泽而行,急着去赶一场婚礼。突然您看到沼泽地里有人在往下沉。您停下来,并大声给那人支各种招。更准确地讲,是在冲着他大喊,让他手脚动一动,想法子上岸,哪怕抓住树根,抓住水里的植物也好……您觉得,用这种方式能帮到他吗?"

"也许,能帮到。"

"您帮不到的。如果您确实一心一意想救他,那么,劳驾,您就穿着这身白西装走到沼泽地里去,抓住他的手,将他往您胸前拽——只有这样才能把他拖出来。"

43

察克瓦·莎基罗夫娜·霍涅莉娅是阿布哈兹最大的时尚工作室——"时尚之家"的经理,工作室位于苏呼米城十月大街一座四层高的建筑内。她的"时尚之家"里面还有艺术协会,米哈伊尔·捷穆罗维奇、索索·卡帕纳泽都是协会成员。事实上,假如没有米哈伊尔·捷穆罗维奇的支持,也就没有"时尚之家"本身。

察克瓦·霍涅莉娅本人有着惊人的美貌,米哈伊尔·捷穆罗维奇这样向赫鲁晓夫介绍她:

"尼基塔·谢尔盖耶维奇,给您介绍一下,这位是察克瓦·莎基罗夫娜·霍涅莉娅,塔玛拉女王的直系亲属。"

同一天他还向赫鲁晓夫介绍了索索·卡帕纳泽:

"尼基塔·谢尔盖耶维奇,给您介绍一下,这位是我们这个时代伟大的科学家索索·卡帕纳泽,我们是同一个奶妈乳大的兄弟。"

过了一会儿,心里很不爽的索索·卡帕纳泽在他耳边悄声说:

"米哈伊尔·捷穆罗维奇,您比我大四岁,我们怎么可能是同一个奶妈乳大的兄弟呢?! 还有,察克瓦·霍涅莉娅——她怎么就成了塔玛拉女王的亲戚呢? ……万一赫鲁晓夫将来知道了呢? ……"

"唉,索西克,索西克,你啊,是个好学者,可你不知道该如何润滑气氛。赫鲁晓夫更容易相信的是符号:高加索、同乳妈的兄弟、塔玛拉女王……他需要的是传说。好了,你自己看吧。"

整个晚上赫鲁晓夫对待察克瓦·莎基罗夫娜就像对待死而复生的

塔玛拉女王一样。而且他的视线不时地停留在她那双金色绣花舞鞋上。

那双绣着金色图案花边的靓鞋是米哈伊尔·捷穆罗维奇在前一天送给察克瓦·莎基罗夫娜的——它可是察克瓦·莎基罗夫娜与塔玛拉女王直系亲属关系唯一确凿的证据。而给总书记呈现的必须是真实的物证。

44

他给其他党委成员读了某一段刑事案件的证词：

"夜里我被一个声音惊醒。我走出屋子,院子里两个高个子男人迎面朝我走来。他们身穿银色衣服。'你们是什么人?'我问。'我们是——外星人。'他们回答。'那就好。'——我高兴地说。要不然我以为是人类,是窃贼呢。恐惧消失了。我轻松地舒了口气。"

他读着证词,他的声音颤抖着,双眼闪烁着泪花。

45

在加格拉，在世界上最短的河流列普鲁阿的入海处，他站立着，宛如自由女神像，高高举起盛满红酒的牛角杯，面朝冉冉升起的太阳。

他只穿着条裤衩。他身后，直接摆在沙滩上的"桌子"旁，一群像他一样刚刚从海水里出来的男男女女盘着晒成古铜色的腿坐在那儿，微笑着听他讲。

而他似乎没注意身边的任何人，只顾对着太阳说：

"把所有无家可归的和失去希望的人，所有无助和受迫害的人都派给我吧！我会在金色大门旁手持火把、屏住呼吸、克制心跳等待他们！"

大家倒是在认真听他讲，但都一知半解。

46

有一次，他出差回来，植物研究所的工作人员在巴布沙拉机场接他。

"发生了一件可怕的事情,米哈伊尔·捷穆罗维奇,出了件可怕的事情！在您的办公室里,在您的沙发上,就在列宁的肖像画下,加布尼亚强奸了玛格丽特。"

"在我的沙发上?……我得让这个加布尼亚瞧瞧,随便在什么地方乱来的后果!"米哈伊尔·捷穆罗维奇怒气冲冲地说。

不过接下来他问了一句:

"加布尼亚比玛格丽特小二十岁,难道你们真的觉得玛格丽特会让他强奸自己吗?"

"是的,我们也怀疑了,但玛格丽特闹得很凶:那现在让他娶我吧。还有,她直接就躺在马恰尔卡小河边的公路上,堵塞车辆运行:加布尼亚不娶我,我就不起来。"

到达研究所后他单独找来玛格丽特,又单独找来——加布尼亚。

两天过后,玛格丽特就凭度假证去喀尔巴阡山度假胜地了,他派她去的:"你之前压力太大了,需要放松!"至于加布尼亚他则给了笔奖金:"我非常清楚,在这种情况下,真正被强奸的那个人应该得到补偿。"

47

法国学者让·梅里耶在一本书中写道:亚里士多德在科尔基斯度过了其最后的几年光阴。格鲁吉亚学者纳莫拉德泽也持这种观点。他还确定,亚里士多德曾经住在法齐斯河边,在皮聪大去世,并被安葬在那里。

米哈伊尔·捷穆罗维奇叫来两位学者——梅吉特·赫瓦尔茨基和绍塔·米萨比什维利——安排他们:"请组织一次考察,去皮聪大,无论如何也要找到亚里士多德的墓地。"

第一书记的任务只被完成了一部分。组织了考察队,并在皮聪大进行了几个月的挖掘工作。但是考察队连亚里士多德墓地的影子也没找到。考古学家发现了古墓葬,但伟大的哲学家的陵墓所在地仍然不得而知。

多年以后,米哈伊尔·捷穆罗维奇带着讽刺的笑容谈起这事,但也带着几分遗憾:

"要是我们找到它该多好……亚里士多德的墓比现在活着的数百名学者都有价值得多,比现在存在的几十座城市有意义得多,比数千场节日盛宴,哪怕主持人是我的宴会,也要重要得多。"

48

十四世纪时,博纳文图拉修士用白色丝绸给自己做了一对翅膀。他给它们灌满一种我们未知的物质,然后从教堂屋顶起飞。他被人抓住,在火上烧死了,可怜的博纳文图拉。他的翅膀也被焚烧掉。

翅膀在熊熊烈火中发出可怕的喀嚓声,被烧裂了,直接冲上天空,有数十米高,接着——冲到几百米的高度,再接下来就完全消失在视野中了。

聚集在罗马中心广场的人群大声呼喊着,在恐惧中四散逃离,而翅膀在远处无法企及的空间继续飞行。

在加格拉的若埃克瓦拉公园,他主持了一场安排在大橡树下的宴会。那儿有二十来个人,主持人建议为博纳文图拉的翅膀干杯。

"人类需要翅膀,一定需要的,十四世纪时需要,二十二世纪时也会需要。"他说。

收杯时他说:

"已被点燃的和还将被点燃的翅膀万岁!……当然,我们也为今天,现在,此时此刻正在燃烧的翅膀干杯!"

49

"维诺尔,你知道你写的关于加格拉的书中我记得最清楚的是什么吗?"他问维阿诺尔·帕丘利阿,"就是奥尔登堡王子时期,1908 年的时候,所有的驴子都被编了号。但你究竟是从哪里挖出来下面这事儿的呢:'有两只驴被清除出名单之列,8 号和 11 号。其中一只失踪,而另一只撞到石头上,摔下了悬崖。'不管怎么说,话语的力量很强大!我现在挺担心那时写的东西——因为我觉得当时摔下悬崖的 11 号驴子很可怜，同样 8 号驴子也很可怜。如果我将来什么时候写书的话，或许我会以编号命名它的章节。相比带名称的章节我更偏爱编号的章节。而且，章节本身不应该太长，书本身篇幅也不应该太大。我一定会在书中提及那些驴子。"

50

有一天，我在法庭上看见他，当时正在审一个茨冈人。他很替茨冈人担心。

有一个叫库库纳的茨冈人从仓库里偷了一台巴库空调。审判厅里最活跃的就是库库纳的母亲——冯塔。她不知为什么称呼那些几乎跟她的库库纳同龄的法警们为"大叔"。

"大叔，这一切很快就能结束吗？"

库库纳被判三年。

法官刚一宣判，杯子、瓶子、棍子就纷纷向他飞去。有几个茨冈人飞快地脱下鞋子，这些鞋子也飞向法官。冯塔掀起她那有五层厚的裙子，露出屁股对着法官，然后冲着库库纳喊：

"库库纳，好儿子，白兰地你从前怎么喝的，以后就继续怎么喝，这些法院的变态狂，让他们舔舔老娘的后门。"

"上帝不是爱出风头的人。"茨冈人叫喊着。

"苏呼米是一座没有爱出风头的人的城市!"米哈伊尔·捷穆罗维奇微笑着说。

51

几位重要的大部长们从莫斯科来这里做客。一共三位部长,三位都是——大部长。要知道有一些相对不那么重要的部长。那些也是部长,但不是"非常重要的"部长。

与大部长们一起前来的还有在他们英国很有名的几位英国人。五名英国人,在那边,在英国大名鼎鼎的英国人。

他请客人们去"阿姆拉"饭店。在宴会厅摆了一张能坐四十人的桌子。当然啰,一同出席的还有市长——最可敬的德米特里·赫瓦尔茨基亚。

席间米哈伊尔·捷穆罗维奇举起盛着葡萄酒的牛角杯为苏呼米干杯:

"今天苏呼米市长德米特里·安德烈耶维奇·赫瓦尔茨基亚也来到我们中间。他可以证实,就在最近几天,在这里,苏呼米,恰尔巴什入海处,世界级考古学家们发现了一些用黏土制成的小标牌,其成分确定苏呼米在 3 517 年前就是苏呼米城了。"

德米特里·赫瓦尔茨基亚一下子完全傻眼了：那时没有哪个地方在搞挖掘工作，所以，相应的是，没有发现任何小标牌。

祝完几轮酒后他向大家宣布，其实苏呼米和古巴比伦是一起建的，也就是说，同期建的。

又祝了两轮酒后，他说：

"最终确认，苏呼米比古巴比伦早建二十三年零九个月。"

英国人一直在冲他喊："太棒了！"

而莫斯科的几位部长一直不停地说"好"，"好"。

宴会结束时他邀请客人们参加苏呼米建城 5 000 周年纪念庆典。

"两年后我们将庆祝，市长会提前邀请你们所有人。"

德米特里·赫瓦尔茨基亚坐着，头也没抬。

第二天米哈伊尔·捷穆罗维奇打电话给他：

"德米特里·安德烈耶维奇，我觉得昨天我说了些多余的话，不过我请你，老大哥，别不高兴。其实呢，如果想一想的话，古代历史还是挺适合宴会的。还有，你看，季马，生活这东西是多么有意思啊！"

52

那天的雨下得特别卖力，对城市街道的排水能力，对广场、公园及海滨大道面对暴雨时的排水系统都是一种考验。暴雨形成了一个个深水坑,使发动机熄火,汽车被困其中。暴雨还迫使男男女女纷纷脱掉鞋子,他们欢笑着在齐膝深的水中奔跑,一直跑到最近的商店或者自己家里。

整整一天,它就像一位真正的爵士乐手,敲打着各式各样的屋顶:瓦的、石棉的、薄铁皮的、混凝土的,欢快得像个疯子。

我们坐在苏呼米山上的缆车餐厅。从凉台往下看,城市就像个小玩具似的。此外,从这个高度看,我们感觉大海好像被稍稍抬高了。我们喝得越多,就觉得它被抬高得越多。

街上阴凉的湿气渐渐填满了整个屋子。

蓝绿蓝绿的雨水,犹如一层薄雾笼罩着城市和大海,使绿色的植物、白色的房屋和蓝色的大海之间变得模糊。雨顽皮地下着,混合着各种色彩,不停变换着。

鸟人,卢基奇,那会儿也跟我们在一起。就是那个家中养着上百只会唱歌的鸟儿的卢基奇。

后来库库纳,茨冈人库库纳,径直从雨中走进餐厅。他穿着一件褐色长雨衣,在地板上留下了一个个湿漉漉的脚印。

湿漉漉的脚印在我们桌旁戛然而止。

"这不,又有一位朋友光临,"米哈伊尔·捷穆罗维奇说,"坐下吧,库库纳。"

库库纳坐了下来。但他先脱下被雨淋得沉甸甸的雨衣,把它挂到门边的挂钩上。

桌上的香槟酒泛起泡沫,飘起阵阵芳香。

我不说司仪是谁,你们自己猜吧。

卢基奇有只笼子,里边有两只他今早在森林里的缆车旁抓到的红胸脯鸟儿。

鸟笼放在桌子中央。两只红胸脯小鸟儿在笼子里蹦蹦跳跳,就像两个橡皮球儿,时而打上几声口哨。

"不,你父亲不应该打仗的,"他对库库纳说,"战争难道是茨冈人的事吗?茨冈人的家园是和平的。茨冈人在政治狗窝中需要什么?!你永远不要去打仗,库库纳,不管发生什么事!这不是你的事!你能答应我吗?!"

库库纳不仅向他,也向我们所有人许下诺言,永远都不会接近战争,因为他的家乡——充满和平、"刮脸刀"、"蓝色颜料"、"口香糖"……

库库纳的面容既欢乐,又悲伤,而且那天他心情特别奇怪。他先是在桌子上方吊起几块白抹布,就那样好几分钟一直抓着抹布,然后用目光移动放在桌上的两瓶满满的白兰地,接着使两个酒瓶砰的一下撞在一起。他这样做差点把我们的心都给撞碎了:要是瓶子突然碎了怎么办?!

两个瓶子合在一起,就好比两个连体婴儿,变得像副海洋望远镜,那副我们当天通过它用内心的眼睛洞察世界最边远角落的望远镜。

当库库纳在离我们五米以外仅用手上一个动作就点燃希腊式窗帘时,我们委婉地示意他,这足够了,然后同样委婉地请他把火给灭了。他照做了。

接着我们请年轻的女服务员拿来一只最大的酒杯,往里倒上香槟,让库库纳像迟到的人喝罚酒一样喝下去——希望借此平定一下他的巫术。

"这是雨惹的祸,库库纳下雨时会有这种情绪,下雨时所有这些小把戏他都耍得得心应手。"米哈伊尔·捷穆罗维奇得意地看着这位朋友,并提议为雨举杯。

他为世上所有的雨,为下过的雨,正在下的雨和将要下的雨敬酒。他盛赞让人压抑的倾盆大雨以及如和风般清新的小雨,下个不停的雨和转瞬即逝的雨,大面积覆盖的降雨和浇花般洒下的小雨,夜间的雨和白天的雨,温暖的雨和寒冷的雨,陈年历史的雨和子孙后代的雨,高空的雨和低地的雨,蓝色、红色、绿色、白色、黄色、深色的雨,欢快之雨和忧伤之雨,海洋之雨和沙漠之雨,小规模的雨和大规模的雨,森林之雨,高山之雨,田野之雨,城市之雨和乡村之雨,澳洲之雨,非洲之雨,美洲之雨,亚洲之雨,欧洲之雨……喧哗之雨和静谧之雨,愤怒和悠扬的,沙沙作响的和呼啸而来的雨,恋人之雨,孩童之雨,女人之雨,男人之雨,老人之雨……漂泊不定之雨和静止不动的原住民之雨,宾主之雨,欲望之雨,烟雾缭绕的帐篷之雨,海滨城市的"虹吸"之雨,洒落在富士山和金字塔、印加城、纽约城、广袤的俄罗斯和高加索山脉汇集的山峦之雨,宫殿和民宅之雨,鲜花之雨和白雪之雨……

接着他告诉我们:

"如果长时间不下雨,干旱就会毁坏农作物。阿根廷有一个部落,那里的男人自称美洲虎,他们经常组织祭祀比赛。这些美洲虎男人们用粗大的棍棒相互打斗。按照他们的习俗,打斗时血流得越多,雨水就会来得越快,越充沛。雨水降临之后就能浇灌土地,这些土地以后就能养育人类。美洲虎们认为自己是世界的救世主。"

我们都起身,站着为美洲虎男人们干杯,一饮而尽,杯中滴酒未剩。后来又开了几瓶白兰地。

不知是谁问了句,在这种竞赛中美洲虎是否杀死对方。他得到的答案是,不会,只会受伤,他们的伤口还被认为是神圣的。而且,最主要的是——他们每次比赛之后确实都会下雨。

两只红胸脯鸟儿在鸣叫。

天色渐晚,餐厅门时不时懒洋洋地"打着哈欠"。

一会儿有人进来,一会儿有人出去。更多的是进来。

其中一位进来的人说,雨水几乎淹没了城里所有的街道,大部分汽车都熄火停在那儿了。

而库库纳说，明天所有的汽车修理场都能大赚一笔。

当深夜雨停之后，我们说服卢基奇把那两只红胸脯鸟儿给放了。

53

与朋友们共度的一天完美地结束了。

但是这个夜晚还是缺了：

两杯"首都牌"伏特加，

与在奇比尔别塔小河附近休假的陌生女人调情，

以及——一曲忧伤的法兰西旋律。

54

在苏联共产党的麦加——莫斯科召开的中央委员会上审议的议

题,在接下来的几天之内必须毫无例外地在所有的党组织,甚至是最小的,哪怕是三个人的党组织开展学习和研究。

莫斯科就这样进入所有城市和乡村,就这样以一种新的方式呈现在地球这颗行星六分之一的土地上,覆盖了整个苏维埃国家。

苏联——就是莫斯科。

莫斯科——就是苏联。

党中央针对那些最重要的,同时也是最大规模的问题做出同样大规模的决议,比如:关于农业、住房建设、加强党内纪律、青年工作、完善与资本主义意识形态作斗争的有效措施等问题的决议。

党中央也做出了一些秘密的和绝密的决议,有时也允许在党组织中讨论秘密决议。这样做的目的,是为了在全国唯一的党派成员周围——与该国其他的(无党派)居民相比,打造一个重要而神秘的光环。被选举和神秘性要求人们对其怀有一种敬畏之心,混杂着恐惧和谨慎。简言之,最为重要的是——关心人民的福祉。党深知此道,因此一直系统地不断改进和肯定既定的方针路线。

至于那些绝密的决议,那就只有各联盟和自治共和国的最高领导人才了解了。党以此来强调他们——最高领导人——与其他当选的人和参与秘密的人相比的优越性和神秘性。在民众中前者享有十倍的尊重。

最高毕竟是最高,即便今日也是如此,难道不是这样吗?!

而其他人——就是其他人。

这是公式——而且是古老的公式。

还有一些秘密决议,只有各加盟共和国中央第一书记们或者中央政治局委员们才应该知道。

你们想象一下,曾经有一些秘密决议,除了苏共中央第一书记之外,没有人知道。这些决议,通常是他——第一号人物亲自做出的。

所以,党中央第一书记在共产党金字塔顶端占据着几乎是半神的位置。

尽管莫斯科审议了各种各样意义重大的问题,但从未处理过相对来说不那么重要的问题。比如,像偷山羊这样的问题。

莫斯科没处理过,但苏呼米处理过。

苏呼米在自己的委员会——州党委会上处理过。党委就是个小小的党中央,是它在地方上的化身。

"哦——哦——哦,党委——这是那种……那里可能发生这种事情:进去时是人,而出来时是一团屎,或者相反,进去时是团屎——出来时是个人……这就叫党委!"——党委委员,或是党委候补委员,或是梦想着成为党委成员的那些共青团员们常常重复这句话。

而现在来谈谈上面提到的问题,或者说关于偷山羊的问题。

在奥恰姆奇拉区的一个村子里,一位邻居偷了另一位邻居家的山羊。这两位都是党员。因此受害的那位农民党员到区委投诉那位同样为农民党员的犯事的邻居。区委未考虑太久就做出一个正式决定:将偷窃山羊的那位党员开除党籍,而且,此外还判他给受害者买一头山羊,按决定中所说,一头"类似的山羊",也就是说年龄和重量与被偷的山羊相仿的山羊。

这件事到了米哈伊尔·捷穆罗维奇那里。这两个奥恰姆奇拉人他一个都不认识:受害者也好,偷盗者也罢。米哈伊尔·捷穆罗维奇对此事很感兴趣。"很有意思!"——他说。

于是他责令将这个"有意思的"问题提交到州党委会审议。

关于盗窃山羊的问题措辞如下:"关于奥恰姆奇拉区某党组织违反党的纪律的事宜。"

州党委第二书记达米安·戈戈希亚试图说服米哈伊尔·捷穆罗维奇改变其决定,但毫无效果。不过应该指出的是,米哈伊尔·捷穆罗维奇有时还是会听取达米安·戈戈希亚的一些建议。对于每一件事都深入思考的老一辈共产党员们来说,戈戈希亚按共产主义的方式工作,而布加日巴的行事方式你完全搞不懂。

在党委会上,奥恰姆奇拉区委第一书记就被审议议题的情况做了简要通报,并且几次强调一个事实,即奥恰姆奇拉区委对该名党组织成员做出了客观而有原则的决议,该成员因有辱党员称号而遭到惩罚——被开除出党的队伍。另外,党组织还责令他(有辱党员称号的那位)给受到侮辱的那位共产党员买一头类似的家畜,或者重量和年龄与被偷山羊相似的山羊,以便补偿所造成的精神和物质损失。他还指出,根据该案例的具体情况,物质损失的补偿是完全可行的,但精神损失的补偿——则根本无法想象!

"山羊是几点被偷的?"米哈伊尔·捷穆罗维奇问区委书记。

"大概是晚上五六点左右。"

"据我所知,受害人当时不在家。"

"是的,米哈伊尔·捷穆罗维奇,他当时不在家。"

"那后来呢?……"

"我们听您说,米哈伊尔·捷穆罗维奇……"

"接下来呢——您知不知道,也许,被你们开除党籍的那个人家里来客人了?"

"是的,证词中提到了客人的事。"

"再接着呢?"

"我们听您说,米哈伊尔·捷穆罗维奇……"

"在证词中……那又怎样,他不应该尊敬客人吗?要知道客人可是上帝派来的!而且,也许他家里来的是一位没法只用一只炸鸡和碎玉米粥来接待的客人。这是这个家庭非常非常尊敬的客人……所以他必须宰一只羊,四条腿的,而不是两条腿的。不是两条腿的,而是四条腿的,难道还不明白吗？这不是用哈恰普里就可以招待的客人,而是值得餐桌上有山羊来招待的客人……"

"……"

"他家没有山羊,邻居也不在家,所以他牵了邻居家的山羊,然后把它给宰杀了,对客人表示了尊敬——延续了先人们的传统,好客的传统。可是奥恰姆奇拉区委做了什么呢？把这样的人开除党籍了！究竟为什么呢？因为他对客人表示了尊敬？这都是些什么事啊?! 我们大家可是像一家人一样生活在共和国里。今天,如果我家没有山羊,而我家来了客人,我一定用邻家的山羊招待他,而明天,邻居家来客人——我们一定为了他的客人宰杀我的山羊。难道不是这样吗,同志们?"

不知所措的党委成员们尴尬地笑着,赞同地点点头。

"你们奥恰姆奇拉情况很糟糕,你们忘记了祖先们最神圣的传统——热情好客——而且伤害了真正的共产党员,一个延续这一传统的人。这是没有远见,目光短浅。难道这是我们党教的吗？也许,其他的某个党会教这种东西,但绝不会是我们的党。这不是我们党固有的态度。难道列宁,……弗拉基米尔·伊里奇,写的不是关于这种事情吗？"

说到这,米哈伊尔·捷穆罗维奇怎么也想不起来列宁就保护盗窃山羊者和好客传统写过什么。

"达米安·弗拉基米罗维奇,在你们加利地区难道没有发生过这种主人应该敬重客人的事情吗？这算什么,我可是了解明格列尔人的,他们会将邻居的山羊用该邻居的马运过来,为的是尽快把该做的一切做完,免得客人在酒宴上等得疲倦。难道不是这样吗,达米安·弗拉基米罗维奇?"

达米安·戈戈希亚低下了头。

所有党委成员沉默着,一声不吭,赞同第一书记的意见。

"我提议,撤销奥恰姆奇拉区委给捍卫了自己村子的荣耀、体面地接待了客人的共产党员的处罚,让他回到党的队伍中。同志们,今天,我们缺的就是这样的人啊,我们应该支持他们,否则,明天我们能给未来一代怎样的答案呢? 要知道他们将来应该延续我们祖先的优秀传统啊!"

所有党委成员默不吱声地赞同此提议。

"此外,区委领导们,应该给他的邻居——而不是像你们所说的'受害者',买一只山羊——当然,是从区预算中支出。应该没人反对吧,同志们?"

没有任何人反对,而弃权的人——也没有。

55

我们的天父啊,愿你的名受显扬,愿你天上和地上的王国永恒。

请现在赐予我们粮食,饶恕我们的罪恶吧,我们也会宽恕冒犯过我们的人!

还有,拯救和保护我们吧,我们的天父啊,拯救和保护我,我的家庭,我的城市,我的国家吧! 帮助我们并保护我们吧! 如果你现在觉得没必要,而且既不希望也暂无此意愿,那么,天父,求你拯救和保护其他人,其他人的家庭,其他人的城市,其他人的国家吧!

56

高加索山脉万岁！主要因为它们非常特别,不同于其他山脉。

如果站在其他山脉的中央对群山打招呼:"你们好！过得好吗?"那么其他山脉一定会回应:"你……们……好……过得……过得……好吗……"

但是您站在高加索山脉中间喊一喊试试:

"群山啊,你们好！你们好吗?"

接下来您听听看！

您一定能听到:

"你们好……你们好……谢谢,还好……谢谢,还好……您呢,过得好吗,我的朋友?……家里人都健康吧?……问所有人好……问所有人好……请代问所有人好……好……好……"

总统的猫

科学发展到今天,人类依然在探索生物体结构的秘密。地球上第一个有生命的细胞是怎样诞生的？对此问题，目前众说纷纭，莫衷一是。

各种生物组织经过无数次结合，演化成一种新的过渡形式。

这种过渡形式由细胞突变而形成，比如嵌合体。起初诞生的是植物——如果没有光合作用，地球上就不会有生命，其他任何星球也不例外。动物出现的时间晚于植物。

在阿布哈兹，从事生物体结构课题研究的是米哈伊尔·布加日巴和约瑟夫·卡帕纳泽，历史学家维阿诺尔·帕丘利阿是他们的铁杆粉丝，对他们的秘密一直守口如瓶。

柑橘被认为是传统作物，他们最初的试验就是从柑橘开始的。

结果，他们竟然真的解开了这一秘密——生物体结构的秘密：结缔组织由两种生命元素构成。生物体的生命始于一个细胞，一个细胞分裂成为两个细胞，在前期形成四分体。生物体由细胞构成，呈金字塔形状。第一个金字塔形细胞在植物体中生成髓部，而在动物体中生成骨髓，其他细胞都是之后才形成的。植物体产生髓组织，动物体则是骨组织。对动物体来说，在骨组织之后产生了肌肉组织和肌腱组织。

他们把柠檬嫁接到枸橘上，这两种植物细胞结合后融为一体。按此方法，他们又将橙子和枸橼杂交，获得了一种嫁接水果。

米哈伊尔·捷穆罗维奇还研究如何缩短植物生长周期，提高坐果率等课题。他只要一穿上白色工作服就完了：除了自己培育的植物，世上所有的事情，他都抛诸脑后。他事必躬亲，所有的事情都必须亲自查看，反复研究。他和索索·卡帕纳泽经常将自己锁在实验室，一待就是老半天。

他们经常把一些研究成果提交到在世界各国举办的遗传学研讨会上，供大家讨论。

有一次，当时还是上个世纪八十年代，米哈伊尔·捷穆罗维奇去参加在美国召开的一个国际会议，结果晚了两天才赶到。在向现场一千五百名听众做正式科研报告之前，他首先为自己的迟到向所有人致以歉意，他是这么说的：

"来的路上我顺道去了趟德国。在那儿参观了一座城市，叫哈勒。因为在我们高加索也有座同名的城市，叫'加利'[1]，所以我就对哈勒产生了兴趣。在哈勒有一座驴的雕像。我的几个院士朋友经过测算发现，历史上用轮子搬运的货物总计有数十亿吨，而用驴搬运的货物总量，不多不少，刚好是轮子的十二倍。在此顺便提一句，一般认为，轮子可是高加索人发明的，当然，是和苏梅尔人一起。以上权当本人今天报告的开场白部分，下面来谈谈我们的新发现。"

全体与会人员哄堂大笑，继而以百分之两百的注意力仔细聆听了他的各种新颖而独到的见解。

他是个优秀的演说家。正如索索·卡帕纳泽对我说的，"早在季米里亚泽夫农业科学院上大学时，他就凭借雄辩的口才，深得斯大林赞赏"。

有一次会后，他把德国著名学者别尔根带到了阿布哈兹。别尔根当时供职于耶拿大学，长期收集植物杂交种子，藏品颇丰。阿布哈兹那些比较清楚别尔根分量的人，谁也没能料到米哈伊尔·捷穆罗维奇能把他请来。但他做到了。他们一起坐车取道索契而来。

"我们得和别尔根讨论一些非常严肃的问题。"米哈伊尔·捷穆罗维奇说。第一天，他请别尔根去了"梅尔赫乌利"饭店；第二天，去了"阿姆拉"饭店；而第三天，则是"埃舍拉"饭店了。别尔根对米哈伊尔·捷穆罗维奇和索索·卡帕纳泽说："我真为你们感到高兴，为你们的新发现感到高兴。"

1　译者注：俄语 Галле（正式名称为 Халле，哈勒，德国城市名）与 Гали（城市名，加利，位于阿布哈兹）两处地名在俄语中发音相近。

在"梅尔赫乌利"他们讨论了生物体结构的问题,在"阿姆拉"——全球变暖的话题,而在"埃舍拉"——是华盛顿葡萄柚种植园事宜。在此向诸位通报一下,一个华盛顿葡萄柚的能量相当于两个普通橙子,也就是说,其营养价值翻倍。而且,在阿布哈兹,华盛顿葡萄柚的产量每公顷达一百二十吨,相比之下,橙子则仅为三十七吨。

别尔根是在战争开始前两年来的阿布哈兹。而在战争开始前一年,米哈伊尔·捷穆罗维奇亲自造访了斯德哥尔摩诺贝尔委员会总部。他还参观了瑞典科学院和皇家协会。他们的新发现应该能获得国际承认,即便不能获得,不管怎么说,也应当成为国际关注的对象。所以,有必要提交相关成果,以申请阿尔弗雷德·诺贝尔奖。只能是诺贝尔奖!必须是它!米哈伊尔·捷穆罗维奇就这么下定了决心。为此,苏呼米人已经做好了一切准备工作:涂上防腐剂的细胞,成套的杂交种子,其中最珍贵的当属柠檬和枸橘的杂交种子,各种试验样本,加上已经发表的文章等等。另外,申请书要附上成果描述和几封推荐信,专业委员会会来现场察看种植园。

说不定,在诺贝尔奖设立九十年到一百年之后,凭借其在世界和平与人类进步领域取得的成就,他们还真能获得炸药大王创立的这一奖项。

他和朋友们一起,不仅梦想着获得诺贝尔奖,并且身体力行,具体包括:

——他定期前往莫斯科,与传奇人物杰米霍夫院士的学生——列万·古古什维利见面。杰米霍夫与古古什维利致力于动物器官移植研究。在他们的实验室,有来回徘徊的双头狗,有成功完成狗爪和心脏移植手术的各种狗。米哈伊尔·捷穆罗维奇对他们的事业也感兴趣,但是,他不会牺牲动物的生命去做实验。

——他家以前还养过一条蛇,养了整整两年,后来他在森林里把它放生了。而且,总的来说,他也不准任何人杀蛇。他喜欢自己给植物浇水,无论在家里还是在单位,天天如此,从不例外。只要一出现在办公室,最先迎接他的就是他那群鸽子,一直屁颠屁颠地跟着他走。他口袋里总是有吃不完的面包或者小白面包碎屑,喂食各种小鸟和鸽子。索索·卡帕纳泽根据瓦扎·普沙维拉诗歌中主人公的名字,称他为明季亚。他经常在离开饭店前请服务员用餐巾纸包一点剩菜剩饭,拿来喂流浪狗和流浪猫。有一天,他从街上捡回来一只小狗崽。等小狗养大后,他请人在研究所主楼地下室专门给它准备了一个窝,就让它住那儿了。

——他不时去看望齐娜伊达·尼古拉耶夫娜。他们经常聊到深夜,喝着茶,偶尔也喝咖啡。杀害齐娜伊达儿子的凶手(男女不详)还是没有找到。加格拉区和加利区的几名嫌疑人已被无罪释放。现在关心她的只有她自己的女儿,还有瓦列拉的朋友罗玛。罗玛住在她家隔壁。这个女人,本来就承受了精神上的折磨,偏偏雪上加霜,还遭受身体上的痛苦,因此整个人越来越虚弱。如今,手脚已完全不听使唤,风湿病让她苦不堪言。米哈伊尔·捷穆罗维奇给她带了些比较贵的药,有些是从国内药品管理局好不容易弄到的,有些是从国外捎来的,但是,就连这些药,对她来说,都根本不起一点儿作用。有一天,他给她带来一只猫,身体健壮,橙黄色。他对她说,这只猫,是他有一次去美国时约翰·费兹杰拉尔德·肯尼迪亲自送给他的。"这是一只能治病的猫,它是从世界上所有能治病的、不同品种的猫中繁育出来的。有很强的生物特异功能,什么都能治好,尤其是心血管疾病、神经系统疾病、关节疾病、肝脏疾病、胃病,还能调节血压——绝对是医治百病,所以,从今往后就让它一直陪在你身边吧。你看,它多聪明!它跟你一样,也喜欢吃鱼。哦,还有,要多摸摸它的毛。难道肯尼迪家里会养普通的猫吗?这可是总统本人的猫,专门为他繁育的。你可以叫它肯尼迪,也可以叫它约翰·费兹杰拉尔德,还可以叫全名:约翰·费兹杰拉尔德·肯尼迪。"

——他得过肺病,但治好了。不过这件事鲜为人知,只有少数几个人知道,索索·卡帕纳泽就是其中一个。1968 年,他被诊断为肺癌。他使用民间偏方治疗,服用了一种名为科尔胡姆的药物,从基辅捎来的。科尔胡姆含有秋水仙素。

——有一天,他领了一位穿着迷你裙和连裤袜的年轻金发女郎来到研究所。"索西克,给她办个入职手续吧,实验员岗位,她不比你那几个实验员蠢,但更为重要的是,我坚信,她对咱们申请诺奖会有很大帮助。"可索索非常固执:"无论如何都不可能!"没办法,实验员没办成,他给她安排了个自来水系统检验员的岗位。科学需要牺牲,但是你,索西克,到现在还不明白这一点。

——他和孩子们交朋友。有一帮小男孩经常来研究所大院踢球。有一天,他给了他们一些钱,足够买十一个足球,他们一共十一个人。他对他们说:"你们就这一个球,已经坏得没法踢了。"

——夏日的清晨,他经常和朋友们一起去海边休息。那儿有一个封闭式海滨浴场,他在浴场有自己的私人空间,专门给他隔出来的,配备了遮阳篷和更衣室。有一次,他正躲在背阴处懒洋洋地歇着,这时有搬弄是非者告诉他:"原来你小女儿早已结婚,从家里跑出去啦!"当他得知女婿的名字后,更是火冒三丈,像莎翁笔下的主人公那样骂道:"哼,这帮可恶的明格列尔人,他们这是诚心要把我给同化了!你们看,他们怎么能破坏平衡呢?他们这是在妨碍我做研究!"他没让维阿诺尔·帕丘利阿和其他人跟着,说道:"就让索索一人陪我去吧,他比较了解我'发神经的样子'。""伏尔加"开得飞快,半个小时后他们就来到了两个年轻人的藏身之处。他先是亲了亲女儿,然后和女婿相互拥抱并行了贴面礼,接着就迫不及待地问道:"喂,孩子们,你们想在哪儿度蜜月呢?"

——"红酒尔,"他对维阿诺尔·帕丘利阿说道,"我们上辈子可能是某种植物,或者是某种动物。话说昨天白天你给我抹了点熊油,结果整个晚上我都觉得自己是只熊! 不过,不知道为什么,我总觉得自己以前就是头水牛。"

——他相信,格瓦恩德拉的冬夏和世界上其他地方都不一样。"格瓦恩德拉冬天睡觉时盖夏天的被单就行,"他说道,"而格瓦恩德拉夏天喝的是冬天的水,就像冰凉的香槟,适合浅酌慢饮。就连这里的煎蛋(我和一个朋友一起做的),色泽犹如量子黄色,至于这里大海的波涛就更不用说了。"

——"甭管我身体有多差,只要一看见美女,马上就能挺直腰杆——只消她一个眼神,就能将我治愈。"

——有时,不论是在海岸边、森林中抑或田野里,他总喜欢躺在地上,长时间地仰望天空。"它们在给我治疗。"他说的是大地和天空:大地能让他脊背变得更加强壮,而天空则能让他内心变得更加坚强。

——童年的记忆总是招之即来,挥之不去。无论何时,他都能回忆起那些已经离开人世或仍然健在的人。他谈起他们的样子,就好像他们刚刚就站在他旁边似的。活人也好,死人也罢,他并未觉得有很大区别。他可以同时身处城市和乡村。简而言之,乡村与城市,两个地域,两个世界,两种标准。

以下摘自他的个人语录:

——敌人造就了我们个人,所以荣耀和爱也归于他们! 但是,假如我没有敌人呢?

——检验一个人说的话,要像老电影里辨别黄金真伪时一样:用嘴咬。

——一间屋可以装满全世界,一滴水可以盛下整个海洋。我们在旅行时来到这个世界,我们在不同的空间旅行。这就意味着,我们是在不同的空间中出生的。所以,我喜欢乘轮船、坐火车和汽车。坐自己的车时,我总是坐在前排副驾驶位置。总的来说,人经常生,而很少死,但是懂得这一点的人凤毛麟角。

——当我在各种人际关系中穿行时,我看见了上帝。

——我们生活中的一切,都是为新生儿设计的一个个骗局。你们看,在我们这个世界,世人是多么费尽心机地欺骗他们:拨浪鼓、小木笛、鲜艳的气球、五颜六色的各种玩具。为了他们,我们是多么努力地装点新年枞树,小朋友们过生日时,我们是多么精心地打扮他们,我们又是如何让他们习惯于我们的种种谎言!

——重要的是内心和灵魂,否则,面善也好,面恶也罢,都不过是一张脸皮而已。

——失去的总是最好的,但我们不可能全部都失去。

以下是他做的一些比较:

——有的人,目光仅限两米以内,而有的人,视线却及千里之外。

——有的夜晚,能让音乐声变得越来越小。

——有些雨水,能把整座城市浸透得跟小白面包被水泡过似的。

——黑海海面,茫茫雾霭,笼罩心头,浓雾也好,薄雾也罢,都总是那么美好。

突然,有一天:

——米哈伊尔·捷穆罗维奇对我说:"你看,你打死了一只苍蝇,有哪家工厂或者企业能让它死而复生? 你打死多少只苍蝇,屁股上就会长多少个疮! 看你以后还敢再消灭蟑螂、蛇、蜥蜴、老鼠……"

——他曾对我说:"哎,真是不幸啊。昨天在街上碰到三个人,好奇怪。我跟他们打招呼,他们理都没理我。我想,他们哪怕能稍微有点像我也行啊,但他们不需要,因为在他们眼里我才是异类。"

——他许下愿望:"求上帝保佑,让我也能像哥伦布那样发现我的新大陆!"

——我给他打电话,还没来得及开口,他就已经猜到是我:"你好,德米特里·安德烈耶维奇!"——"你怎么知道是我?"——"是不是穷光蛋,看他们说不说话就知道了。"他笑着说。

——在一次宴席上,有个人对我们大家都认识的另外一个人评头论足,说他总爱放空话。米哈伊尔·捷穆罗维奇听到后非常生气,说道:"不论他是个什么样的人,永远都不要这样议论别人,更何况是在背后。"

——在加格拉的时候,他对我们说:"加格拉实在太美了,在这压根儿就不会去琢磨科学的事,看来加格拉妨碍我们搞科研啊。"

——他想起来,"有次中学地理课上,女老师把哥伦布的名字写成了'基督·托弗'。从那以后,哥伦布对我来说就不再是克里斯托弗,而就是基督·托弗。"

——他在饭店对一个素爱打架滋事的醉汉说:"你想干什么,难不成真要像我妻子咒我的那样来做吗?为什么今晚非要让我扫兴呢?"醉汉怒不可遏,攥紧拳头转过身来。但是,认出来是他,只好松开拳头,悻然离开了饭店。

——我们坐在格瓦恩德拉他家的庭院里。海面微微泛起波澜,荡起微微涟漪,远处传来阵阵隆隆的火车声,太阳时而露头,时而躲进云团,厨房里的水壶轻轻地沸沸作响,街上不时传来路过的老人的阵阵咳嗽声。我们一边喝着阿恰恩达拉葡萄酒,一边听他讲述大千世界的各种奇闻逸事。他说:

"爱情或许是宗教,但可能被政治取代。"然后,给我们举例,"英格兰都铎王朝国王亨利八世不顾教皇反对迎娶安妮·博林,但是,没过几年,亨利八世对她的感情就冷淡下来。安妮先是被捕入狱,最后甚至在断头台上结束了自己的一生。"

"衣服最性感的部位是拉链,因为拉链不仅引发了一场时尚变革,而且引起了一场性革命。"

"舍赫拉查德的童话是童话王国的王后。"

"人不仅是地球上最奇怪的生物,还是成千上万种生物中最强大的物种。"

"凭借一个威尼斯港,意大利就足以引以为傲了。"

"犯下世界上最大错误的人——'基督·托弗·哥伦布',在发现美洲大陆的同时,还为欧洲带去了西红柿、土豆和香蕉。

"因此,今天,我们在格瓦恩德拉,坐在哥伦布为我们备好的餐桌前,再配上阿恰恩达拉葡萄酒、印度茶、非洲咖啡、胡桃、捷克啤酒以及苏呼米糖果点心厂的烤蛋糕,丰盛极了。

"所以,在这一天,全世界都在我们这儿做客,而我们也和全世界在一起,虽说短暂,但却可能是永远。"

57

我在塔马什中学上七年级的时候,有次历史老师领着我们四个优秀学生去了趟列宁格勒,为的是让我们走近具有历史意义的地方,比如"阿芙乐尔号"巡洋舰博物馆。

那个新年注定终生难忘。

在列宁格勒,我们意外地碰见了布加日巴。他跟历史老师是中学同学。布加日巴非常高兴遇见了我们。"今天晚上,我在酒店餐厅等你们,"他对老师说道,"而且,一定要把孩子们也带上,你们敢不来试试!"临别时,他又跟我们所有人一一行贴面礼,然后急匆匆地走了。

几个小时后,不知不觉间,我们已来到"阿斯托里亚"高级餐厅。除了我们,客人中还有匈牙利和罗马尼亚的几个同志。

几杯酒下肚,米哈伊尔·捷穆罗维奇开始向客人们介绍我们几位:历史老师成了阿布哈兹教育部长,而我们则被他宣布为巴黎神童竞赛的冠军得主。按他的话说,这可是世界级的比赛!

我们顿觉像被雷惊到一般诧异,但是,我们那会儿还能怎么做呢?

听完这些,客人们又惊又喜,还没等缓过神来,布加日巴接着说道:"这些孩子通晓数学、物理学、化学和历史,而且已经达到了副博士的水平。还有,他们能流利地说多种语言,包括阿布哈兹语、明格列尔语、俄语、格鲁吉亚语、亚美尼亚语、土耳其语、希腊语、古希伯来语、古西班牙语、古日语、泰语、马其顿语以及非洲某部落的语言——乌尔都语,更确切地说,是一种非洲方言[1]。"

我们听得目瞪口呆,老师差点没拔腿就跑。

"真的,你们看,多么有趣的一群孩子!等待他们的将是充满异域风情的生活,不是普通生活,而是节日般的生活。"他说道。

那些客人给我们送纪念品时,摸了摸我们:我们真的只是普通孩子吗?

1　译者注:此处为作者的错误,乌尔都语为巴基斯坦国语。

后来，米哈伊尔·捷穆罗维奇突然看到电视里正在播天气预报，说是黑海沿岸地区普降大雪，造成道路交通部分中断。

他马上让人拿部电话机来，电话机直接拿到了餐桌上。他给苏呼米州委和部长会议发了封加急电话电报。

直到现在，我依然清楚地记得那封电话电报，内容如下：

"听说阿布哈兹下雪了。下雪本来是件极好的事情，但是，如果下得太久，况且是大雪，就不是好事了。鉴于此，我责成各区党委、团委、区执委、各国营农场和集体农庄，充分发动阿布哈兹广大人民群众，努力确保鸣禽的食物供应，帮助它们顺利度过寒冬。对阿布哈兹来说，它们的死亡将是不可弥补的损失。我两天后返回，到时会亲自去现场检查你们采取的措施。米哈伊尔·捷穆罗维奇。"

58

所有不幸的人万岁！上帝会帮助他们并为他们指点迷津！

有一种消防直升机，其机体腹部水箱就像个蓄水池，能在几分钟内从湖泊或者其他较大水域加注几十吨水，然后把水全部浇到火上。

这种飞机用于扑灭森林火灾。

一旦注满水，飞机本身几乎就"坐在"了水面上。这是一种装有四台大功率发动机的飞机，我曾经亲眼目睹。

去年八月份,加拿大发生森林大火。但凡能想到的方法都试了,凡是能用的灭火工具也都用了,但是,大火还是持续燃烧了整整一个礼拜。

在那场森林大火中,这种消防直升机"上阵了"。

飞机在例行"喝水"时,把一名潜水员一并"吞进"了肚子里。几分钟后,飞机将这个可怜的家伙"吐了"出来,连人带水径直投向了熊熊烈火。

为以这位加拿大潜水员为代表的所有不幸的人干杯!

59

在别斯列特卡河流入黑海的河口处,有一片桉树丛林,丛林里有一片夹竹桃灌木丛,米哈伊尔·捷穆罗维奇在其中一株夹竹桃下发现了一只流浪猫,橙黄色的。他把它抱起来,紧紧地搂在怀里,一遍遍抚摸着,亲了又亲。

这只猫眯缝着一双绿色的小眼睛,欢快地大声叫个不停,丝毫不知疲倦。它一会儿用头在他怀里蹭来蹭去,一会儿用它那粗糙的舌头舔舔他的脸。看它的这些举动,好像他们是老相识似的。

"索索,"他说,"你看,它多像你!"

于是维阿诺尔马上附和道:"我还头一回听猫发出这么奇怪的叫

声。"

可他说："这一点都不奇怪，你好好看看就会发现，这是命运送给我们的一只不寻常的猫，就是这么回事。"

他把这只不寻常的猫带回了家，用洗发水给他洗了个澡，把它洗得干干净净。

过了几天，他把这只猫送给了自己儿时的伙伴——齐娜伊达·尼古拉耶夫娜。她和我是邻居。

齐娜伊达·尼古拉耶夫娜的关节特别疼，经常半年或者更长时间都不能下床。

"齐娜伊达·尼古拉耶夫娜，我给你带了一只能治病的猫，这可是专门繁育的品种！它是美利坚合众国总统约翰·费兹杰拉尔德·肯尼迪亲自赠送给我的。你可以就这么叫它：约翰·费兹杰拉尔德·肯尼迪，或者简单点：总统的猫。"

后来，齐娜伊达·尼古拉耶夫娜真就这么叫它：约翰·费兹杰拉尔德·肯尼迪，很少叫它总统的猫。她对它不是一般的相信。你简直无法想象她有多么相信！

"记住啦，一分钟也别把总统的猫给忘了，你看它多温柔！"

齐娜伊达·尼古拉耶夫娜也确实没和总统的猫分开过。

一个月后，她已经能下床走路了，先是和总统的猫一起在自家院子里走动，后来可以上街了，没过多久，她和猫已经一起在少先队公园散步了！

约翰·费兹杰拉尔德·肯尼迪的猫！喔，听起来太棒了！

60

现在，让我们为那些没能挤上诺亚方舟躲避灾难的飞禽走兽、花鸟虫鱼们祈祷，愿它们安息！

水牛也曾是它们当中的一员，但是，后来水牛得救了，这要归功于它嘶吼着诺亚的名字：

"挪——呀，挪——呀！挪……"

诺亚方舟当时已经拥挤不堪，眼看就要起航了。就在这时，传来了水牛"挪——呀"的阵阵狂吼声。

于是，诺亚让水牛上了方舟。

而其他所有生物都在那次史前大洪水中惨遭浩劫，无一幸免。究其原因，可能就是因为它们不知道怎么说出诺亚的名字，喊也好，叫也罢。

让我们祈祷它们安息！虽然它们彼时不幸，但在今天看来，它们又是幸运的，就如同那些从来没有降临过的生物一样。

61

我在莫斯科季米里亚泽夫农业科学院上学时,有个俄罗斯朋友,叫瓦西里·库兹米奇。他是一名研究北极的学者,所以经常和各种探险队一起在北极广袤无垠的冰天雪地里穿梭。

诸位可能知道,在北极那种漫天冰雪的地方,一般都使用狗拉雪橇作为交通工具。每副雪橇都有一只领头犬。一只狗要想成为领头犬,必须和同伴进行无数次搏斗,有时甚至是你死我活的厮杀。

有一次探险时,瓦西里·库兹米奇乘坐的雪橇由一只叫"暴风雪"的家狗领头。"暴风雪"是一只壮年狗,毛长而浓密,色黑胸宽,胸前长着白毛。在所有的狗当中,瓦西里最喜欢"暴风雪"。家狗就差会说话了,它们彼此间能心领神会。探险队愈接近北极,严寒就愈加肆虐:每天晚上都有一两只狗成为严寒的牺牲品。到了早上,先把前天晚上已经完全冻僵的狗从雪橇上解开,然后再换上其他的狗。这些狗就永远地长眠在那里,而雪橇则继续前进。

领头犬,顾名思义,就是套在雪橇最前面的狗,其余的狗成对地拴在锁链上,跟在领头犬后面。而且,晚上睡觉时也是按照这个顺序——领头犬蜷曲在雪橇前面,其他的狗在它后面,两两并排,蜷缩在雪地里休息。

但是,严寒还在进一步加剧,被冻死的狗也越来越多。

这一天,天寒地冻,冷得实在让人难以忍受。瓦西里·库兹米奇开始担心起来:"暴风雪"不会被冻死吧? 想到这儿,他不顾"暴风雪"的反对,把它解开,牵进自己的帐篷,硬是用绳子把它拴在自己帐篷里。他忙完这些,已是精疲力尽,差点没被冻死,几乎是刚一躺下就睡着了。

他一觉醒来后,一眼就发现一截断了的绳子:糟了,肯定是夜里"暴风雪"咬断了绳子,跑了!

瓦西里·库兹米奇急忙跑出帐篷,映入眼帘的是这样一幅情景:"暴风雪"又返回原位,坐在领头犬的位置。它用爪子挡住脸,朝人那边甚至看都不看一眼,一副备受委屈的样子,其余的狗也都原地不动,依旧两两并排地待在雪地里。

看到这幅景象,瓦西里·库兹米奇不禁潸然泪下。他认识到自己做错事了:要知道,如果领头犬头天晚上在帐篷里过夜,第二天它的同伴绝不会再认它,不会再听它发号施令,也不会紧跟在它身后,更不会卖力地拉锁链,就像吉他的弦一样,雪橇将寸步难行。

所有的狗都不会原谅"暴风雪"在人类的帐篷里过夜,那样它们会给自己选出一只新的领头犬。

所以,让我们为人类当中那些哪怕稍微有点像"暴风雪"的领头人的健康干杯! 请相信我,这杯酒要敬的人也就那么一两个,最多三个——不会再多了!

62

我被任命为一个三十人代表团的负责人。这是一次重要的访问,我们本应在莫桑比克安排几场会见。苏联当时正在非洲寻找盟友，偶尔也能找到，只是价格不菲。

时任苏共中央委员的一位大领导指示我："去吧，米哈伊尔·捷穆罗维奇，你领着大家一起去莫桑比克，我们等你们凯旋归来！"

我们沿海路出发，从敖德萨港起航，先后驶过黑海、爱琴海、红海，进入印度洋，然后穿过莫桑比克海峡直抵莫桑比克。我们把船停靠在了马普托港。

我对当地一个部落——土库部落非常感兴趣。正式会见结束后，我向东道主提出请求，能否带我去看看土库部落生活的地方，哪怕个把小时也行。

嗬，他们真带我去看了。

当代表团其他成员都在听当地民族歌舞团的音乐会时，他们用一艘小海船把我拉到了萨纬河口附近，那就是土库部落生活的地方。与我同行的还有一位意大利神父，他叫安东尼奥，是位传教士。安东尼奥神父。

土库部落世代以渔业为生。他们捕鱼的仪式很有意思：起初，只派三个人乘坐一叶小舟前去，等小船进入莫桑比克海峡，他们就向马达加斯加方向划去，在那捕上一条鱼，一共就捕一条。他们把这条鱼放进一只大桶，里面装有满满的海水，然后返回岸边。这种鱼叫"大嘴鱼"，成年后体重可达三到七公斤。

上岸后，土库人再把那条大嘴鱼放入一个专门的养鱼池，用上等饲料精心喂养一个礼拜。

一个礼拜后，还是那三个人，还是用那只大桶，装满海水，带着那条此时已经被养得膘肥体壮、得意洋洋的大嘴鱼返回原地，将它放生。

放生之前，三人齐声对鱼说："请你转告大家，你的家属、亲朋好友、左邻右舍，所有的鱼儿，你在我们这儿，在岸上生活得很好；另外请你转告它们,明天一早日出时分,我们会有很多小船去你们那儿,到时我们会带大家一起上岸,我们会非常尊重大家,就跟尊重你一样。"

第二天日出时分,他们果真派了三十条小船去那儿,就是那个地方,还确实捕到了很多很多鱼,差点没法全部拉走。

他们这次捕的鱼够吃很长时间。每隔同样长的一段时间,故事就重新上演一次:依旧是那三个特殊的人,还是划到那片海域,目的还是先捕一条唯一的大嘴鱼……

我和安东尼奥神父与渔民们攀谈,他们非要请我们吃大嘴鱼。他们把鱼用篝火烤着吃。渔民告诉我们,"捕上来的第一条大嘴鱼信任他们,而其他的鱼信任大嘴鱼,所以就都按照它说的话做了。我们相信,我们和大嘴鱼之间的关系会这样一直延续下去,因为我们的上帝和大嘴鱼的上帝是朋友。"

晚饭后,渔民们开始在篝火旁祷告。

"伊阿洛!"有一个人高声念道(这个词在当地语中意思是"一")。

"伊阿洛!"其他人跟着大声念。

"奥伊利!"第一个人继续高声念道(这个词在当地语中意思是"二")。

"奥伊利!"其他人继续跟着大声念。

然后,又从头开始念:"伊阿洛! 伊阿洛!"一些祈祷者念道。"奥伊利! 奥伊利!"其他人又重复道。渔民们就这样祈祷了大约十分钟。

"这是我们的主祷文。"渔民们告诉我们。

"不对,主祷文是《我们的天父》。"安东尼奥神父对他们说,然后他就开始用拉丁文教他们《我们的天父》,教了整整一个小时。让我倍感惊讶的是,他们竟然很快就学会了。

当我们的船离开土库部落住地时,已是深夜。我和安东尼奥神父站在甲板上。突然,我们都听到一阵奇怪的声音,急忙回头朝海面望去,这才惊奇地发现:有两个土库人正沿着水面在奔跑,一边跑一边用脚啪嗒啪嗒地击打着水面。我对天发誓,他们真的是如履平地,贴着水面啪啪地跑。

"神父,我们想不起来祈祷词的结尾了,'求你宽恕我们的罪过'这句话后面是什么? 还有,我们应该怎样做'结束祈祷'呢?"两人顺着甲板方向,在海面上边跑边问。

"不用啦,你们不需要用这个祷告词。你们还是像以前那样祈祷吧,按你们自己的方式,用你们的主祷文就行! 就这样重复:伊阿洛!奥伊利! ……"安东尼奥神父激动不已,感慨激昂地高声喊道。

现在,让我们一起颂扬那些真正有信仰的人吧! 上帝爱他们!

"伊阿洛!"

"奥伊利!"

63

爱琴奥斯·马尔马里洛斯是阿尔戈英雄的后代。当山呼海啸、汹涌澎湃的滔天巨浪裹挟着刻有古希腊装饰图案的建筑退向历史的深处,当灿烂辉煌的狄奥斯库里亚城永远地沉睡在海底时,人们开始在这里修建苏呼米城。而此时,海边一片空旷的沙滩被泡沫飞溅的浪花冲洗得干干净净,爱琴奥斯·马尔马里洛斯遥远的祖先刚好被遗弃在这片沙滩上。他孤苦伶仃,无家可归,浑身上下散发着一股凤尾鱼的腥味儿。

但是,他没有惊慌失措:他先是教会了当地居民一些建筑秘诀,自己则开始干起了土地测量员的行当。

事实的确如此,不是吗?不管怎样,爱琴奥斯·马尔马里洛斯家族世代子孙每三人之中肯定有一人是土地测量员。

爱琴奥斯·马尔马里洛斯就是其中的一位。黑海沿岸,巍巍群山,深深河谷,他的族人前前后后也不知测量了多少次。他们使用的测量圆规所走过的路径,可能足以覆盖从苏呼米到世界边缘上百倍的距离。

爱琴奥斯·马尔马里洛斯的本名是德米特里·希奥尼季。他有个名叫尼科·希奥尼季的侄子,曾是苏呼米当地有名的摄影师。这么说吧,由于他为人宽厚,细心周到,使得希奥尼季这个姓在苏呼米城家喻户晓,尽人皆知。尼科·希奥尼季照相馆拍摄的照片数以千计,在每个相框的右下角都用俄语注明"希奥尼季摄"字样。

但是,米哈伊尔·捷穆罗维奇管他们家族叫爱琴奥斯·马尔马里洛斯,大部分人也正是通过这个名字才知道德米特里·希奥尼季的。爱琴奥斯·马尔马里洛斯这个名字融合了地中海流域两片大海——爱琴海和马尔马拉海的名称。从地球诞生伊始,爱琴海和马尔马拉海就一直亲吻着古希腊的双脚和它的全身,一提起这两片海,就仿佛让人想起那迎风飘扬的舰尾旗,自由自在,高傲不屈,神圣而优美。爱琴奥斯·马尔马里洛斯非常喜欢这个名字,但是,他历史上的家乡,那个他在上世纪七十年代末历经艰辛才踏上的故土,却没法让他喜欢。他上那儿去也就是做做客,走走亲戚,即便这样,返回苏呼米时也同样费尽了周折(因为苏联时期《边境法》异常严格)。

"完全是另外一个国家,"爱琴奥斯·马尔马里洛斯见到朋友时边摆手边说,"另外一个民族,另外一种风俗。你们能想象得到吗?如果没有提前约好就上门，哪怕是自家亲戚，也不会接待你！他们永远都是没有时间，甚至连杯葡萄酒都不给你倒上。而我，作为一个老苏呼米人，怎么也理解不了这一点。话说，你们想想啊，在苏呼米我随便上哪家，结果没被接待，理由就是今天日程已满……或者连顿饭都不请你吃。"

爱琴奥斯·马尔马里洛斯还干过木工，曾在古尔里普希镇实验农场木工车间工作了好几年。而这个农场的场长，在此期间一直由米哈伊尔·捷穆罗维奇担任。所以，米哈伊尔·捷穆罗维奇和爱琴奥斯·马尔马里洛斯在农场那会儿就认识了。

他们是这样认识的。爱琴奥斯·马尔马里洛斯和农场另外一位木工奥塔尔·契基利亚一起给农场一位刚过世的退休老员工打口棺材。两人不紧不慢，刨木、砂光、上漆，前前后后一共花了将近三天的时间。忙完后，两人还喝上了：愿逝者灵魂安息，光辉永驻人间！就这样，这哥俩儿一人一瓶首都伏特加下肚，都有点喝高了。等他俩抬起棺材准备给逝者家里送去时，已是夜里。路上要穿过一条小河，叫奇皮尔佩塔河，流经加格拉气候观测站附近。河上有座桥，不太稳当，摇摇晃晃。爱琴奥斯·马尔马里洛斯一不留神，脚下一绊，棺材就脱手掉到河里去了。

此时，大雨过后的奇皮尔佩塔河河水满满的，裹着棺材就直奔大海！这俩伙计沿着河岸一路追着棺材跑，但到最后也没撵上。

米哈伊尔·捷穆罗维奇听说这件事后，笑了好半天，然后硬是让会计给他俩每人发了一个月工资奖金：奚落奚落他俩，免得以后再丢棺材。

为了准备死后第四十天的悼念仪式，爱琴奥斯·马尔马里洛斯和奥塔尔·契基利亚一起给这位亡人做了个墓碑，算是为上次棺材被河水冲走的事情赎罪。这次他俩干得非常卖力，酒也没敢喝。两人先是在墓碑上刻了漂亮的铭文，然后又涂上金色。他们像忏悔的基督徒该做的那样卖力地干活。

只是，他们竟能搞错坟墓，把墓碑安到别的坟上了。

米哈伊尔·捷穆罗维奇再次开怀大笑，并且再次给每人发了奖金，希望这次他俩能真心感到羞愧，也希望他们这回能把墓碑放对位置。接着补充道："你们都看见了，这次可跟酒精没半点关系，他们也没喝啊。"

从此以后，米哈伊尔·捷穆罗维奇和爱琴奥斯·马尔马里洛斯就更熟了。他们先是在奇皮尔佩塔河边聊天，然后转到木工车间，在那儿一人喝了一瓶伊莎贝拉，索索·卡帕纳泽也在。就这样，他们的关系彻底加深了。

有一次，他们一行人去打猎。只有米哈伊尔·捷穆罗维奇一人不打猎，他甚至连枪都没带，就在林子里闲逛。

那天其他人也没怎么打，因为他们的两条猎狗互相喜欢上了对方。他们开了两辆菲亚特，每辆车的后备箱带一条狗。跟往常一样，快到打猎的地方时，提前把狗从后备箱放出来。这两条狗从车上一下来就迫不及待地向对方奔过去，忙着互相调情，你追我赶，乐此不疲。两条狗就这样疯了一整天，哪还顾得上打猎。

不对，不管怎么说，他们还是打到了一只兔子，是一个叫戈德若的老足球队员打的。大家把兔子带回了餐厅，吩咐后厨给烤熟了吃。厨师在兔子屁眼里发现了一张小纸条，上面写着："我是被戈德若打死的。兔子。"

原来，这只兔子是爱琴奥斯·马尔马里洛斯一早去市场买的，那张小纸条是他亲手塞进去的。剩下的事情就自然而然发生了：爱琴奥斯·马尔马里洛斯先是扶着兔子"坐在"灌木丛里，过了一会儿，把戈德若引到了这片灌木丛里。

这下可热闹了！戈德若拿起枪就扑向爱琴奥斯·马尔马里洛斯，要杀了他。但是，其余人把枪给夺了下来。七杯酒下肚之后，两人已经和好如初。

再后来，爱琴奥斯·马尔马里洛斯又干起了老本行——土地测量员，但是，和米哈伊尔·捷穆罗维奇之间的友谊一直没有中断。

"他是我朋友，请多多关照！"米哈伊尔·捷穆罗维奇轻轻地拍了拍他的肩膀，自豪地向大家介绍爱琴奥斯·马尔马里洛斯。"他以前失手把棺材掉到河里了，把老大爷的墓碑安到老太太的坟上去了，奇人啊！他祖先修建了狄奥斯库里亚城，那也是个奇人，他为什么要把狄奥斯库里亚城还给大海呢？就是因为做错事了。当初把城市建得太靠近海了，就差没建到大海里头去。所以，就连大海也不愿错过这个机会：看见如此美景，岂有不收之理！"

64

米哈伊尔·捷穆罗维奇在科研上曾致力于对山羊的研究。

与其他几项工作成果一样，他为这项研究成果也单独出版了一本书，名为《阿布哈兹集体农庄庄员手册》。

他在这部作品中特别强调了阿布哈兹山羊。

早在几个世纪前，格鲁吉亚地理学家瓦胡什季·巴格拉季奥尼就做了关于阿布哈兹山羊的描述。这种山羊的角有一俄尺半长,胡子长得几乎着地。

米哈伊尔·捷穆罗维奇列举了阿布哈兹山羊的一些优良品质。

他写道,优质山羊年产奶量可超过 800 升。

山羊奶富含钙,有益人体健康。

山羊油脂是独一无二的感冒药,使用方法是先将油脂加热,然后涂抹在患者胸口和咽部(或者脖颈)的皮肤上。

山羊皮可用来加工地毯。如果一平方分米绵羊皮价值 14 戈比,那么同样大小的山羊皮价值则可达 30—62.5 戈比。

如果山羊爱吃某种草(关键是要爱吃!),一只山羊一天的食草量会超过八公斤。

山羊喜欢吃天然的嫩草。为了找这种草吃,哪怕悬崖峭壁,山羊也会爬上去,其品质非凡正是得益于此。没有一种家养食草动物像山羊这么好养:早上放出去,它自己能去别的动物根本上不去的地方找八公斤嫩草吃,天黑的时候,自己就回家了。但是,不管怎么说还得有牧民,因为山羊一门心思只顾在山上找草吃,有时也会迷路。

埃舍拉镇"卡尔·马克思"集体农庄有个牧场,各民族牧民们在那儿勤勤恳恳,工作干得非常出色。

该项研究的作者本人曾亲眼见证,这些牧民怎样帮助山羊产仔,产仔后的头两三天又是怎样在室内照料它们,而且,不管哪只山羊,只要产的是双羔,他们都会亲自给山羊羔补充喂奶。

作者还观察到,遇上暴雨或者暴风雪这类恶劣天气,牧民们是怎么想方设法不让他们的山羊被雨淋或被雪吹打,他们小心翼翼地把山羊赶回羊圈,偶尔也赶进山洞里躲避雨雪。

山羊特别喜欢吃盐,因为盐有助于食物消化,而且即使没有帮助——它们照样爱吃。

山羊肉味道美极了,特别是牛奶炖羊肉。当然,用羊奶炖味道最好,不过牛奶炖出来味道也很好。

要加大对山羊的关注度,要多养殖山羊。

阿布哈兹群山连绵起伏,各地都应兴建牧羊场。

阿布哈兹适宜养殖山羊的山地面积不多不少刚好 8.95 万公顷。

阿布哈兹山林地带众多,像达乌奇、拉姆卡茨、索伊普萨拉、库妮阿什塔、阿哈尔瓦、采克兹托乌、霍扎尔、阿娜阿拉、吉斯普、别勒奇加、阿瓦德哈拉、库阿布恰拉、格瓦恩德拉、察季姆、古阿古阿、阿伊布加、南乌连等等,数不胜数。

如果有人能把阿布哈兹的群山都"推平",就会发现,它的领土面积几乎赶上法国。(虽然这不可能。这句话没写在他那本手册里,而是有一次他回答一名法国女记者提问时说的,当时她问他阿布哈兹有多大。)

65

两人量咖啡的煮法:将两小茶匙现磨的上等咖啡粉倒进咖啡壶,往壶内加两小杯开水,倒入两小茶匙糖(根据个人喜好,糖可以多放,也可以一点儿也不放),把壶放到热沙上烹煮(沙子用专业电炉加热),等加热到浮现泡沫后,先倒出泡沫再继续加热,也可以不倒出泡沫,直至咖啡煮沸,然后把咖啡倒进两个咖啡杯。如果愿意的话,还可以兑点凉水,一饮而尽。

66

米哈伊尔·捷穆罗维奇不紧不慢地走着,他在爬苏呼米山,那会儿他已经年逾七十了。虽然走起路来还没那么费劲,但毕竟已是古稀之年,爬山——那可不是闹着玩儿的。

路上他碰到了库库纳:

"米哈伊尔·捷穆罗维奇,男的到多大年纪还是男人? 就是昨天您在纳尔特疗养院提到的,所以我就来问问……"

"库库纳,别烦我! 我不想停下来。"

然后他继续往前走。

"不是,那究竟是到多大年纪才……"

"别拦着我啊,库库纳……"

"可究竟……"

"那儿,那个女人,看见了吗? 就是那个,在前面走着的,看见没? 唉,她就快不见了,库库纳! 那个女人,快看不见啦——那样的话,我还怎么爬上这个坡? 你还是不是人,可别再拦着我啦……这个女人就是我往上爬的驱动力,库库纳,驱——动——力……"

在比他们高三十步左右的地方，一所音乐学校附近有位黑发女子，身材高挑，体态轻盈，袅袅婷婷。从背后看上去，她的身材像极了小提琴，而且是意大利小提琴。也许，她这么像小提琴是因为她此刻正从音乐学校门前走过。

67

近期在加格拉气候观测站一带，特别是宾馆周围，猫泛滥成灾。现责令各家各户在自家猫腿上绑块布条，没绑布条的猫将一律予以消灭。

(1909 年 5 月 21 日，第 306 号令)

总统的猫

战争开始前两年，根据米哈伊尔·捷穆罗维奇的倡议，在别别伊西尔成立了一家遗传学研究所。研究所正门上也确实写着"遗传学研究所”几个大字。但是米哈伊尔·捷穆罗维奇自己却管它叫"科尔基斯遗传学研究所"。他特别想向研究所那些志同道合的学者们证明,从遗传学角度来看,高加索地区各民族乃至整个山川地貌都具有高度一致性。

他和朋友们一起制定了别别伊西尔简要发展规划,包括:

1. 别别伊西尔湖应年产 15 吨鱼。

2. 应重新修复原有的灌溉系统,该系统可灌溉 300 公顷土地。

3. 应从别别伊西尔湖提取植物性材料(25 吨/年),然后加工成泥炭堆肥。

4. 应养殖 200 头水牛,500 头母牛,3 000 只火鸡,5 000 只鹅以及 5 000 只鸭。

5. 深挖萨姆格列河,兴建 50 公顷灌溉种植园。

6. 打造旅游康复保健综合体。

7. 打造世界级亚热带作物实验示范苗圃。

1991 年,在莫霍赫峡谷流入大别别伊西尔湖的河口处开始修建连接奥库米河与大别别伊西尔湖的河道。为此,从各地运来了各种混凝土板、石棉板及钢管。另外,还购置了几辆车、一台挖土机、4 艘客艇及 8 艘木制小货船。

这条河道一旦建成,将会开通固定航线:客艇从奥库米河桥出发,穿过大别别伊西尔湖,直达苏呼米。这样一来,从阿奇格瓦拉到苏呼米的路程可缩短 18 公里。

成立了"良种"科学生产联合体。

苗圃拥有并繁育了以下系列品种:"耶稣"柑橘、贾姆比勒柑橘、"拉宾"枸橘、"伊常格"柠檬,以及科列曼、俄国人、谢维杰、511、金橘等各类柑橘。这些品种的柑橘籽富含淀粉,可用来喂鸟。按照中国人的论断,这些柑橘籽可以养活成千上万只鸟,别别伊西尔人对此表示完全同意。

1990 年成立了细胞学实验室,安装了纯水器。位于科罗法半岛的科研综合体占地面积达 3.4 公顷。

他们开展对亚热带柿子、费约果、桑果、鳄梨、薄皮山核桃以及竹子等种类杂交的研究。

他们还研究水牛和野猪的繁殖问题。战争开始前,他们共存栏水牛 75 头,其中 11 头是白色的。

数个世纪前,就已经从今天的阿布哈兹地区将当地各种山核桃树苗、胡桃树苗、梨树苗以及苹果树苗运往地中海各国。米哈伊尔·捷穆罗维奇确信,未来也可以发展类似的出口业务,但前提是阿布哈兹必须实现水果品种多样化。例如,应该培育法国食用栗子、早期日本柿子等品种。萨克恩胡桃产量偏低,要用普斯胡核桃来替代。另外,如果耶路撒冷、法国或者保加利亚早期的教堂和修道院都是用科多里河和布兹皮河流域的木材建造,那么,在阿布哈兹本土,新的教堂也必须用同样的木材来修建。

第一个此类教堂应建在别别伊西尔科学院区域。

根据米哈伊尔·捷穆罗维奇的计划,在别别伊西尔科学院区域还应建一家完全新式的妓馆:世界各国前来求学的留学生,将在科学院攻读本科或者硕士学位,他们不应该浪费时间在黑海各大海滨浴场找女人。女人是必需的,性推动了科学的发展,有助于人们更好地思维。当时连妓馆的人数都确定了:妓女 50 名。而当年硕士研究生计划招生人数是 30 名。在未来五年,他们应在别别伊西尔科学院研究基因复制及分类学等问题。

对了,还有一件事差点给漏了:在别别伊西尔科学院区域还要兴建阿布哈兹迪士尼乐园!简而言之,别别伊西尔将集学习、休闲、祈祷及娱乐为一体。在这里,人们将有机会认识、结交新朋友。人们将从世界各地来到别别伊西尔!

上述各项资金来源将主要依靠别别伊西尔科学院的收入和科学院

的经营业务以及外国留学生应缴纳的学杂费。另外,还有可能来自诺贝尔奖(一定有可能!),奖金额应该在 140 万美金左右或者 140 万整。

别别伊西尔科学院创建于 1991 年。1992 年 11 月,本应在别别伊西尔召开一次国际研讨会,就世界生物学领域一些迫切的问题进行讨论。

然而,1992 年 8 月 14 日,阿布哈兹战争开始了。

本次研讨会拟讨论议题如下:

- 全球变暖及其生物学解决途径;
- 移植过程中细胞的结合及前期四分体的形成;
- 卡卢萨人的诞生、发展及其细胞分化;
- 橘子属亚科的远缘杂交结果。

68

祝福女人!祝福所有的女人!黑眼睛、蓝眼睛、浅蓝色眼睛以及深棕色眼睛的女人!金发女郎,黑发女郎,棕黄色头发的女郎!祝你们万岁!

祝热情似火的女人,纤纤弱质的女人,温文尔雅的女人,冷若冰霜的女人,祝全天下各种各样的、所有的女人万岁!

冬天的女人,夏天的女人!夜晚的女人,白天的女人,清晨的女人!

祝如水一般的女人,似高山一般的女人,如大海一般的女人,似风一般的女人万岁!

祝有翅膀的女人万岁!

像金字塔一样的女人!

像冰山一样的女人!

那些怀揣梦想用心聆听世界的女人,那些用她们迷人的眼睛欣赏世界的女人,那些用她们美丽的双唇亲吻世界的女人!

祝女人的世界万岁!

那些总是行色匆匆貌似背叛我们,但又好像忠贞不渝并依然深爱我们的女人!

那些千百年来妩媚动人、嫣然一笑、妖娆魅惑的女人,那些主教为了她们而用其皮鞋纵情畅饮并拜倒在她们石榴裙下的女人!

祝那些我们今生不会再相见但依然喜欢的女人,那些与我们朝夕相处却百看不厌的女人万岁!我们喜欢你们并将永远喜欢!

如富士山一般的女人,撒哈拉沙漠般的女人,恒河般的女人,戈壁大漠般的女人,汪洋大海般的女人,茫茫草原般的女人,高山仰止的女人,圣经中的女人,来自五大洲的女人,全宇宙的女人!

祝献给女人的泰姬陵、庙宇楼阁、诗词歌赋及旋律乐曲万岁!

祝女人五彩斑斓的世界——绿、红、黄、白及黑色万岁!

祝那些拥有颂扬自己的诗人,那些现在和过去不曾拥有、将来也不会拥有讴歌自己的诗人的女人万岁!

属于女人的海滨、浴场、街道、屋子、房间、电话、浴室、床铺,祝你们万岁!祝女人的香水,女人的气息,女人的芬芳万岁!

祝她们所度过的光阴,祝她们将重生的岁月万岁!

祝无论是情场得意,还是情场失意的女人万岁!

祝女人的身体、连衣裙、化妆品、大腿、双脚、脖颈、红唇、酥胸、活力、羞怯、紧张、呻吟、夹紧的大腿……万岁!

那些美妙的时刻,当你在她们身上缠绵流连,觉得自己快不行了,真的快不行了,但依然生机勃勃,然后就结束了,在女人的身上结束了,接着一切又重新开始……

你觉得不行了,然后就结束了,等你恢复了活力,又重新开始,然后又结束了。等你再次觉得快不行了,依然能恢复活力……

正是这些瞬间,这些时刻,祝它们万寿无疆!

祝女人万岁! 所有的女人,那些……,那些……,那……

他就这样结束了祝酒词,而在我们内心深处,却突然闪烁并剧烈地跳动着一丝令人愉快、倍感喜悦的亮光。

69

难道他经常喝多吗? 我从来没看见他酩酊大醉的样子。他更乐意跟人交流,聊聊天,开开玩笑。而且,我从未见过他烦闷无聊的样子。

我们以前是邻居,所以我知道他的很多事情。有一天,我在院子里碰见他,和他一起的还有个什么人,但他没叫这人的名字,只是一直叫他博士。"这是我的朋友。"这是他经常挂在嘴边的一句话。

博士那会儿已经喝得晕乎乎的。刚开始我以为他是搞科研的博士,但实际上他是医生。

我请他们上家里来,于是他们就进了屋。

"这是我的医生朋友,他这个人,只要他开始认真给谁看病,连上帝本人都会立马离他远远的。"

医生面红耳赤,但还是会心地笑了。看得出来,他是个老好人。

"他也是最近才开始非常努力,但是,无论如何还是没能把我的一个朋友——红酒尔·帕丘利阿从死神的魔爪里给救下来。"

然后,米哈伊尔·捷穆罗维奇开始为葡萄酒提祝酒词:"没有人祝福葡萄酒,这绝对不行。不仅要祝葡萄酒,还要祝白兰地、伏特加和蜜酒等所有的酒精饮品万岁!第一个要祝福的是伊莎贝拉。这种葡萄酒取自女人的名字,酒如其名,人喝下去后确实是由里到外都觉得很舒服,就像是女人的爱抚一样。只不过,有一点和女人不同:它永远不会背叛你!伊莎贝拉还被称作'敖德萨',所以,这是女士葡萄酒:敖德萨的伊莎贝拉。"

街上已经寒气逼人。他陆续想起一些事情,想起他是怎么跟一帮朋友在蒙马特附近的一家饭店喝马丁尼的。第一次是怎么尝青蛙肉的:刚开始他以为是小鸡肉,但是,等他发现小碎骨怎么那么容易咬后,已经猜得八九不离十了。吃完又要了一份,那次连葡萄园的蜗牛也一并尝了。他还回想起来,当时朋友是怎么安排他乘坐摩托车游览巴黎街景,他又是怎么跟那些嬉皮士打招呼的。

然后,他用法语给我们吟诵了某一首诗。

谁知道,医生竟然懂法语,他说:

"这不是法语,这是某种其他语言……"

"啊——啊——啊,医生,你以为我是用现代法语读的吗?不是,mon cher(我亲爱的)——这可是古法语,你不懂。"他说完冲我使了个眼色。

"而且,一般来说,一瓶伊莎贝拉下肚后,还有哪种语言不会说啊?"他立刻补充道,然后又冲我使了个眼色。

接着,他把酒杯倒满,说道:

"还有什么能比这更好吗?现在我们坐在一张桌上,吃着相同的饭菜,喝着一样的酒……那些坐一张桌子、喝一种葡萄酒、轮流提类似祝酒词的人,他们是另外一类人,一群与众不同的人。你们想象不出来,这有多么美妙!不对,没有人能想象出这意味着什么!"

后来,他叫大家起来去他屋里。我们刚开始不愿去,但是他一再坚持,我们就只好去了。在他家,他用磁带放给我们听蛇发出的咝咝声。"这是相爱的蛇发出的声音,"他解释说,"这个录音是我从印度带回来的,蛇的爱情是一种传奇,它们忠于对方,至死不渝。"

最后,他为以相爱的蛇为代表的所有相爱的人干了一杯。

没有,他还是没喝多少,他大部分时间都是在开玩笑,聊天,说话……而且,我也从未见过他烦闷无聊的样子。

70

加利区团委书记强奸了一名女共青团员,地点是一片小树林里的一个山坡上,离"梅尔赫乌利"饭店不远,属古尔里普希地区的梅尔赫乌利镇。

加利区党委会免去了该团委书记的公职并将其开除党籍。

米哈伊尔·捷穆罗维奇要求在州委会上审议该案件。

嗯,真审了。

加格拉区一名非常年轻的女团委书记向州委介绍了有关该案件的详细情况。

案件材料中多次提及"梅尔赫乌利"饭店,一群血气方刚的共青团员们与前来阿布哈兹休息的年轻姑娘们在那儿一起娱乐消遣。这么说吧,在案件资料中,同样被多次提及的还有那片小树林及其附近的小山丘。

"您认真研究了这个所谓的强奸现场了吗?"米哈伊尔·捷穆罗维奇问加格拉区团委书记。

"当然了,米哈伊尔·捷穆罗维奇。"

"就是说,按照您说的,这个,姑且这么说吧,'强奸',是在小山坡上发生的?"

"为什么是'姑且这么说吧,强奸',米哈伊尔·捷穆罗维奇?那地方确实发生了强迫性行为。"

"我不信,也没法相信,不可能……就是因为您都没有研究过那个坡,没有研究过坡度……坡的斜面,坡长多少……"

"坡既然是坡,自然带坡度……那地方还有什么需要我们研究的?"

"喂,怎么能这样,您太让我惊讶了! 您年轻有为,前途远大,还有——真的是位非常可爱的女士,未来属于你们,您会步步高升,对此我深信不疑。这么说吧,即便是您,也没检查坡的斜坡面吧?"

"可我们到底为什么要检查斜坡面呢?"

"您看,哪怕是检查一下坡的斜面有多少度! 您本应该确定斜面的度数。要知道,相关测量工具还是有的。"

"但是,米哈伊尔·捷穆罗维奇……为什么要做这个呢?"

"什么叫'为什么'? 您着实让我吃惊。您看,这是您第二次让我感到惊讶了。好吧,您听好了!如果斜坡的坡度超过四十五度,那几乎就不可能发生性行为。也就是说,在这种情况下,男性代表不可能强奸女性代表。他会滑下来,无论哪个男性代表都会滑下来,几乎是滚下来,就算他是团委书记也不例外。再说,他自身的处境也会非常痛苦……四十五度啊!请您记住啦,说不定将来您会用得上。所以,在这种情况下,不可能发生那种行为。亲爱的同志,您还非逼着我们浪费那么长时间来讨论这个问题。我对'梅尔赫乌利'饭店周围非常了解,那地方我曾经亲自走过无数遍,尤其清楚那片小树林和那座小山丘。"

说完这些,他转向党委会其他成员:

"同志们,虽然我也认为梅尔赫乌利事件'主人公'的行为不妥,但是,不管怎么说,他不至于被开除党籍,加利区的同志们对他的处分太严厉了。因此,我提议恢复他的党籍,并派他前往苏共中央直属高级党校学习。希望他在那儿能好好学习党的最高道德标准,并且学会,作为一名真正的共产党员,应如何与女同志打交道。"

结果的确如此。就在那次党委会不久,没等到周末,加利区共青团组织的那位前领导就飞往莫斯科学习去了。

11

时间是 1962 年 12 月。

大概是 12 月。

我记得,寒风刺骨。

是外面冷,不是屋里。

米哈伊尔·捷穆罗维奇和我父亲坐在桌旁,我挨着他们坐着。那会儿我还是个小毛孩。

米哈伊尔·捷穆罗维奇和父亲边喝白兰地边聊天。此刻,在加勒比海的某个地方,战略轰炸机正从航空母舰的甲板上起飞,声音震耳欲聋,划破天际。在另外的某个地方,几艘巡洋舰和导弹舰正在大海上乘风破浪地前进,舰船两侧卷起阵阵浪花。在皮聪大市,人们正在给加勒比危机的始作俑者尼基塔·谢尔盖耶维奇·赫鲁晓夫布置房间,此刻他本应在黑海海滨休息。此时,约翰·肯尼迪正坐在白宫一间最小的办公室内,闭门不出,埋头研究侦察机从古巴上空拍摄的照片。从这些照片可以看出,古巴境内到处都部署了苏联导弹的发射装置。肯尼迪任何人的电话都不接,也不准任何人进其办公室,哪怕是夫人杰奎琳·肯尼迪。"保险箱"的门正在缓缓打开,第三次世界大战一触即发。与此同时,苏联四艘攻击潜艇正在大洋深处急速赶往加勒比海。所有这四艘潜艇都载有核鱼雷。美国人一直通过空中手段和水面舰船监视着这四艘潜艇,让它们不敢上浮。可是,当艇内电力耗尽时,潜艇由于缺乏动力将不得不上浮充电(那时还没有核潜艇),而水面上美方则早已守候多时。

在非洲某地,一群小男孩围追着一头被标枪刺伤的羚羊;在澳大利亚,西班牙侨民用吉他弹奏了安达卢西亚舞曲;在泰国曼谷的玫瑰花园,一名妇人用椰果壳碎片栽培着兰花;在希腊罗德岛上,蓝蓝的微风轻轻吹过;在日本富士山上空,天刚拂晓。

而在苏呼米,四面八方,寒冷的、粉红色的 12 月的霞光洒满大地。

米哈伊尔·捷穆罗维奇面露微笑,透过窗户仰望苍穹。那天晚上,月亮看上去就像是斟满白兰地的酒杯底,而且似乎还在缓缓地流淌着。米哈伊尔·捷穆罗维奇和父亲一边推杯换盏,一边海阔天空。

一会儿,只见米哈伊尔·捷穆罗维奇站起身,走近书架,从上面拿了几本小册子开始念起来。

这是他自己写的几本小册子。

他念的时候仿佛是在吟诵诗歌。

他念到薄皮山核桃、加拿利海枣、日本扇形棕榈树、北美鹅掌楸、月桂;念到中国的枇杷、东方硬柿子、佛手瓜、蜜柑……念到那些花草、灌木丛、树木,它们虽来自遥远的异国他乡,却早已适应了阿布哈兹的水土,且生长良好。

他提高嗓门,拉长音调,好像吟唱一般,念到:

埃舍拉和阿德久布扎桃子,

阿布哈兹苹果,

采别丽达红苹果,

苏呼米大鸭梨,

梅尔赫乌利梨,

"五月玫瑰"桃,"五月玫瑰"苹果,

"胜利"桃和葡萄。

他念到沙俄时期的企业家萨拉吉什维利。萨拉吉什维利酿造的白兰地由阿布哈兹橡树制成的橡木桶盛装。本地橡树,尤其是巴斯拉胡布村树林里的橡树给萨拉吉什维利的白兰地平添了一种特殊的芬芳和口感。

他说,选用阿瓦希尔哈瓦葡萄酿酒,不仅酿出来的葡萄酒芬芳馥郁,白兰地也是上等佳酿。1888 年,萨拉吉什维利从瑞士购买了一套专门用来酿造白兰地的蒸馏器。正是从那年开始,他的白兰地酒厂开始投入运营。

萨拉吉什维利选用了各地的葡萄,有阿德久布扎的、阿塔拉的、古普的、巴布舍拉的、埃舍拉的等等,他念到:

阿吉普莎,

伊莎贝拉,

阿季鲁扎。

念到米丘林,他一直梦想着往高加索北部扩大柑橘种植面积。

念到赤杨和伊莎贝拉。赤杨具有固氮功能,可以让土壤更加肥沃;赤杨本身不吸收氮素,而伊莎贝拉却吸收;赤杨和伊莎贝拉互利共生。赤杨和缠绕在它身上的伊莎贝拉是很好的一对,这是一个典型的共生关系的例子。玉米和大豆之间也是这种共生关系。

"祝共生关系万岁!赤杨和伊莎贝拉,玉米和大豆万岁!"说完,他喝了口白兰地。

父亲也抿了一口白兰地。

接着,米哈伊尔·捷穆罗维奇念到阿布哈兹的蜜蜂和蜂蜜,念到古希腊的一名指挥官(想不起来名字)妄图征服阿布哈兹(好像是公元前四世纪)。虽然他的部队已经占领了阿布哈兹城中心,但是,当他和士兵们一起尝到阿布哈兹蜂蜜后,顿时变得神志模糊,甚至连站都站不稳了。结果,奇迹就这样发生了,这名指挥官连同他那支已经变得神志不清的部队只好弃城而去。就这样,阿布哈兹的蜜蜂挽救了家乡。阿布哈兹的蜜蜂与其他所有蜜蜂都不一样,它们的鼻子特别长,不论什么花,它们都能从它的最深处采集花粉酿蜜。

他念到年长的阿布哈兹人,那些阿布哈兹老寿星,有 103 岁的,有 111 岁的,最大的 127 岁。

再后来,他开始讲不可能之可能性理论。此时已经不是在朗读,而是在讲述。这是他自己的理论,他也是刚开始创作这个理论,所以尚未完全成型。他是这样说的:"我会尽量把它写成祝酒词的韵律。""不对,是创作。"他马上自己改口。

那天晚上,群星闪烁,明月高挂,夜空披上了一层伊莎贝拉葡萄酒的颜色,甚至还发出了清脆悦耳的碰杯声。

就在加勒比海上空的某处,战斗机呼啸而过,罗德岛上蓝蓝的微风轻轻拂过,而在富士山上天色已经大亮……

72

我们几个人在库库尔-茶茶馆喝茶:米哈伊尔·捷穆罗维奇、我和库库尔-茶本人。

米哈伊尔·捷穆罗维奇想起儿时的一件趣事。有一天,苏呼米来了一个马戏团。等到夜深人静的时候,他和库库尔-茶俩人偷偷溜进了马戏团的帐篷,谁知道,阴差阳错地竟然走进了狮子笼里,蹊跷的是笼子的门居然也敞开着。这下,他俩就和一只半睡半醒的野兽大眼瞪小眼了。

"大概,差不多有五分钟,我们连大气都不敢喘,眼睛也不敢闭上,完全吓蒙了,一脸惊恐地看着狮子。那只狮子也干瞪着我们不动。看来,这只狮子也是完全没有概念,如果换作其他狮子——野狮子,在这种情况下会怎么做? 最终,马戏团的几名工作人员给狮子扔了几块肉,趁机把我们从笼子里拽了出来,然后把我们撵出了马戏团,我们每人后脑勺都挨了一掌。"

我边喝茶,边吃着哈恰普里。米哈伊尔·捷穆罗维奇和库库尔-茶只喝了茶,哈恰普里拿来喂流浪的小狗崽了。

73

他曾经尝试在阿布哈兹繁殖水禽。为了这件事,有一次他把教育部的几名工作人员也拉进来了。他派他们去俄罗斯出趟差,目的是带些不同品种的鸭蛋和鹅蛋回来。

过了三个礼拜,这些工作人员发来一封电报:无卵返回。

"哎呀,也是,"他叹了口气,"有些生物是胎生,而有些却是卵生。"

74

"思想,一经高谈阔论,就不再是思想。"他大声读完这句话就把书丢到了一边的沙滩上。

维阿诺尔·帕丘利阿和索索·卡帕纳泽两人躺在躺椅上休息,每张躺椅上方都有一顶遮阳篷。他们一边注视着海洋地平线,一边聆听着海浪声。

微微海风把他精心收拾的发型吹乱了,他拿起草帽遮在脸上。

大海在喧嚣。海浪阵阵,拍打着岸边,小石子沙沙作响。

"哦,如今连大海都这么顽皮啊。"他想道。

"哦,如今大海也这么顽皮啊。"维阿诺尔·帕丘利阿和索索·卡帕纳泽也这么想。

不远处,诺诺佩莉斯花已经盛开。

75

"红酒尔,听着啊,我给你讲个新笑话。"

有人问一个男的:"你更喜欢哪种性生活,一群人还是单个?"

男的脱口而出:"当然是一群人。"

问:"那是为什么?"

答:"因为一群人时可以偷懒啊!"

76

"你们看天空中自由翱翔的小鸟：它们不用耕耘，不用播种，不用收庄稼，也不用烤面包，可上帝还是给它们吃的。你们再看人类：总是吵吵闹闹，积怨结恨，甚至兵戎相见，互相杀戮。尽管这样，上帝仍然爱我们每一个人。虽说有时候上帝也因为这一切痛心疾首，眼里闪动着泪花。祝这些泪花万岁！"

77

"而现在，让我们起立，为我们当中将来第一个离开人世的人干杯！"

"为第一个永远离开我们的人！"

"为第一个去那个地方的人！"

"为第一个升入天堂的人！"

一桌一共七个人。

大家都站起来了，默默地，为他们中间的那一个人干杯。

78

阿恰达拉集体农庄主席古拉姆·锡奇纳瓦接到州委电话："明天，快到正午的时候，米哈伊尔·捷穆罗维奇会带着他的客人去苏呼米地区转转，特别是你们集体农庄那一带。他对古米斯塔河两岸的情况比较感兴趣，您自己知道该怎么接待他们。"

集体农庄主席把所有庄员的全家老小都赶到柑橘种植园、果园、葡萄园和田间地里去了，古米斯塔河畔响起了"最火热的劳动旋律"。

第二天正午时分，一辆"海鸥"和一辆黑色的"伏尔加"，就像满帆航行的帆船，风驰电掣般驶过阿恰达拉镇大街，快到古米斯塔河岸边时停了下来。河岸周围洋溢着一派无比欢乐的劳动气氛——所有人，不分老幼，斗志昂扬，兴高采烈地在参加生产建设：挖地的挖地，砍树的砍树，给烟草种植场培土的培土。总之，一切都是按照加快建设共产主义应有的节奏在开展。

"海鸥"车和"伏尔加"车里没有一个人下车。车好像犹豫了一会儿，然后，就跟来时一样，雄起起气昂昂地疾驰而去。

一小时后，古拉姆·锡奇纳瓦再次接到州委电话："看来你缺乏经验。米哈伊尔·捷穆罗维奇是想亲近大自然，想在古米斯塔河畔有个安静点的环境,好招待他的客人,而你却在那里安排了一堆什么乱七八糟的演出。"

第三天正午过后,古米斯塔河两岸方圆数公里内,连个人影都见不着,仿佛这个地方完全就是一片未开发的处女地,荒无人烟。

"海鸥"和"伏尔加"再次飞驰而来,只是这次车门敞开,从里面走出来的有米哈伊尔·捷穆罗维奇和他尊贵的客人们,当然,还有更加尊贵的客人——一个个美艳绝伦的金发美女。

79

"哎,我要是能找到亚历山大大帝时期那个带把细颈罐的碎片就好了。"有一次他突发奇想。

"什么细颈罐?"我诧异地追问道。

"就是亚历山大大帝在沙漠里当着全体士兵的面摔碎的那个,你不记得吗?当时全军都没水了,只剩下最后一罐水。当士兵把这唯一的一罐水送到亚历山大大帝面前时,他却当着所有士兵的面把罐子往地上一摔,水都流出来了。我觉得,他当时是坐在马上。他说了句:大家都没水喝,我也不喝!"

"可是您要那碎罐片做什么用,米哈伊尔·捷穆罗维奇?"

"我可以为那些碎罐片建座博物馆,在希腊,不,在印度……不,在联合国总部大楼前面,不,就在我们这里的某个地方,在高加索。哦,还有,我可以为原本用来砸死抹大拉的玛丽亚,但后来基督没同意的那些石头修建一座博物馆。这个你应该记得吧? 还要修建'第一个轮子'博物馆。总的来说,可以建一些不同的主题博物馆:'亚历山大大帝碎罐片博物馆','抹大拉玛丽亚石头博物馆'以及'第一个轮子博物馆'等等。"

80

他管我叫"鸟人"。他经常问我的一句话就是:"你去哪儿了,鸟人?"我以前有将近 400 只鸟,有些在拉科布街的家里,还有些在郊区一个朋友家的院子里。有鸣禽,还有海鸟、游禽、攀禽及走禽。

我和米哈伊尔·捷穆罗维奇关系走得近起来还得从我买鹦鹉那件事说起。

我的几位姑姑,几个老姑娘,好不容易攒了些钱,让我去列宁格勒置办点家具。但是,我在列宁格勒遇见了一个卖鹦鹉的人,那只鹦鹉还会说话。他要价 2 000 卢布,而我当时身上一共只有 2 500 卢布,况且那是用来买家具的。我思忖良久,到底该买哪个呢:会说话的鹦鹉还是家具? 最终,我决定买鹦鹉——好吧,谁让我从来都没有过会说话的鹦鹉呢。在机场,他们还给我的鹦鹉照了 X 光:万一它胃里有钻石呢?

当我把鹦鹉而不是三件套和墙头柜带回家后,我的几个姑姑立刻尖叫起来,都快炸开了锅。这还不算什么,最闹心的事还在后头:到了半夜,我那只鹦鹉突然像个醉鬼似的在那大叫起来:

"小偷,小偷,屋里有小偷,他妈的!"

接着,又变成个女的声音,开始扯着嗓门喊道:

"列昂尼德·伊里奇,关心关心老百姓吧,你妈的!"

我那几个姑姑,尖叫起来,简直就跟被绳子捆起来了似的!

那会儿是勃列日涅夫时期。

结果,克格勃听说了我养鹦鹉的事情,传唤我过去,问我:"是谁教鹦鹉骂人的?"

哎,我的案件简直糟糕透顶。最后,还是米哈伊尔·捷穆罗维奇救了我——他到处都有熟人。他对他们说:"马尔哈兹是我朋友。"

打那以后,米哈伊尔·捷穆罗维奇就经常上我家来和鹦鹉聊天。他一边听鹦鹉说话,一边哈哈大笑。他把维阿诺尔·帕丘利阿也带来了。闲来无事,我们经常坐在桌旁,听鹦鹉自言自语或者鸣禽的美妙歌声。

这才是生活的盛宴啊!

"哎呀,这些聪明鬼小鸟,它们多幸福啊!"他说道,"对他们来说,没有国界之分,在一个国家啄几口葡萄,而至于排泄物会留在哪个国家——只有上帝知道!"

81

我们从加格拉出发，爬上马姆济希赫山，燃起了篝火，那会儿已经是半夜十二点。皎洁的月光下，海面泛起点点星光。我们当时一共十二个人，其中大部分人年纪都不小了。

他试图让大家相信，"科尔基斯"来自拉丁语，意思是贝壳状物。他反复念了几遍"科尔基""科尔斯"，意思都是喇叭口或贝壳状物。

整个高加索就像个贝壳，一个奇特的海贝。如果从阿普歇伦半岛或者塔曼半岛看大高加索山脉，就会看见这个贝壳的背部，而科尔基斯低地本身则恰好是贝壳的入口，它通过黑海将大高加索山脉与地球上所有的海洋乃至整个地球都连接起来了。

处在这一整体格局中心的正是上帝海角，而上帝海角就是卡兹希大石柱，众神正是通过这根大石柱降临人间。卡兹希大石柱地处"爱情山"上。爱情山是米哈伊尔·捷穆罗维奇给那座山起的名字。

地球上曾经有三处宙斯和我们人类交流的地方：第一个是帕纳塞斯山，第二个是克拉克斯山，第三个就是卡兹希大石柱。

曾几何时，人类与众神一起住在天上，但是人类觊觎和众神平起平坐，结果就被扔到人间。问题是，众神向人类隐瞒了繁殖或者杂交（意思都差不多）的秘密，也没给我们的祖先一丁点火种。

普罗米修斯、阿米朗、阿尔德扎康，他们都是高加索人。普罗米修斯从众神那里偷走了火种，阿米朗和阿尔德扎康则偷走了繁殖的秘密。但是今天，知道普罗米修斯的人很多，而知道阿米朗和阿尔德扎康的人却寥寥无几。一个人根本没法从众神那里偷走繁殖的秘密，为此，至少需要两个视死如归的勇敢骑士。

宙斯命令把他们三人都钉在高加索山脉一座无法攀登的悬崖上，也就是说，钉在巨大的贝壳上。直到今天，他们还被钉在那里。

"最后，我让你们听一下阿米朗和阿尔德扎康的声音。他们几位都是铁骨铮铮的男子汉，这一点毋庸置疑，但是，即便如此，偶尔也免不了因不堪残酷的折磨发出几声痛苦的呻吟。"

他请护林员依次点燃特意带来的几块山毛榉和鹅耳枥。先是山毛榉在寂静的夜里发出噼噼啪啪的声音。当山毛榉化为灰烬后，往篝火里小心翼翼地添了一大块鹅耳枥。鹅耳枥开始发出哒哒的声音，完全是另外一种声音。

"刚刚篝火里山毛榉燃烧的声音是阿尔德扎康发出的呻吟声，而鹅耳枥——则是阿米朗。"

他随身带了台小录音机。那天夜里，他就用那台小录音机把木头燃烧的声音都录了下来。

82

有一天，在一次会议上，有个女医生对米哈伊尔·捷穆罗维奇提出尖锐的批评："您只顾建饭店，对医院却毫不关心。"

发难的是个身材高挑的俄罗斯金发美女。

总的来说，米哈伊尔·捷穆罗维奇对女士向来关爱有加。

他对这位怒气冲冲的批评者温柔地说道：

"我这么做的原因是，人们在饭店不仅可以品尝到各种美味佳肴，重要的是，还可以在那儿唱歌、跳舞、放松心情、开心娱乐，这是一种非常好的交流方式。另外，更重要的或者说最重要的是，爱上饭店的人几乎很少生病。这到底哪里不好呢，我亲爱的？"

"米哈伊尔·捷穆罗维奇，您就不怕将来有朝一日您不再担任第一书记时，人们只记得您是个'饭店书记'吗？"

"我会以此为荣，我迷人的女士。"

83

全苏亚热带作物科学研究所苏呼米分所有座柑橘园，看门人在园子里逮到了一个老妇人，她就住在园子隔壁。看门人把她带到了米哈伊尔·捷穆罗维奇的办公室——他们说，她偷橘子。

米哈伊尔·捷穆罗维奇让老人坐在自己的椅子上，对看门人说：

"你们记住了：女人永远都不会偷东西，女人只是拿她们喜欢的东西。"

接着，他向这些看门人表示感谢，夸他们警惕性高，然后请他们让他和那个老妇人单独待一会儿。

"请您原谅我,米哈伊尔·捷穆罗维奇,我是想赶在新年前给在俄罗斯的亲戚寄点橘子,可我的退休金才勉勉强强糊口饭吃,什么也买不了。"

米哈伊尔·捷穆罗维奇问老人要了她亲戚的地址,都一一记下。后来给他们寄了好几箱橘子——以老人的名义。

原来,老人在俄罗斯一共有十一个亲戚。

84

他陪同尼基塔·谢尔盖耶维奇乘坐一辆海鸥牌轿车从皮聪大市前往苏呼米。当车开至"蜿蜒山路"附近时,他让车停了下来。此处视野开阔,景色壮丽。但是,当看见埃舍拉山上一个个裸露的斜坡时,赫鲁晓夫感到很惊讶,说道:

"我还以为你们这漫山遍野都是郁郁葱葱,枝繁叶茂。"

"是茶叶和烟草把我们给害了,尼基塔·谢尔盖耶维奇。这些殖民主义的作物,吸光了土壤所有的营养,使土壤失去黏性,结果这些地方就变成了一片片尘土。但是,玉米就是另外一回事了。玉米能加固土壤,提高黏性,使土壤更加肥沃。您看,能不能把我们的茶叶和烟草种植计划削减一部分?"

赫鲁晓夫让助手把米哈伊尔·捷穆罗维奇的这个请求记在便条本上。

接着,他指着远处成片的埃舍拉森林,向赫鲁晓夫汇报:

"我们这儿有一种猪,叫长嘴猪。这种小猪两个月大时,当地居民就把它们放到那些森林里,它们在那儿以天然野水果、坚果、栗子、柞实以及树根为食。因为嘴长,不论这些东西有多深,长嘴猪都能把它们从地底下给刨出来。这是世界上独一无二的品种,尼基塔·谢尔盖耶维奇,而且它的肉极其美味,比野猪肉味道还要好。"

"这种猪能有经济效益吗?"赫鲁晓夫问道。

"每头猪总共只需花费一个戈比,不是一公斤,而是一整头。一个戈比,或者一发子弹的价钱。长嘴猪成年后,由我们当地的猎人用猎枪去射杀。这就完事了。"

赫鲁晓夫让助手把这件事也记在便条本上。

他们在"蜿蜒山路"那儿接着又畅谈了一会儿,然后继续上路了。

85

在户外的河边,库塔伊西的主人一家为我们准备了丰盛的美食。时值八月,里奥尼河水齐膝深。我们就穿着短裤短衫坐在河边,把腿伸进河里。

米哈伊尔·捷穆罗维奇刚从越南回来。他把从那儿带回来的一个喝酒用的竹筒往桌子中间一放,宣布:

"咱们用竹筒转圈喝,喝到谁那儿空了,谁就唱首歌。"

结果,我们所有人都轮流唱了。

米哈伊尔·捷穆罗维奇一共唱了两次。第一次唱的是《萤火虫》,第二次是《瓦拉伊达》。

接着,他让我们大家听鲸鱼的歌声。"这是我用便携式录音机在太平洋上录的。"他说道。

再后来,我们听了青蛙的叫声。按照他的说法,起先听到的是加利福尼亚青蛙,然后是阿德久布扎青蛙。

最后,我们还听了听阿布哈兹鸣禽的歌声,特别是乌鸫的美妙歌声。

八月,里奥尼河馈赠给我们一个清凉的夏日。

温存的夜晚悄然降临。

86

话说有个女人做了个梦,梦里她来到一座陌生的、渺无人迹的城市,独自一人在城市里走着。忽然,她听见背后传来一阵脚步声:一个身材高大、相貌英俊的男人紧跟在她后面。不论她往哪儿拐,那个男人都跟着拐。突然,就在这时,女人被一面墙堵住了去路,前面已无路可走。

女人惊慌之下,转身冲那男的吼道:

"别再跟着我了！您到底想从我这儿得到什么,什么?"

男人呆若木鸡,耸了耸肩,答道:

"我上哪儿知道,夫人,这可是您的梦啊!"

87

"'瓦列拉可能是因头部遭受钝物重击致死',这就是侦查员在案件记录里写的。"米哈伊尔·捷穆罗维奇读给我们听。

88

他喜欢所有的职业,特别是牧民和葡萄酒酿造师这两种职业。

他和一个姓楚尔楚米亚的人在酒桌上才刚刚认识,他说:"我的保姆跟您同姓,也叫楚尔楚米亚。"而一个姓克瓦拉茨赫利亚的男人也相信他说的:"我的教父也姓克瓦拉茨赫利亚。"

他有一百三十万个保姆。

还有一百三十万个教父。

而至于有多少个朋友——那就更不用说了!

我们在阿恰恩达拉一户农民家里吃饭。那会儿已是冬天。转圈喝了一羊角杯的葡萄酒后,主人和宾客一起开始引吭高歌。歌还没唱到一半,突然传来一声刺耳的撞击窗户的声音,窗户一下全敞开了。原来,两扇窗户都被撞在了墙上——一头水牛把头从窗户探进房间,瞪着一双大眼睛。它呼哧呼哧地喘着粗气,鼻孔里直冒白气儿。男主人立即冲到另外一个房间,片刻就端着把猎枪跑了出来。他把枪对准水牛:"打死你这个猪孙子,看你还敢吓唬我的贵宾!"

原来,这头水牛是个音乐爱好者。它只要一听见歌声,不论多远,都马上狂奔过去,站在唱歌的人旁边竖着耳朵听。

这时,只见米哈伊尔·捷穆罗维奇往水牛前面一站,冲男主人喊道:"你要杀它,就先把我杀了!"

他搂着水牛,亲亲它的眼睛,然后朝我们做了个手势,示意大家继续唱歌。

接下来,我们又唱了将近七个小时!每次提完祝酒词、喝完酒就马上接着唱,那头水牛就这样一直站在我们旁边听着。

还有一次,在"德齐德兹兰"饭店不远处,有人为拓宽道路正准备砍一颗百年古树。就在这时,米哈伊尔·捷穆罗维奇刚好坐车经过。他急忙让车停下,冲到伐木工前面:"如果你要砍那棵树,那就先用斧子把我砍了!"

直到今天,那棵古树还在那儿傲然挺立着。

89

樫尾忠雄也于阿布哈兹战争期间在东京撒手人寰。

90

尊敬的古拉姆!

已经拜读完您关于米哈伊尔·捷穆罗维奇·布加日巴的大作。谁知道呢,说不定这本书将来会有众多读者。到时看吧,只要上帝愿意。米哈伊尔·捷穆罗维奇临终前几天我去看望他时,他再三嘱咐我说(关于这一点,是 2003 年冬我和他聊天的时候说的):"索西克,等我走了以后,你要把我所有的事情都告诉世人,你得在我死后把我的生命延续下去。"

他就是这么叮嘱我的。除此之外,他还跟我说了他什么时候该走。结果的确如他所料。关于这件事,您在书里已经写了。我可是专门拜访了您,而且那时把所有事情都跟您说了,目的就是希望您哪怕能稍微写点关于他的事情。

这会儿我在想,我还有没有必要再写本关于他的书呢?文章什么的我已经写过,更确切地说是好几篇,但是,这些文章都是偏学术类的,读者非常有限,而他的想法是让更多的人了解他。或者,干脆写个剧本上演戏剧?演部戏剧!您可是有一大批导演朋友!戏剧应该比书效果更好。但是,您看,就连这个我都无法胜任。不知道您能不能完成这项任务?戏剧,这毕竟是另外一回事。要是能拍一部关于他的电影,那就更好了。还有比这更好的吗?

幸好您在书问世前让我先读了一遍。我有几点意见,嗯,没准能派上用场。

首先,书中应多讲述些关于维阿诺尔·帕丘利阿和米哈伊尔·捷穆罗维奇、米哈伊尔·阿拉维德泽和米哈伊尔·捷穆罗维奇之间关系的事情。他们曾经是莫逆之交,就像米哈伊尔·捷穆罗维奇跟我一样。如果您找不到具体事例或者情节,您别抱怨,可以告诉我。要找一些好点的素材。另外,还要搜索些有关他另外一些朋友的事例(情节)。诚然,我觉得,这些人当中还活在世上的也只剩我一人了。但是,如果能找到更多有关他生平事迹的种种故事,就最好不过了。

他要求把"妓馆"这个词换成"科罗法"。您在书里某个地方写的是妓馆。这个得换,毕竟这是他本人提出的要求。

您在书中写到,他云游四海。但是,要知道他并不喜欢漫无目的地四处游荡,他毕竟把事情也办了啊。您看,他去了趟柬埔寨,把白水牛的精液带回来了。而我们在别别伊西尔地区之所以有十一头白水牛,他功不可没。这点必须加上。

我有个日本朋友,名叫田中长三郎,是著名的柑橘专家。有一天,他从泰国给我寄了个奇怪的动物,附信内容如下:

"亲爱的约瑟夫,这个动物——Joseph 是我杂交出来的。只用纯种狗交配繁育,生出来的狗崽特别好,特别漂亮。它们的寿命比普通狗要长一到两倍。

你们可以把它和你们的传统狗杂交试试。

深爱 Joseph 的田中长三郎,顺颂安好!"

Joseph 真是令人啧啧称奇:既不像狗,也不像猫,也不像旱獭,恐怕更像家鼠。米哈伊尔·捷穆罗维奇真就管它叫家鼠,而且就让它住在地下室。后来,他把它和一只个头较小的品捷狗杂交,下了四只小崽,存活了一只。米哈伊尔·捷穆罗维奇在罗马把这只家鼠崽给卖了,我们用这笔钱买了艘水上快艇。这个事例可以当做一个不太长的故事情节来使用,最主要是想让您知道:骡(或者叫马和驴杂交的结果)能活到三十六岁,比它父母要活得长很多。

啊,对了,还有这么一件事:经常有亚历山大大学的研究生来我们实验室,比如艾哈迈德和穆罕默德等知名校友(这里说的是 1968—1971 年期间)。艾哈迈德姓罗科巴,他为自己是马木留克的后代而深感自豪。

艾哈迈德对米哈伊尔·捷穆罗维奇说:"您也是马木留克,因为您的姓意思是'公爵之子'。我相信,您的祖上和我先祖一样,都是在伊斯坦布尔市场上被贩卖的。"

米哈伊尔·捷穆罗维奇听了这话,欢天喜地,说道:"你看,索西克,原来我也是马木留克,马木留克!"

他每次来我家都要给我家那只猫带些好吃的。只要一看见米哈伊尔·捷穆罗维奇,马尔卡简直就跟疯了似的,跟他亲热个没完,直往他怀里钻。有一天,马尔卡使尽浑身解数要跟他走,最后他没辙,只好把它带回家。马尔卡在他家过了一夜。第二天一大早,才五点钟,米哈伊尔·捷穆罗维奇就给我打电话:你家马尔卡把我家西伯利亚猫全都咬死了(他家当时一共有两只猫)。第二天,我们讨论了一整天:为什么马尔卡要杀死这几只西伯利亚猫？最后得出以下结论：

1. 马尔卡是本地猫，而西伯利亚猫是外乡的，所以马尔卡不接纳它们。

2. 马尔卡爱吃醋。

3. 马尔卡是为了消灭所有竞争对手。

苏呼米以前有家小酒馆(在铁路车站后面)。后来才知道，小酒馆老板给客人吃狗肉。米哈伊尔·捷穆罗维奇、维阿诺尔·帕丘利阿、米沙·阿拉维德泽加上我，经常光顾这家小酒馆，喝点牛肉汤。他家还有熏肉。他家不仅牛肉汤让人回味无穷，熏肉也是别有风味。酒馆老板自己就是大厨。最后还是他的情人把他给出卖了。因为他在外面又养了个情人，如此一来，老情人就故意放话了："他给人吃的是狗肉。"米哈伊尔·捷穆罗维奇叫上我，一起去旁听开庭："走，瞧瞧去，看看这究竟是个什么人。我们看他还能说些什么，注意观察他的眼睛。"小酒馆老板对自己的罪过供认不讳，但是辩解到："整个亚洲都认为狗肉是一道美食，所以我们也得习惯。"然后他还声称："狗肉我也不是给所有人都吃，只给'狗'吃(说的是警察)。"判了他六年还是八年，已经记不清了。瞧，这种事情都发生过。

有一天，他刚从德国回来，对我说："我在那儿碰见了伟大的遗传学家别尔根的一个朋友，他一再央求我给他弄点你制作的柑橘油。索索，你怎么这么喜欢隐瞒已经公开的秘密呢？这就是你的不对了。难道这种油不是我们，我和你，一起研究的吗？"

我们确实在一起研究了柑橘油。这种油是用枸橘与甜橙杂交种开的花榨出来的。哪个杂交种？就是新华盛顿甜橙和枸橘的杂交种。我们制作的这种油可以治癌(癌被花蜜和香精油消灭掉)。

在开始大规模生产前，我们好不容易熬过了测试期。可是，枸橘与甜橙的杂交种，这个关键的杂交种种子现在在哪儿呢？唉，一群猪闯进了试验地,把枸橘与甜橙的新杂交种种子吃了个精光。这些杂交种种子原本应在 1993—1994 年期间开始开花。或许,这个事例您也能用得上?

米哈伊尔·捷穆罗维奇有杆双筒猎枪,但他一次都没用过:他觉得对任何生命的杀戮跟杀人没什么两样,植物也不例外。

有一次,有只老猫误闯进我们研究所。结果,那只猫被所里的那些狗给吓坏了,爬到一棵树上就一直不敢下来。晚上下班回家前,米哈伊尔·捷穆罗维奇嘱咐门卫:"一会儿等大家都走后,你把狗都拴起来,那只猫在树上待了一天了,给它弄点吃的,再喂它点水喝,之后它想去哪就去哪。"也许,这个事例能入您法眼。

我爷爷以前养过良种猪,呵,个头简直巨大无比。其中有两头我至今都记得很清楚:一头叫希奥,另一头叫尼奥。这两头猪个头特别大,我奶奶经常把几袋玉米放到它们身上,然后赶着它们去磨坊。有一天,希奥和尼奥在磨坊附近的森林里发现了一头死牛。趁我和奶奶在磨坊排队等候那会儿工夫,这俩家伙把那头死牛给吃得干干净净,就剩下点牛骨和牛角(好像还有牛蹄)。我为什么要说起这事呢?嗯,是这样的。当时我和米哈伊尔·捷穆罗维奇关系挺好,有次我邀请他去了我们村子,领他看了村子周围:群山、森林、山谷、河流,还指给他看了我们家那两头猪吃掉死牛的地方。米哈伊尔·捷穆罗维奇那会儿就说:"从各个角度来说,跟人最像的就是猪,比如从血液成分上、解剖学上、心理学上、智力上、胃口上以及良心上等等。"总之,我们那天玩得挺开心,非常尽兴。您看,连这个事例我都给您描述了,虽说它对您的写作不一定合适,但毕竟……

那就这样,尊敬的古拉姆,就此搁笔。如果您有任何疑问,请给我来电。您知道我的电话。祝您成功!

91

人死后，上帝给他看他一生走过的路和上面的脚印。

"可走在我后面的脚印是谁的?"人问道。

"我的，你一生之中我都一直在陪伴着你。"上帝回答。

"可是，在我非常困难的时候，只能看到一个人的脚印。你那会儿究竟是为什么抛下我一人不管?!"人生气地问道。

"当你举步维艰之时，我把你捧在了手心里，你这个怪人。所以，那不是你的，而是我的脚印。"上帝微笑着说道。

总统的猫

战争开始那天，清晨阳光明媚，只不过明媚中略微显露出些许阴沉，就像教堂一样。家家户户都打开了窗户。就在此刻，微微海风轻轻吹过，宛如一只和平鸽，从苏呼米千家万户窗前徐徐飞过。只是不知为什么，鸽子好像受伤了。头一回这样。

时间定格在 8 月 14 日，1992 年 8 月 14 日。

有人在喝茶,有人在上班的路上,有人在海滨公园木兰背阴处打着小盹儿,有人在海水中嬉戏,还有人在……

因此,谁也没弄明白,战争怎么就悄无声息地快速溜进了苏呼米市,怎么就突然发出了阵阵轰鸣声,隆隆枪炮声……

多年以后,有些人对这场战争仍然是一头雾水。

起初,有军用直升机开始在城市上空盘旋,是鳄鱼直升机。紧接着,坦克的隆隆声,冲锋枪的哒哒声接踵而至。突然,还有辆小型装甲车莫名地着火了,显得又小又滑稽。

然后,有个女人报了火警:"快点,我家门前有辆坦克着火啦!"她说的是那辆装甲车。

而在拉科布街上,另一个女人正在安慰惊慌失措的街坊邻居们:"大家别害怕,我们这条街是单行道,坦克开不进来!"

但是,战争很快就席卷了所有大街小巷,整个城市被夷为一片废墟。

战争开始后的第三个月末,米哈伊尔·捷穆罗维奇对好友索索·卡帕纳泽说:

"第二次世界大战中我曾九死一生,也算是饱经世事。但是,这次的感觉我还从来没有过。我觉得自己好像来到了另一个世界,我这究竟是怎么了……救救我,索西克!"

这场战争期间的某一天,下了一场怪雨。它给城市脚下的大海披上了一件件金色的盛装。雨一共就持续了三分钟左右。在那片金色的光芒中,无数个女人的手指突然闪现在空中,旋即纷纷落下,转眼间就消失在茫茫大海的深处。海面微微泛起波澜,仿佛香槟酒一般。但是紧接着,战争的硝烟很快就遮盖了这幅画面。

若是往日,只消亲吻一下她们的手指,再送上几句恭维的甜言蜜语,再普通的女人都会觉得自己美若天仙。而如今,那些女人早已远去，消失得无影无踪。原本几句恭维奉承的话，结果，却是一场战争。

有一棵桉树被炮弹击中了，树枝散落一地。他目睹了其中一根特别大的树枝被人拖走：没有供电的城市，寒冷无比。

他点起蜡烛，昏暗的房间愈发显得无比悲凉。

市内所有的地上建筑物曾经将城市和天地相连，是一个个鲜活的生命的栖身之地，而如今，被悉数夷为平地，仿佛被无数发炮弹击穿的气球一样，千疮百孔，成排成片地轰然坍塌，并且一个赛一个地往地下钻。整座城市毁于一旦。

战线，就是通常所说的防线，穿过格瓦恩德拉附近。他有时不禁在想，他的这间小屋是如何一步步变得不再舒适和温暖，就像是一只被主人遗弃的小狗，止不住地哽咽哀嚎。他内心深处传来阵阵刺痛。这是另一种痛，与肉体的疼痛截然不同。

有一天，他又梦见那些地方，梦见那粉红色的夜空。夜空就像一个被切成两半的巨大无比的西瓜，而满天繁星就像这个大西瓜上的一粒粒瓜子。黑夜在窃窃私语，轻声诉说着自己的故事，群星闪耀，发出璀璨的光芒。他只身站在黑海的波涛中，手捧酒杯，斟满了葡萄酒。他略微有点醉意，开始行祝酒词。人们都跟他一样，也站在海里，屏住了呼吸，听他讲话。第二天早上醒来，他却怎么也记不起梦里祝酒词他都说了什么。

他还做了另外一个梦：他牵着一匹马来到河边饮水，马一头扎进河里，越扎越深，最后甚至连脖颈都看不见了……他突然惊醒了，一身冷汗。

苏呼米这座城市往日的芬芳已经逝去，昔日的繁华早已烟消云散，而波浪滚滚的大海也失去了让人深入思考的能力。

温暖又顽皮的晚霞已经逝去，苏呼米红色标牌的出租车也已无处寻觅。一条条流浪狗，一只只流浪猫，眼神都变得黯淡无光。

寂静的夜空中孤零零的月亮显得特别无精打采。

城里那些花枝招展的女人也不知被赶往何方。

别别伊西尔湖的某处,在科罗法半岛一带,一张张白色的文件纸到处随风飘落。原来,它们是为申请诺贝尔奖精心准备的材料,只是尚未来得及寄出。

别别伊西尔科学院也被洗劫一空,如今孤苦伶仃地矗立在那儿。

乡村和城市,无一幸免,皆被抢劫一空,孤苦无助。

瓢泼大雨一遍又一遍地冲刷着大地,但是,无论如何也冲不掉苏呼米那段黑暗的往事,皑皑白雪也遮不住苏呼米那段悲伤的岁月。

他家门前以前有棵棕榈树,也被大火烧为灰烬。一串串火苗从干枯的野草中蹿出,迅速蔓延开来,沿着树干瞬间蹿上树梢,越蹿越高,越烧越旺。

每个人的面孔,都写满了沧桑,就如同被毁坏的底片胶卷一样,面目全非。看吧,事实就是如此。

街上到处都是形形色色的、穿着奇装异服的人。他们当中既有平民,也有军人。有些人身穿上个世纪五十年代的皮夹克,有些人穿着各式各样的军服,分辨不清是哪些国家的,还有一些人穿着从剧院服装室抢来的衣服。

城市,这座剧院,期待着英雄的诞生;城市,这座剧院,等待着叛徒的出现。

马拉多纳一连数日都身穿古罗马短袖长衬衣,头戴古罗马头盔,在街上四处游荡。这些都是他从剧院抢来的战利品。后来,随着纪律的不断加强,不得肆意抢劫屠杀,战争嘉年华也就逐渐失去了其光彩。

每个人仿佛都觉得自己正身处历史的十字路口,故而各行其道,上演了一幕幕疯狂怪诞的历史剧:有些人举着国旗摇来摇去;有些人扛着冲锋枪吆五喝六;有些人计划给自己建金字塔,地址都已经选好了;还有些人准备为自己树纪念碑，基座也已经建好了。

椭圆形教堂的钟声不时响起，传入城市上空，而每当此时，城市看上去就显得更加悲惨可怜。

现在正快速地成为过去，而未来亦将如此。

往事突然浮现在他眼前，虽然他和这些往事早已诀别。那还是他父亲被执行枪决的那年，而且，那年变得如此之近，以至于他几乎都看不清。虽然看不清，但是整个人满脑子都是。

在自己的家乡，在这座城市，没有一扇窗户迎接他，也没有一扇大门在等待他。偶尔，有些深感绝望的人从窗户里探出头来，但是，就在这一瞬间，他们那灿烂夺目、多姿多彩的生活将一去永不复返。

海豚被炮弹炸得支离破碎，大海把它们冲到了岸上。

鸣禽和海鸥早已远走高飞，离开了这座城市。

原来，只有麻雀和鸽子能经受住战争的残酷考验。

三五成群的士兵，醉醺醺的，把学校当成了打靶场，狗、猫、鸽子，甚至海鸥……都成了他们打靶的对象。更有甚者，有时干脆就把对方当靶子。

这场战争将城市的和平炸得灰飞烟灭。昨日还是一片宁静，今日已响起隆隆炮火声。

一具具残缺不整的尸体从他隔壁邻居家的大门口被抬了出去，人们在那儿躲避"冰雹"火箭炮的轰炸，结果被炸得身首异处。

街上到处都是尸体，横七竖八地乱扔着。万人塚越挖越深：已经深不见底。

大海好像转过身去了，背对着他；大海背对着整座城市。

他在街上遇到一个士兵，既像神父，但同时又像暴徒。

现在，战争正以其独特的方式，使他逐渐丧失了对生活的热爱，而他，曾经是那么地热爱生活，如痴如醉。

周围尽是些陌生人和外乡人在四处游荡。这些人的内心极其冷漠,其冷漠的速度,比起寒冬时节结冰的速度都有过之而无不及。

毁灭者崇拜、救世者消灭的时代死灰复燃,那是一个妄图使魔鬼和上帝平起平坐的时代。

拉枪栓的咔嚓声是男人的声音,不存在女人的武器。整个城市都充斥着各种男人的声音,叮叮当当,咚咚哐哐,此起彼伏,不绝于耳。

女人的身体从来没有说过:"明天太阳一定会升起来!"

桅杆被射穿了,白帆被鲜血染红,呼喊声渐渐远去,这些都一针针地扎在每个人的内心深处。

他一生阅人无数,其中不乏表里不一、口是心非之人。而反观自己的一生,却完全是另外一回事。这一次,不再是揭露虚伪,而是呼唤理智。

一切都发生得太快,疾如旋踵。发生得如此之快,有时他什么都没来得及搞明白。

曾几何时,他的名字,全城男女老幼皆耳熟能详。有时,从大街小巷突然同时传来一个声音:"米——哈——伊——尔·捷——穆——罗——维——奇!"

他有一个邻居,突然就成了一名士兵,并且打死了另外一个跟他一样的"突然的士兵"。他们俩还是朋友。两人当时都喝多了,不知何故发生了口角。卡拉什尼科夫[1]一枪命中,不仅击穿了同伴头上那顶二战时期的头盔,更重要的是击垮了他的狂妄自大。当邻居确信其同伴被打死后,自己一头撞破窗户,从五楼纵身跳了下去,留下身后在场的人,许久也并未显出十分吃惊的样子。碎玻璃片盖在他身上,仿佛受伤之鸟的羽毛。被打死的那个人,子弹陷进额头,活像第三只眼睛,直发

---

[1]　译者注:卡拉什尼科夫式自动步枪,又称 AK 型自动步枪,指由苏联著名枪械设计师米哈伊尔·卡拉什尼科夫设计的一系列自动步枪。

红。那天夜里，米哈伊尔·捷穆罗维奇正是通过这犹如罂粟花一般火红的第三只眼看见了死亡。"原来死亡也并没有那么可怕。"他后来想。

于他而言，此"后来"成为了永远。

一行行眼泪洒落在银白色教堂门前的台阶上……

"快看啊，索西克，旧时光回来了：灯光，烛光……你看，快看呐……"

"索西克，上帝离我们很远，遥不可及。我们还需要点别的什么，要比宗教更强大，比爱情更强烈的。否则，上帝自己没法把我们培养成接受其大量标准的子民。"

苏呼米已经失去了做诗的兴致。在苏呼米，诗歌正日渐消亡。这种情况，不只是在苏呼米，而是每时每刻、无处不在发生，有时甚至是永久性的灭亡。在加格拉、特科瓦尔切利、奥恰姆奇拉、古达乌塔、古尔里普希、加利……

所有的城市，都是一个城市；所有的日子，都是一天；所有的女人，都是一个女人。

所有的战争，都是一场战争；

所有的生命，都只有一次；

所有的死亡，也只有一次。

"以前我怕死，现在我怕生，索西克。"

"我们全都是上帝的子民，索西克，生前即已生，死前亦已死。"

这段时间，他一共就看了齐娜伊达·尼古拉耶夫娜三次，看了齐娜伊达·尼古拉耶夫娜和肯尼迪总统的猫的后代，它和它的先辈一样发出欢快的叫声。他极力想从她脸上读出些未来，但是，这个曾经也是个美人的女人双眸中透出一些不好的消息。他盯着她看，心里在想：越老,女人就长得越来越像男人,而男人则越来越像女人。

有一次他去看望她时,她用救济大米煮了点米饭:幸运的是,那天临时供了几小时电。她打开了吊灯,吊灯上所有的小灯泡都亮了(尽管有战时警告)。外面有人幸灾乐祸,说道:"你们就等着倒霉吧!"那天夜里,就连她那被打死的儿子的肖像都发出了亮光,花瓶中早已枯萎的玫瑰花竟也露出了勃勃生机。

他最后一次去看她时,屋里有好几个人在,都是她的邻居。齐娜伊达·尼古拉耶夫娜躺在床上,一副有气无力的样子。屋里弥漫着一股治疗心脏病滴剂的刺鼻的气味。有人告诉他:"我们今早听说瓦列拉是罗玛杀的。"罗玛是瓦列拉儿时的朋友,邻居。瓦列拉葬礼当天,齐娜伊达·尼古拉耶夫娜从罗玛头上剪下一缕头发,认他为养子,接替瓦列拉。这都已经过去一个月了,城里谁都没看见他:据说他已经逃跑了。

米哈伊尔·捷穆罗维奇想起那个冬日的清晨,那时他听说了瓦列拉被杀的消息。在那之后,大家一直没有放弃寻找凶手,但总是石沉大海。

他用眼睛搜索了好一阵才找到那只总统的猫。在房间的一个角落里,他觉得好像有橙黄色的斑点在闪现。果不其然,总统的猫蹲在那里,蜷缩成一团。他抱起它,让它坐在齐娜伊达·尼古拉耶夫娜旁边。然后,他摸了摸女人的头,吻了吻她的双手和额头,走出了房间。这是他们最后一次见面。

在街上,他看见一个面目可憎的士兵。

有一天,又开始轰炸了,他看见一个男人从院内厕所里慌忙跳出来,狼狈地往逃生口跑去,连裤子都没来得及提,屁股也没擦……

还有一次,他看见一帮人正在喝酒,突然间轰炸开始了,于是大家都急忙钻到桌子底下躲避。其中有个人,手里拿着一只羊角杯,里面的葡萄酒都快溢出来了,用冲锋枪把一只狗打死了。他连停都没停,更没对士兵说"别杀狗和猫！它们死后会报复的！"以前，有一次，当他看见一群士兵端着大口径机枪对着列宁纪念雕像无情地扫射时，他冲他们大声喊道："别朝纪念像开枪！你们把纪念像从基座上卸下来，直接搬走就行啦！毕竟是列宁，他生前可是个可怕的人，尤其是别朝他的纪念像开枪，其他人的最好也别开枪，他们会报复的。"

城里的房屋破败不堪，不禁让人想起那些无人照料的苹果、梨、橙子、糖果。人们把它们送给临终之人，放在他们床头。这是他们在生命的尽头收到的最后的礼物，它们透出淡淡的悲伤，饱含温存的慰藉，充满对天使般美好生活的无限眷念……

出来了，但就是不舍得松手。桌上尚空无一人，他已从桌底慢慢往外爬，手在微微颤抖。他高举着羊角杯的手的影子，仿佛自由女神像中女神高擎火炬的右臂。

苏呼米那些"怪人"和"聪明鬼"，此刻也不知他们跑向何方了。

战争期间，有一次，他憋不住抽起烟来——实在忍受不了孤独。烟雾缭绕，渐渐笼罩了整个房间，屋子，城市的树木，远处的大海。不管怎么说，他头一回萌生那么一丝感觉，类似——为了烟草，感谢哥伦布这样了不起的人之类的。

他从书架上一会儿拿起一本哲学书，一会儿拿起一本诗集，一会儿又拿起一本讲述旅行的书。他好像是在看书，但实际上心不在焉。草草翻了几页后就一直盯着那些书，就像以前透过蛙人的防水面罩玻璃看黑海海底或者别别伊西尔湖底似的，可是……

"卡利梅拉！"米哈伊尔·捷穆罗维奇欢迎到。也许，他是留在苏呼米的最后一位希腊人——爱琴奥斯·马尔马里洛斯。最近一段时间，不知是何缘故，爱琴奥斯·马尔马里洛斯整个人突然变得苍老许多，骨瘦如柴，就像古希腊装饰图案中的雕像一样。

"可恶的大海，"爱琴奥斯·马尔马里洛斯抱怨道，"所有的战争和纠纷都和大海有关。一个国家越美丽,她周围的战争就越多。我最好是个终身旅行者,一直在旅行,那样我就既不会有国籍,也不会有家乡了。"

"不是终身旅行者,而是终身徒步旅行者。"米哈伊尔·捷穆罗维奇试图纠正他。

"终身旅行者!"爱琴奥斯·马尔马里洛斯固执地重复。

尽管他定期给房间里的花浇水,但是,它们还是枯萎了。

鹦鹉死了:枪炮声震耳欲聋,它的心脏被震裂了。

德米特里·赫瓦尔茨基亚和夫人妮娜来看过米哈伊尔·捷穆罗维奇几次,给他带了点吃的。

除了孙子腾吉兹,其他所有人都已经离开他了。

实际上,就剩下他孤零零一人。

他把仅有的一点吃的东西和流浪狗、流浪猫一起分了。

1992年底,索索·卡帕纳泽来看过他一次。索索还在植物园耐心地搞研究:照料那些树木和花花草草。植物园有栋亚热带作物和茶叶研究所的老房子,始建于十九世纪。1992年11月的一天,一枚炮弹落到了这栋房子的一面墙上,卡在了墙里头,但是没爆炸。一直等了有三四天:快要爆炸了,说不定马上就要炸!但是,它就是没炸。也没人敢去把炮弹从墙里拽出来,再后来,人们就彻底把它给遗忘了。

那天,他和索索·卡帕纳泽谈起了生命的起源和细胞结构等问题,两人甚至还进行了争论。谈到一半时,他又突然回忆起童年往事:

"有一天,苏呼米来了一个马戏团,他们带了一个小型旋转木马。一匹年迈的老马,瘸着腿,无奈地拉着这个旋转木马慢慢地转动。我当时觉得,这匹马把整个地球都转动了……"

邻居家被抢劫一空。铁门没拆成(家里一个人也没有),他们不知道从哪儿弄来了一台施工升降机,从窗户直接爬了进去。就在光天化日之下！升降机他们也不会开,起初硬是把"工作台"开过了两层。

"整整高了两个八度音。"他和这帮战乱中趁火打劫的家伙开了个苦涩的玩笑。

但是,这帮人没听懂他的笑话:他们毕竟不是搞音乐的。

或许,这是他这辈子讲的最后一个笑话。

1993 年的第一天,他嘱咐前来做客的索索·卡帕纳泽:

"我快挺不住了。就在圣诞节前夜过后,主显节的前一天,我将永远地闭上眼睛。你到时候要说告别词。你得告诉大家,我生前是个什么样的人。"

索索·卡帕纳泽那时不知道什么是圣诞节前夜,后来多方查找才搞清楚。翻了很多书,找了很长时间。

岁暮天寒,屋里阴冷,屋外积了一层厚厚的雪。那年冬天下了很多雪。有人说是因为"冰雹",也有人说是因为那场战争。

索索披了件上衣,坐在屋里。一边陪他说着话,一边不停地搓着手。他跟他的城市一样,冻得瑟瑟发抖。家里已经没什么吃的了,厨房里只剩下一堆垃圾。

"你们把我埋在米哈伊洛夫斯基墓地吧,我想守着母亲,不想去公墓……我害怕大理石,我更喜欢普通墓地的花草树木。你应该知道啊！……索西克,我是那么怀念乡村,怀念老木屋的味道。"

"我死后,有时会给你暗示,你要留意观察树木,还有猫啊狗啊之类的。你只要用心听,很快就能找到我。"

"离千禧年还差七年,七——多吉利的数字！"

他不无自嘲地笑了笑。

或许,这是他生命中最后一次微笑。

主显节前,他屋里挤满了各种动物和植物。水牛、黑水牛、白水牛、巴比伦水牛、美索不达米亚水牛、日本水牛、高加索水牛,它们迈着沉重的步伐,在屋里踱来踱去,从一个房间走到另一个房间;还有嗡嗡叫的小蜜蜂、咩咩叫的山羊、哞哞叫的公牛;百花齐放,鲜花、灌木丛、树木已是五彩缤纷。

其中一棵树上花团锦簇。

黑海的海水淹没了他的房间,古米斯塔河、科多里河、布兹皮河、奇皮尔佩塔河的滔滔河水,也都前来送行。

"阿特拉斯"超级南瓜继续疯狂地生长。

哦,还有,嵌合体也前来致敬:素不相识的未来的植物,从未谋面的未来的动物……

人走以后,要摆上特别大的桌子,大摆筵席宴请四方来宾。慢慢地,不知不觉就喝多了。难道你就要永远地离开我们了吗?不,你只是稍有醉意的男子汉。你是因为喝葡萄酒醉的?不是,是因为度过的艰辛岁月。有人笑着问你:"怎么了,兄弟,喝多啦?"他们这是跟你开玩笑。盛大的筵席……

"哎,喝醉酒是多么痛苦啊,索西克!"

在非洲某地,一群小男孩正在围追一头被标枪刺伤的羚羊;在澳大利亚,西班牙侨民正在用吉他弹奏安达卢西亚舞曲;在泰国曼谷玫瑰花园,一个妇人正在用椰子壳碎块栽培兰花;在希腊罗德岛上,蓝蓝的微风吹拂;在日本富士山上空,天色微明……

一群维和部队正行进在群山峰谷间,从空中俯视,就像一堆咖啡渣。一群咖啡渣一样的士兵,一群用咖啡渣占卜的士兵,一群玩游戏的国家派出来的玩游戏的士兵正在供旅客游玩的山岭和谷地间欢快地奔跑。

在印度,微风轻轻吹拂着泰姬陵;而在加拿大,粉红色的天空投射在厚厚的积雪上;在地球上,最后一个人,也不知此刻正在何处游荡……

圣诞节前夜后的第七天,他清楚地听到,他的最后一只小鸟,在笼子里吓得直哆嗦,战战兢兢地问上帝:"难道这个地球只是为人类建造的吗?"

这句话听上去像是责备,更确切地说,它就是责备。

他最后一次说话就是和这只小鸟,之后就再也没跟任何人说话了:小鸟死了。

另外,圣诞节前夜后的第七天,他家的守护天使以及那些所有无家可归、房屋化为灰烬的人家里的守护天使都在他家齐聚一堂。

幸运的数字——七。

所有过往的岁月,温馨的话语,爱过的人儿,浪漫的场景,亲吻和拥抱,祝福和欢乐,回忆和憧憬……这一切的一切,都在这一天,这个夜晚,不期而聚。

他最后听见的,是那只先行一步的小鸟的声音:"睁开眼睛吧!"

他睁开双眼,看见了上帝。

早上,有人发现他死了:他躺在地板上,挨着床,侧着身,手紧紧地拽着斗篷的边,面带微笑,在他裤子口袋里发现了三粒不知道是什么的种子。

陌生的,

无名的,

种子;

也许,

是花籽;

也许,

是树种。

战争期间,以古米斯塔河为界分为交战双方。米哈伊尔·捷穆罗维奇钟爱的一家饭店——"埃舍拉"饭店,属于阿布哈兹一方,而另一家饭店——"梅尔赫乌利"饭店,则属于格鲁吉亚一方。

"埃舍拉"饭店不远处,立着一排排阿方的"冰雹",对格方阵地进行猛烈的轰炸。而在对面,"梅尔赫乌利"饭店附近,格方的"冰雹"则向埃舍拉山上狂轰滥炸。

战争期间,就连米哈伊尔·捷穆罗维奇钟爱的两家饭店都彼此向对方宣战,昔日美酒佳肴,今日是一发发火箭炮。

战争期间,一切都在变化,饭店也无法幸免。它们均被洗劫一空,如今已是门庭冷落,孤苦伶仃,凄惨绝望,愁容满面。

它们没能熬过战争。

米哈伊尔·捷穆罗维奇也没能熬过。

葬礼那天,埃舍拉和梅尔赫乌利双方的"冰雹"发出阵阵轰鸣声,啼天哭地。

葬礼当天,在稀稀拉拉的送殡队伍中人们看见了齐娜伊达·尼古拉耶夫娜的身影,她与队伍一起往米哈伊洛夫斯基墓地前进。她手里抱着一只猫,和它伟大的先辈一样,也是橙黄色的,真不愧是总统的猫孙子的孙子。它的名字也叫约翰·费兹杰拉尔德·肯尼迪。当然,也是只能治病的猫。

葬礼当天,晴空万里。夜幕降临,一轮皎洁的月光照耀着大地。

那晚的月亮非同寻常。拂晓之前,苏呼米所有橙黄色的猫都一直边叫边对着月亮舔着舌头。

那晚的月亮,像极了总统的猫。

回到苏呼米

杨可　黄天德　译

你好，苏呼米！

我们差不多两年未见了，除了你在梦中掠过，仅此而已。偶尔突然在电视上还有明信片上看到你，有时也会在家庭相册中见到你的身影。你在那儿过得还好吗？有什么使你心烦意乱，抑或让你神采奕奕的事吗？我想方设法打听你的消息，向人群、报刊、广播打听……你呢？我是否在你的记忆中出现？或者偶尔，或者也许根本不记得我了？

要知道，你对于我来说不仅只是故乡，或者我父亲、孩子的安葬之地。从前、现在及以后的三个时期在这里更迭翻腾，在这些日子里你每天都和我交谈，我唯一的城市，在这里痛苦和灵感同在。你，是我的父亲、我的爱人、兄弟、姐妹、孩子、关怀者、朋友和陌生人……你是我的友人，已有两年未见的友人。

当我疲惫不堪时，我在脑海里与你交谈。在这个世界上没有人知道你对我来说有多么重要！这情感无以言表。

我没有什么需要去掩饰和害羞的，就让人们觉得我是多愁善感的吧——我爱你！

我看到战争是如何摧毁你的，如何一点一点地摧残、掠夺、烧毁、折磨，但我却无力阻止它。无法帮助你。苏呼米！请原谅我的软弱！原谅我！

我怎能想象在你生命的盛大节日里爆发战争！你街道上的鲜血！你大海里的尸体！烧焦的建筑残骸，化成灰烬的树木和鲜花！火海中的天空！永远，永远，永远无法想象……

有没有还记得我的人留下来和你在一起？

电视上播出了你的镜头，因为不久前洪水侵袭了你的那些街道。发了疯似的水。你不知道我的心有多痛！上帝保佑，愿你永远不会再失去一块砖头、一丛灌木、一片树叶。要知道，你很清楚地了解我是多么爱你！即使我注定无法回到你身边，我也不可能诅咒你。

如果你从红桥那边走过来，那么当你从药店往上，向基洛娃街道方向行走时，你会在苏呼米山上看到一座带阁楼的漂亮房子。它的一半阳台被蔓生植物覆盖着。我不清楚这是什么植物。当浅紫色的花朵盛开时，立刻变成神奇的宫殿。苏呼米人都熟知这座房子。这种植物是否仍在生长？它是否在战争中幸免于难？它是否仍像来自大海的高傲女士那般美丽？

你的河流，你的别斯列特卡河还像以前一样不时地变换色彩吗？春汛之后，它有时也改变河道，有时流向军事疗养院，在那里与大海相遇，有时奔向港口。那洪水过后的它呢，又一次改变了与大海相会的地点吗？它是否会有一个小码头，给小船停靠的别斯列特卡河码头？小船会出海去捕鱼吗？

船舶还像往日一样停泊在港口吗？

能听到从你的海滩、餐馆和咖啡店传来的笑声与欢呼声吗？……

我父亲在那儿的房子怎样了？谁住在我们的房间里？谁燃起了壁炉？……

我们的墓地怎样了？是啊，为什么我要问呢？就好像我亲眼看到了长满牛蒡和刺的坟墓，看到了被草覆盖了的小道。

关于所有的人我都想问你，他们是否还活着？有些人我不熟悉，他们的脸我记得。

听说吉普赛人离开了你，好吧，那其他人呢？……卖鱼和种子的商贩还会像往日一样到你的堤岸上吗？

是的，那里的古尔里普希镇和镇上的居民们怎么样了？已没有听到过关于它的任何消息,甚至无人提及。

大海在做什么呢?

你教堂的钟声仍像以前一样响起吗?

如果你会书写,或许,关于一切你都会写给我。

我是如此怀念你的大海,怀念它蓝色的温柔——怀念宽广无边的永恒之海。已两年未曾见过大海——无论是它,还是其他城市的海洋。我想念你的雨季。在这里——在第比利斯——很少下雨,可以说这是一个干燥的城市。而我想念你那有穿透力的暴雨,想念倾盆而下的热带之雨,想念你那蓝色调和灰色调的雨,它使天与地、云与海融为一体。我在你的雨中长大,而在其他地方——我,只是湿了一身。

我想念你的山,想念你的铁索道,想念穿过灌木丛、淹没在斑驳的色彩之中的曲折的主干道。充满魅力、精巧弯曲的道路,在那里呼吸是何等的通畅,在那里血管中的血液都流动得更快一些。唉,有时,我多么想从高处一览你的芳华。

我想念你神奇的夏天,想念你咖啡的味道……想念你一间间咖啡店里多种语言交错的谈话声。

你是我灵魂的一部分,我唯一的绿洲、我的国家、我的星球、我的银河系!

有时我是如此想念你,仿佛就是在这里你的雨滴会洒满我全身,仿佛我能够看到你的月亮,抚摸你的阳光、你的草地、你的星星、你那孤寂的折断羽翼的海鸥……

但现在对我而言,你比遥不可及的星体更遥远。

世界上任何一个城市都比你更近。

只有住在你那儿时我常常说"我来了"。我离开两年后再也"没过来",也没有"来到"任何地方,而是一直在某个不属于我自己的地方。只有住在你那儿时我常常说"在这里",但现在我一直"在那里"。我已经两年不"在这里"了。只有"在这里",我恋爱了,而不是在任何其他地方。

最棒的音乐响彻在你的音节,在你的名字——苏呼米中。

所有的政府都离开了我,所有的政客也都牺牲了我,每一位过客至少都用自己的剑戳我一次,而现在至少你应该是我的圣经圣殿,请别抛下始终忠诚于你的我!否则,生活将会有什么意义呢?其他的宇宙对我而言会成为什么呢?

如果哪一天我打开了我故乡的家门,我定会将那一天、那个月、那一年填在我护照的出生日期上……

我在回去的路上,一直在回去的路上,但没有一条道路指引我到你身边。在空虚之中怎能看到父亲的老屋!

去年冬天一位苏呼米老人与我相遇。他说,离开苏呼米后一直没睡好过,每个夜晚都在煎熬之中度过。但是后来他为自己找到了这么一种方法:我开始返回苏呼米,临睡前沿城漫步,然后酣然入睡……昨天到了伏龙芝街,往下走到海边,首先路过"儿童世界"商店和艺术沙龙,然后穿过马路到公园,走过印刷厂,很快就到了聚集众多足球迷的"国际旅行社"前的"电视"旁。他们已经在喝着咖啡了,我也喝了一杯。我与朱古里、科特和"鱼雷"聊了一会儿。我们谈笑风生了一番。之后去了"阿姆拉"海鲜餐厅。在那里我遇到了研究院的朋友们,我们喝了香槟。美好的一天,阳光明媚。大海如此平静。

起初,我似乎觉得类似的返回苏呼米只是我那位朋友的想象,但很快我又遇到了另一位也是一模一样在睡前行走于苏呼米街道的苏呼米人。

接下来遇到——第三位、第四位、第五位……

我还遇到了加格拉人——行走于加格拉街道的加格拉人……

你甚至无法想象每到夜里你是如何壮大起来的——成千上万的无形的苏呼米人在你的院子里,在自己的屋子里、房间里、街道上……广场上……奔忙。

我相信,甚至逝者也会回到你身边——那些在战后逝去的人们。

苏呼米和回归——这对他们而言是最神圣美好的两个词。首先是——苏呼米,然后是——回归!

一些人坐火车回到你身边。

另一些人——乘飞机。

还有些人——搭轮船。

你双眼满含喜悦之泪迎接着每一个人,因为他们每个人——都是你的孩子。

只是你对于他们来说不是今日的城市,也不是战时的城市。你——是 1992 年 8 月 14 日前的苏呼米,是战前的苏呼米,是伟大的城市!

他们只愿意回到那样的苏呼米。在那个苏呼米有和平与安宁,所有人都相互关心。空气像水晶一样纯净明亮,那儿没有战争的气息。

所有人,所有人——都生活在一起……在一起……并且彼此相爱……

如何向你隐瞒——这是我像其他人一样回到你身边的第几个月,我走在你的街道上,遇到朋友和熟人、活着的和逝去的人,想起在不同时间里发生过的一些事情,而且,有时我会记录下某些东西……

这就是我所记录的……

虽然,你自己会读到的,它们都是属于你的,而且迟早你会看到它们,你会了解,没有你我是怎么过的。

我不知道还要对你说什么。余下的——都在这些笔记中……

再见!

请向古尔里普希小镇问好! 也向大海问好!

你的古拉姆·奥季沙里亚

1995 年 7 月 4 日

雨天宣言

终于开始下雨了。

湿漉漉的云层透过雨滴反射着，这让我想起了大海。苏呼米的大海、堤岸、海豚……

我想起美国科学家约翰·里尔的一只海豚临死前说出的一句话，这句话是用英语讲的："我们被欺骗了！"

这一录音约翰·里尔听了上百万次，但不论是他还是其他任何人都无法理解，临终的海豚怎么能够发出这些单词，或者"我们被欺骗了！"这句话意味着什么。

然而，如果平心静气地花时间细细考究这件事情，那么这一切将变得很清晰：海豚说出了这个地球上任何生物都可以说出的话。哪怕是我们——要知道，我们也被欺骗了！

我们所有人都被欺骗了——被希望、信仰、历史、意识形态、进取、自由、和平、指责所骗！

我们被欺骗了——被集会、号召、空谈、权力、旗帜、报纸、电视、账户数据、领袖至上主义所骗！

我们被欺骗了——被仇恨、天真、愚蠢、恐惧、幻想、野心、诽谤所骗！

我们被欺骗了——被武器、鲜血、民主、政党、金钱、舒适、团结、分裂、疯狂、战争所骗！

我们被欺骗了——被呻吟、抽泣、残废的尸体、火灾、痛苦、暴力、毒品、死亡、生命所骗！

我们被欺骗了——被指责、和平、自由、进取、意识形态、历史、信仰、希望所骗！……

总而言之,我们被欺骗了！

我们每个人都被欺骗了——无论是昨天、今天还是明天！明天,明天我们也被欺骗了！我们处在一个恶性循环的圈子中！

我们被欺骗了！

被欺骗了！

我们,所有的人,被欺骗了,他们想让我们死去……

但是……

难民之隘口

献给我的女儿——萨罗美

……隘口的存在比我踏上它的时间要早得多。现在,不知已是第几个世纪了,我和我的孩子、我的母亲、我的亲人们、那些对我而言最珍贵的人们、活着的和死去的,甚至是那些要来到这个世界上的人,我们一起在隘口之间蹒跚而行,默默地蹒跚前行。下着雪,天寒地冻……身心疲惫不堪……仿佛心跳都完全停止了,但我们还是坚定地、忘我地走啊,走啊,可是依然看不到路的尽头……"请帮帮所有的流亡者吧,请保护所有的苦难者吧,我们最神圣而伟大的主啊……"——1993 年 10 月

2 日那个可怕的夜晚,我在萨肯-丘别尔山山隘的最高处大致就是这样与上帝交谈的。就在那个晚上,在我眼皮底下,在我手中好几个人的灵魂如天空之鸟一般消失了。

9 月 27 日晚,我抛下了我在马恰拉村的祖屋。我用我那辆很有年头的"伏尔加"载着妈妈、弟弟和我的朋友格鲁·曼姆波利亚。我的妻子和女儿萨罗美在第比利斯,所以我相对比较平静。

9 月 27 日苏呼米沦陷了(对于格鲁吉亚方而言是沦陷,对于阿布哈兹方而言是攻占)。但是,带有威风凛凛称号和各种番号的格鲁吉亚军事部队怎么也没能越过科多里河 1 大桥的防御。所以人们不得不走上这条唯一的拯救之路——通往斯瓦涅季 2 之路(大家都对加格拉 3 记忆犹新,且不仅仅是对加格拉记忆犹新)。流亡的人们匆忙赶路,有人坐车,有人步行……甚至有人骑马前往山里。

士兵们也在行进,他们以非战列步伐向梅尔赫乌利村行进。坐满军人的步兵战车 4 嗒嗒直响……阳光灿烂的秋日——"明媚而壮丽,斑

---

1 译者注:科多里河是格鲁吉亚的河流,位于该国西部阿布哈兹,河道全长 105 公里,流域面积 2 051 平方公里,流量每秒 144 立方米,发源自大高加索山脉南麓,注入黑海,河水主要来自雨水。

2 译者注:斯瓦涅季,格鲁吉亚语:ˢˑ³áⁿⁿⁿ,Svaneti,是位于乔治亚西北部的一个地区的名称。斯瓦人生活在这里。斯瓦涅季是欧洲海拔最高的有人居住区,高加索山脉最高的 10 个山峰中有 4 个位于这里,并且乔治亚的最高峰亦在斯瓦涅季。在历史上,斯瓦涅季可以分为上斯瓦涅季和下斯瓦涅季两个区域,其中上斯瓦涅季的建筑群和文化景观被列入世界文化遗产。

3 译者注:加格拉是阿布哈兹地区的城市,位于黑海东北岸、高加索山脉的山脚。该市的总面积有 772.41 平方公里。亚热带气候使加格拉成为苏联时代著名的健康度假区。可惜,阿布哈兹分离主义分子在 1990 年代发动战争,使这个城市的人口减少,并加速其衰退。1989 年,该市有人口 26 636 人,但随着市内大量格鲁吉亚人的离开,人口数量锐减。

4 译者注:БМП 为步兵战车(Infantry fighting vehicle—IFV,或译作步兵战斗车),也称机械化步兵战车(MIFV),简称步战车。是一种能搭载步兵,并能伴随步兵提供火力支援的装甲运输车辆。在很多时候,步战车对于步兵的支援甚至比主战坦克所能提供的还要多。

斓而柔和",但对我来说这是"巧克力般的日子",我早就这么称呼海岸上这些秋日了。

玉米地的玉米成熟了,庭院里的"美洲葡萄"熟透了。总之,这是个收获的季节,橘子和橙子树开着花儿,费约果散发出独特的香气。在夕阳的余晖中,大海闪烁着蓝色的光芒。

妈妈眼含泪水与家乡的庄园告别。

"还好,"她对我和弟弟说,"父亲没熬到这些日子。"

旧电瓶集聚着最后的能量并奇迹般地启动了车子。

我急急忙忙,得赶上我的朋友们——我的汽油已经不多了,他们答应分给我一些汽油。我将一位女亲戚留下,托付给准备启程的邻居——他车里有空位。然而,这女人的命运差点儿成了我的悔恨之源——她不知何故没有和邻居一起乘车出发,而是徒步上了路。

我们经过村子后边的桥,然后右转。路上交通拥挤。我车子前面轰隆隆地行驶着两辆步兵战车,步兵战车上见缝插针似的挤满了士兵。他们脸上的表情难以言表,目光仿佛凝固了一般。正当我准备超越他们时,突然,从对面行驶而来的敞篷吉普车上下来几个穿着黑色制服的士兵,端着冲锋枪就开始射击,打空了所有子弹。子弹擦着坐在步兵战车上士兵的头和我们的头呼啸而过。我猛地刹车。

"回去,你妈的……"那些穿黑色制服的人向步兵战车司机吼道,"倒回去,否则把你们全扫光!谁下令让你们离开这座城市的!"

不知何故,我竟能停在吉普车和已停下来的步兵战车之间。"似乎,危险已经过去了。"我对自己说。

就在几天前——9月24日,这一天是我的生日。从我记事起,每当我生日的时候,母亲就会宰一只公鸡,点上一支蜡烛向上帝祈祷让我健康成长。我有两个哥哥幼年夭折,父母总是害怕我会发生什么意外,而不争气的我像是故意刁难他们一样,总是生病。那天,苏呼米遭到了无情的轰炸,残酷的战斗就在距离我们大约十公里处展开。这是我出生以来唯一的一次母亲没记起的生日,这一天她在一个不眠之夜后,眼中许久都充满了恐惧。好吧,我也没提醒她,再说,不知什么原因我自己从未喜欢过这一天。只是弟弟下午某个时候突然想起这事儿。母亲痛苦地哭了起来:"我怎么能这样!"我尽己所能地安慰她:"记什么我的生日啊,天知道,9月24日这一天成了多少人的死亡之日……"

1990年11月25日那天早上,几枚炮弹在房子旁边爆炸,一位邻居当场死亡了,当时他正站在自己家门旁。炸弹冲击波冲碎了我家一楼所有的玻璃,炸弹碎片毁坏了墙壁。架在马恰拉的几门大炮轰隆隆几乎不间断地轰炸。马恰拉在射击,也在被射击……我家地下室里躲藏了差不多二十人——他们都是邻居和从苏呼米逃过来的亲戚朋友。地下室的墙几乎有一米厚。父亲开始建这个房子时十七岁。他建了五年。而且,他还在精心打造的闪闪发光的室内地板上上了漆——从现在开始,我们将住在这一座漂亮的房子里。第二天,黎明时分,父亲死于心脏病发作。那是1990年11月26日。

三天后,地板的油漆干了,房间也已通风,我父亲被安放在中心呈多面圆顶状的屋子里。他就这样在付出巨大心血建成的房子里度过了他人生中最后的几个夜晚。我父亲之前是一名军人,近几年一直在讲授民防课程,他常说美苏之间战争不可避免。父亲害怕核战争,因此,在地下室墙内铺设了大量金属结构,水泥也没少用,天花板及墙壁上用钢管留了通风口。有一次我问他这是什么,他对我说:"如果发生核爆炸,整座房子都会被摧毁,出口也会被堵死,那么我们可以通过通风口呼吸。"总之,我跟朋友们说了这事儿,就像讲笑话似的,可现在看来……

尽管格鲁吉亚与阿布哈兹对峙,但我父亲有很多阿布哈兹的朋友,他怎么都无法想象有可能会发生这场战争,我想重复一下,只有美苏之间可能发生战争的想法折磨过他。

就这样,9 月 24 日。我们坐在父亲房屋的地下室里,男男女女、老老少少,还有摇篮里的婴儿。

摇篮摇来摇去,苏呼米遭到轰炸,格鲁吉亚的火炮攻击不断,轰炸机不时肆虐天空。老人们回忆起我的父亲,他们祝福他:"尼科(父亲的名字)的地下室救了我们,战争一结束,我们就去墓地感谢他,接下来我们要在马恰拉摆上一大桌来纪念他。"

我有一种不祥的预感,但我没有对任何人说。

母亲拿出一罐三升的"美洲葡萄"酒,这是父亲去世前两个月酿制的——是他亲手泡制的最后一罐葡萄酒。

足够每个人分一小杯。

就这样,那天父亲用他酿制的酒向我们告别,好像在祝福我们一路平安(那时还是一条前途未卜的路)。谁知道我什么时候才能看到他的坟墓呢……

这是一个悲惨的场面——一支被战胜的军队。

士兵们行进着,低着头,倍感羞辱,不敢抬眼,有些人移开视线躲避熟人。

雾气下沉至公路上,小轿车、大货车、公交车、步兵战车、防空装置运输车 1、装甲运输车、拖拉机响个不停。我们缓慢前行。道路上满是军事装备。士兵们搬运着"苍蝇"反坦克手榴弹 2、掷弹筒和迫击炮。

1　译者注:ZSU-23-4 自行高炮,ZSU-23-4"石勒喀河"自行高炮(俄语:ЗСУ-23-4"Шилка"),是苏联于上世纪六十年代开发的第二代自行高射炮,取代了第一代光学瞄准、人力操控的 ZSU-57-2 防空坦克,用于伴随坦克团、摩托化步兵团行进间超低空防空。

2　译者注:RPG-18(俄语:РПГ-18"Myxa";英文:Mukha,意为"苍蝇";俄罗斯国防部火箭炮兵装备总局代号:6G12/6Г12)是由苏联(现俄罗斯)研制及生产的 64 毫米一次射击型火箭推进榴弹发射器,主要在短距离反坦克战时使用,发射 PG-18V HEAT 火箭弹。RPG-18 是用于取代苏联军队使用的 RKG-3 反坦克手榴弹。

从浓浓的烟雾中可以看到一些连我也叫不出名字的军事装备。人们看着这一切,惊讶不已:这支装备不是太差、人员也不是太少的部队为什么会溃败?

尽管我父亲是一名职业军人,在部队服役了二十五年,但现在我强烈地感到,我非常讨厌武器。我讨厌"卡拉什尼科夫""马卡洛夫"[1]"谢苗诺夫"[2]这些武器……我确信,善良的事情都不是用武器来完成的,武器永远只是持续永恒的复仇和死亡的循环。这些开发和完善杀人艺术品的人给自己双手创造的作品所取的充满诗意的名字中隐藏着怎样不可告人的、虐待狂般的快乐:自动迫击炮"矢车菊"(您可能知道这种把绿色草地装点得如此美丽的蓝色小野花),或"诺娜"[3]——最美丽的女性的名字,以及九言诗歌中的第九个音阶;"雪绒花",像"诺娜"一样,也是一种迫击炮;"金合欢"[4]几乎也是如此;还有哪怕是众所周知的柠檬型手榴弹(不是"柠檬",或别的什么,而是"小柠檬""小小柠檬")。而且全世界都如此——赋予武器最美丽的名字。

我见过"矢车菊""金合欢""诺娜""雪绒花"将人炸成碎块。正因为如此,在这场本不应该在大自然中存在的战争中我百倍地憎恨武器,尤

1　译者注:马卡洛夫手枪(俄语:Пистолет Макарова,拉丁转写:Pistolet Makarova,分别简称为ПМ和PM),是一种俄罗斯制的半自动手枪,由尼古拉·马卡洛夫研制。此枪在1951年至1991年期间为苏联军队的制式手枪。

2　译者注:谢苗诺夫,一种短匕首。

3　译者注:2S9自走迫击炮,2S9"秋牡丹"(俄语:Нона-С,俄语罗马化:Anona,Anemone),120毫米自走迫击炮是一种可用于空降的自走迫击炮,提供苏联空降部队于空降作战时所需的间接与直接支援火力,特别是可直接作为反坦克武器使用。首次出现于1985年,到目前为止虽然从未公布生产数量,但推测应在1 000辆以上。

4　译者注:2S3 Akatsiya自走炮,SO-152(CO-152)是1968年苏联研制的152.4口径自行火炮。这是苏联针对美国155口径的M109而研制出的自行火炮。整项计划始于1967年7月4日苏联部长理事会决议,于1968年完工并于1971年投入使用。其GRAU代号是2S3(2C3)。战斗车辆还有额外的名称Akatsiya(Акация),俄语意为"金合欢"。

其是在今天,这些武器太容易落到充满恶意之人和亡命之徒的手中,他们用自己的行动无数次使我们相信,我们离文明世界有多远,被文明世界抛弃得有多远、有多无情。任何一个子弹比善良的话语更有价值,仇恨比爱更多的国家都是不幸的。

行进的车辆停了下来——前面的防空装置运输车发动机熄火了,车子挡住了道路。我关了发动机,然后下车。一个熟人不知所措地走了过来:

"你知道我看到了什么吗?"他声音颤抖地对我说,"就在刚才,大约两个小时前,一位女士在克拉苏尔桥上走……她自言自语地说着什么,我注意到她拿着一个很重的包,她自己的状态也很糟糕。我问她:'女士,要帮忙吗?'她继续含糊地自言自语,打开包,让我看一具孩子的尸体,被'冰雹'火箭炮弹片炸得不成样子了……"

在梅尔赫乌利村我看见了诺达尔·那塔泽。穿着卡其色士兵制服在那儿走。在根兹维希,人们告诉我,他的身体受到虐待,女人们用拳头猛打他。我不知道这是不是真的,但有一点是明确的,即便是在和平时期女人们也没太怜悯过他。"你为什么要抛弃苏呼米?"难民攻击了他,"我们对你在电视上指责俄罗斯人的事情已忘却,你现在跑什么,你走吧,滚吧!你们不应该先疏散人员,然后抛弃这座城市,对吧?!哪有军队和它的指挥官只顾着自保,而不想着人们的苦难的?!……国防委员会主席,你要往哪里逃?"

还有——一些人不敢责怪其他人,只敢责骂那塔泽,他人的罪名全都加在他身上,要他为一切负责。

我们在采贝尔德村停了半小时。等待朋友们的车。从停在前面的"日古利"牌轿车中下来了一位认识的警官。他的额头上有一个还在流血的新凹痕:"梅尔赫乌利哨兵卡站的小伙子们拦住我说:'你离职了,武器必须交给我们。'"他讲述道,"他们拿走了左轮手枪,我很痛苦,用头撞了一下方向盘,因为我知道,他们中没有一个人是勇士,他们会卖掉所有收缴的武器。"

我们穿过隧道,右边峡谷的科多里河在沙沙作响。

"峡谷后面就是特克瓦尔切利[1]。"我的兄弟基亚说。

汽车快速通过隧道地段。

天渐渐黑了。一些地方的沥青被砂砾取代。

我们快到阿扎拉村了。

出乎意料的是,道路被一辆"莫斯科人"车挡住了。两名穿着军装的年轻人从车上窜了出来。

"下车,"其中一个人端着冲锋枪冲着我喊道,"如果我发现你哪怕有一颗子弹,我会打爆你的额头!我们要在这里战斗,而你……你想盗走武器,对吧?是吗?"

在说这番话的同时他用训练有素的眼睛打量着我的车。

我没有下车,向他解释我没有武器,只携带了父亲的猎枪。

"拿来,拿来,把枪拿来,你要枪干吗?拿来!下车!"他恶狠狠地大喊着。

这时后边一排汽车突然开了过来——车灯照亮了周围的一切,传来一连串不耐烦的喇叭声。

"好吧,快走吧,开快一些。"他皱着眉头,放下枪,然后跑回"莫斯科人"车那边。

没过多久,我在萨肯见到他,他同时与几辆新车的车主在交易:我一定运过去,开着"乌拉尔"大卡车穿过隘口,只要留下车给我就行了。

我们停在阿扎拉村的中心。哨兵们在搜查汽车,看是否有人携带

1　译者注:特克瓦尔切利是格鲁吉亚的城镇,受亚热带气候影响,每年平均降雨量超过 2 000 毫米,主要经济活动是露天采矿,2011 年人口 4 821 人,其中阿布哈兹人和俄罗斯人各占四成和两成半。

武器。一个满脸忧伤的年轻人朝我走来。

"我只有一把父亲留下的老式枪。"我向他解释道。

"好吧,您可以不打开行李箱。"他礼貌地对我说。

……我们继续上路。

仅仅几分钟后再次停下车。听到一声枪响。

有人夺走了奥玛尔·安德扎巴里泽的车。

我们在阿扎拉村古德热季安尼的院子里过夜。我们寻找了奥玛尔的车,但徒劳无功。

"我们的衣服都留在车上了。"身上只剩下一件衬衫,冷得发抖也急得发抖的奥玛尔说。

古德热季安尼的邻居杀了几只母鸡和火鸡,在一个长长的大厅里摆了一大桌,邀请所有人共进晚餐。人们挨个坐下。

夜里我们睡在车里。

第二天我们到达萨肯——阿布哈兹斯瓦涅季的最后一个居民点。里程表显示从马恰拉到萨肯,不多不少,正好一百公里。

隘口从这里开始,无论我问多少次,都没有人告诉我隘口的名字。只有军用的三轴"乌拉尔"[1]、步兵战车和拖拉机,还有"尼瓦"[2]才能拿下这个隘口。小轿车没有曳引车的话是上不去的。更何况,现在开始下起雨来了,而最主要的是,道路某些地方已经完全被重型运输车辆毁坏了。

距楚别里大约五十公里,而一些人认为是大约六十五公里。

在萨肯聚集着成千上万的人和数以千计的汽车。难民们正在讨论接下来怎么办。有些人把财产留给当地的熟人,大多数人则给了陌生人,然后继续徒步行进。也有人将他们的汽车推入峡谷——既然这样,

---

1　译者注:军用卡车。
2　译者注:尼瓦是苏联和俄罗斯的全地形车。

那么既不属于我,也不给别的什么人! 人流没有尽头。

当我们在萨肯时,一些从楚别里驶来的装甲运输车穿过了隘口。巨大的橡胶车轮碾压着地面,它们就那样悄悄地出现在我们的面前,你都不会马上注意到。在这里,我居然看到了被同事们簇拥着的格鲁吉亚警察局局长——热季泽,他受伤的手臂上还缠着一条绷带。

9 月 28 或 29 日,莫斯科的广播电台播出了枪决日乌里·沙尔塔夫的新闻。难民们猜测着日乌里·沙尔塔夫是在哪里被捕的,又是怎么被捕的,谁会和他一起被枪决等等。在安静的谈话中,慢慢滋生出谣言和八卦,并以闪电般的速度传播开来。

在山上,我做了几个有预见性的梦(梦降临到我身上,正如我的一个亲戚在我童年时所说的那样)。这不,几个不同寻常的梦降临到我身上,奇怪而又可怕,多彩而又鲜艳。某位神秘之人突然向我指出了我几天之内不得不经过的整个路程,好像还在我耳边低声说了一些后来确实就发生了的事情。正是他在 10 月 1 日黎明前,大约凌晨四点把我叫醒,像是命令似的说——去吧,穿过隘口……

预报很快就会下雪了,10 月 10 日至 15 日,隘口将封闭。我们得赶时间。一两架直升机只来得及转移少数带着婴儿的妇女。

9 月 29 日早上,我为基亚和格拉前往楚别里送行,给了他们每人一个袋子。"把这个带走,我和妈妈等待直升机来。"我对他们说。但事实上我已决定让妈妈和亲戚们留下(他们徒步穿越不了隘口,他们希望乘坐直升机),而第二天早上我也会和朋友一起出发去隘口。

我不想和我的弟弟一起去,因为谁知道呢,也许在半路上我那受伤的膝盖可能会出现问题,到时候他不会抛下我,上帝保佑,谁知道这一切会怎样结束……

"我们会去祖格迪迪,"格拉说,"在那儿我们会派一辆卡车给你,我在那里有亲戚和熟人……"

我不知道他们能不能派车,但我还是同意了格拉的意见,毕竟他认真地考虑了这件事情的可能性:

"嗯,兄弟们,我寄希望于你们了,不要在隘口停留,到达楚别里之前都不要休息……"

尽管我的车上有几个带文字的亮色包包,但约十公斤的物品(主要是衣服)我还是装在了一个塑料袋里(大多数难民都这么做,特别是现在,我不想显得与众不同)。

我用细细的晾衣绳弄了个像背带一样的东西,这样我的超级背包就做好了。这就是那个战争期间美国人给我们送来面粉用的塑料袋。袋子上画着一只绿色的孔雀,它现在看起来特别滑稽和无助。在这只绿色孔雀的翅膀下容纳着我所有的财产。别了,亲爱的彩色衬衫;别了,从阿布哈兹鞋业消费者联盟留下来的鞋子;别了,商业工作者们对我慷慨而怜惜的象征;别了,我珍贵而体面的大衣、潜水面罩、英捷制造的绅士领带、柔美如女人的精美法国咖啡用具……现在你们完全是多余的,我把你们留在车上,把你们牺牲给小偷和劫匪之神,但是,也许这个小娃娃——萨罗美的吉祥物我要随身带走,这些香水,这个……唉,贪婪,贪婪,与人形影不离的魔鬼——我的行李已重达近十五公斤了,尽管稍晚一些又会回到起初的指标。我那件在各种旅途中久经考验的旧外套已经完全准备就绪……围巾、手杖、帽子,顺便说一句,帽子几小时后便消失得无影无踪了。

清晨六点。我们与古拉姆·卡库里亚一起吃肉罐头和妈妈奇迹般地在烟熏火上烤出来的皮塔饼(也许,更像《鲁滨逊漂流记》中可怜的面包),我们配上从金色锡罐中倒出来的印度茶吃着饼,再加上一些金色的蜂蜜来调味。我非常惊讶,卢西卡·安德扎巴利泽,你居然能够在这恐慌的混乱时期带上蜂蜜!我们吃着早餐,对蜂蜜赞不绝口:"哈哈!

多好的蜜蜂啊,伙计们,多好的蜂蜜啊……如果你打算上山,就应该只吃蜂蜜……要知道黑尔季安尼[1]也喜欢吃蜂蜜……"总之,我们尽可能地相互鼓励着,同时也鼓励自己。

在上路之前,我寻找某种借口,为了再次走到车那边,走到我的"老虎"边。我坐在驾驶位置上跟它说再见。"兄弟,"我对它说,"我想这并不是我们最后一次共同的旅程。感谢你所做的一切,特别谢谢你最近几年的陪伴,你让我更爱苏呼米和古尔里普希,更爱大海和整个世界。没有人,没有人知道你对我来说是多么的宝贵,我是多么地爱你,你是我神奇的朋友,你知道我所有的秘密。多少次,无视世俗的悲伤,我与你疾驰飞奔,驶向无穷的远方,与世界隔绝,而几小时后平心定气的我们再返回家中。我们一起帮助他人,一起建立自己的家园。是的,我把你留下来了,但你必须明白——你通不过隘口。如果你,'老虎',是'尼瓦'的话——那就是另当别论了……请原谅我……你暂时在这儿,在查兰尼的院子里待着……不管发生什么,不管过去多长时间,我一定会再找到你——我们还有很多路要一起走。难道我这是告别吗?再见,我的朋友,再见!"

我用手抚摸着我那台"老虎"座驾,向它的创造者——高尔基汽车制造厂表达万分的感谢,就像送上来自萨肯的花束一样。不知怎么的,我想起了格鲁吉亚的老电影《萨肯的春天》。

"快点!"朋友给了我一个手势说。

现在,第一次攀登开始了。

就是在这里我发现,在这个时期,在我生命中最可怕的时期,无言的独白、自我对话、嘲讽、幽默和笑话才是我忠实的旅伴和助手。

整晚都下着雨,电闪雷鸣。都能看到打着寒颤的松树。夜里我们

1　译者注:苏联登山运动员。

睡在盖着一层防水帆布的"吉普车"里，似乎是睡着了。帆布漏水，黎明时分，我们从车里钻出来，半个身子都湿了。早晨的时候雨也没有忘记我们——曾经对我而言如此浪漫柔情的雨水变成了只能带来不幸的可怕的妇人。

　　隘口的起始处被汽车堵塞了。ZIL 卡车 [1]、MAZ 拖拉机 [2]、"乌拉尔"和"加斯克" [3]、"尼瓦"和"威利吉普车" [4]，是啊，谁数得过来，有多少汽车工业领域当之无愧的代表们无望地排着队等待。雨无情地下，道路被毁坏。只有人的双脚揉搓着淡红色如橡皮泥般黏黏的泥土。

　　货车的车身上覆盖着塑料袋、防水油布和折断了的松枝。可以听到婴儿的啼哭声，在森林里，人们坐在几十堆篝火周围取暖、做饭。一位肥胖的妇女端着个盛满热乎乎玉米饼的大盆子走向一辆汽车。有人在揉面团，有人在削土豆，很显然，有些家庭很早以前，还在苏呼米沦陷之前，就已做好可能离开的准备了。

　　这里甚至还有一辆由公牛驮着的四轮大马车，上面密密麻麻地覆盖着包装纸，大马车深处受惊的孩子们睁大眼睛望着我。这就是所谓的"吉普赛人营地"。

　　这里你谁都能见到。这是拉明·倪努阿和他的家人。我向他那几位安静下来的小女孩儿们打招呼，试着安抚她们：

　　"小姑娘们，勇敢点，你们知道该怎么做的！"

　　"我们等拖拉机已经等了四天，"拉明告诉我，"没法相信这条道路

1　译者注：ZIL 是莫斯科利哈乔夫汽车厂制造的卡车。
2　译者注：MAZ 是明斯克汽车厂制造的四轴卡车拖拉机。
3　译者注：GAZ 是苏联全地形车。
4　译者注：威利吉普车是指在第二次世界大战时的威利 MB 吉普车，此种车分别由威利汽车厂和福特汽车厂生产，而由福特生产的被称为福特 GPW，此种车又名为 1/4 吨 4x4 货车并由此发展出名为吉普车的军用车辆。

什么时候会通,如果我不能将这辆 MAZ 拖拉机驶出这个隘口,我怎么去养活这个家庭呢?”

我们继续前行。我们艰难地向前,很难绕过卡在狭路中熄了火的汽车。

直升机好几次从我们的上方飞过。它们每次出现时都有人会尖叫:“阿布哈兹军队! 阿布哈兹军队!”于是人们冲进森林——藏起来。旁边过路的军人也瞄准直升机。其实直升机是将难民从萨肯送到楚别里。10 月初,仅有几架直升机飞行。不知是 10 月 1 号还是 2 号一辆坐满乘客的直升机撞上山体,爆炸了。乘客和飞行员全部死亡。

一位戴着尖头帽子上了年纪的男人转到路边休息。他嘲讽地看着路过的士兵并大声地对某人说:

“看吧,看,他们连工兵铲都没有,挖战壕他们觉得掉价,可就是这样他们以前还想要赢得战争呢。”

“那你当时去哪儿啦? 为什么没帮我们,大叔?”一位瘦高的军官愤怒地哼了一声。

“要不,干脆代替你去作战,怎么样?”

“少在这里饶舌,否则……”

士兵们努力安抚被激怒的军官。

“是的,我根本不怕你,年轻人,现在我只剩下舌头,再没有别的了。”这位上了年纪的男子苦笑着说道。

又下雨了,双脚深陷泥泞。我薄薄的皮革鞋底非常滑。前进一步,退后两步! 我——登山运动的斯达汉诺夫[1]先进分子,先进分子的骄

1　译者注:斯达汉诺夫是被苏联载入史册的采煤工人,在苏联发展需要下,进一步开展为创纪录而斗争的“斯达汉诺夫运动”。而那些创新创造纪录的工作者,常用斯达汉诺夫式工作者来称呼。

傲——以列宁的方式前进！走向列宁主义道路！隘口你投降吧！

像墙壁一样陡峭的山坡开始了。

不，穿着这样的鞋爬山，真的是疯了，但我有选择吗？后来，已经完全精疲力尽的我明白了，如果你用有弹性的绷带绑住鞋子，那么至少可以防止某些意外发生。

让滑倒滚开！

我怎么都不明白，不知是当地人的距离是用绝对不同的标准来计算的，还是他们试图鼓励我们，例如，五六公里的路人们讲是一公里。从一开始我们被告知陡坡只有三四公里，之后路就容易走了。三四公里后，迎面而来的牧羊人向我们解释说："还得再走过大约七公里的路。"有人说还走两个多小时就能到达营地，另一些人（还是讲同样的距离）说需要再走八个小时等等。

差不多完全被搞晕了，意识如此混乱——我们几乎完全失去了时空感。

"山区不能容忍大惊小怪。"认识的一位苏呼米猎人前一天警告过我，所以我乖乖地加入到气喘吁吁的爬坡人流之中。

厚厚的黏泥不知不觉地流动着，成千上万双脚在上边行走。

几公里过后，下面传来令人心碎的女人的哭声。我不寒而栗。一名不久前心脏病发作的约三十岁的男子心脏停止了跳动。这位不幸的人就葬在了那里。

"昨天有个女人生下个死婴，"有个人说道，"她自己也死了。还有一位老太太被埋在森林里，就在这里的不远处。"

在这里没有熟人和陌生人。在这里，每个人都彼此熟悉，甚至比熟悉更多一点——都是朋友！一个人向你走来，说："如果你有面包的话，请掰给我一些。"——如果你有的话，你必须掰给他，如果你不分享，丛山都不会原谅你。

在流亡的那一刻，这无异于最大的罪恶。虽然这里有足够多的精致的利己主义者。一边走着一边还在为自己的财产哭泣。看着那些即将离世的兄弟，仍然只有自己的麻烦和自己的不幸能让他们担忧。战争和隘口没有教会他们任何东西。在连绵不断的难民潮中，一眼就能区分这种人。

丛山，就像伟大的爱情——伟大的爱情使高尚的人更高尚，也使邪恶的人更邪恶，贪婪的人更贪婪，吝啬的人更吝啬，懦弱的人更懦弱，纯洁的人更纯洁。

丛山，就像战争——用 X 光射线透视每一个人。

丛山，就像教堂——谁哪怕是一点点相信上帝，哪怕是一点点爱人类，都会在这里得到净化，正是这种信念和这种爱使他的道路更轻松。

我边走边想，正是上帝把我带到了这个隘口，也就意味着我不能将我最重要的人生之路转向另一边，不应该将它变成一条舒适的高速公路。无论是乘飞机，还是坐轮船，我都不能离开我的故乡，不，我的道路只有一条——通过隘口，因为它是命中注定的，这是我的生与死，我的绝望与希望，救赎与惩罚……

在旅程的开始能感觉到你身边同行之人了不起的支持和爱。

我第一次沿着这样的道路行走……尽管如此悲伤，但我觉得我整个生命充满了在那之前我不曾知道的类似于爱的情感。在隘口上，我清楚地看到我们之间更多的是爱和团结，而非仇恨，其他人，几乎所有人也都看到了这一点。在和平时期，只有少数人能感受到爱的伟大，不幸的是，我们大多数人需要经过某些巨大的考验才能明白。我当时把所有的这些看成一种铺垫，就是现在我也深信——如果我们的祖国能逃脱死亡，那么拯救它的唯有比任何武器都要强大的爱、善良和理性的力量。

"在山上必须不断地倾听自己，"那个满脸自信的白发男子说道，

"大山不喜欢不必要的对话，这会消耗掉力量。要少吃一些，无论是马，还是人都不合适吃太饱。"

所以，我倾听自己的身体，检查它的每个部分，可以这么说，给心脏进行核查，感谢上帝，你保持得很好——你暂时一切都正常，就像我的"老虎"车引擎一样。肝脏和肾脏，唉，你们都是装病的家伙，我可不想听到你们的唠叨，虽然最近你们没少喝用糖制成的伏特加和掺了水的葡萄酒。请怜悯我吧，我的肺，我也用军用香烟"阿斯特拉"[1] 熏过您一阵子，请原谅，表现出您的宽宏大量吧！好吧，挺住，已经没有系统的神经系统，虽然在你的面前我也是罪人，但现在我需要你的支持——你的钢弦遭到战争重击，没有得到怜悯！哎哟，我的妈呀，我怎么能想到我会让你陷入如此险恶的境遇？请原谅，原谅我，我亲爱的，请表现出你的慷慨，向我伸出你兄弟般的援手！你感觉还好吗，我的脚后跟，我的左膝盖？多次被损坏和折断的左膝，别让我失望，振作起来，你听到了吗！出于对你的尊重，几乎三个月来我都是带着拐杖的。别忘了我这份用心。此外，全世界的电视广播公司现在都在看着你，甚至在打赌——你会坚持到底，还是隘口会赢了你。我直截了当地告诉你：大多数人都确信你坚持不了！你能感觉到他们对你有多不尊重吗？别要我的命，你要变得钢铁般结实，你听到了吗，变得钢铁般结实！或者是最善良的罗季科·梅伊什维里枉然用"阿斯古拉瓦"药来医治你了，或者他白费力气了？什么？他还没有让你如狼的膝盖般健壮？有什么办法呢，一切都需要时间，兄弟，一切都需要时间。嗯，不要让我失望，继续前进，前进——向着光明的未来！快点儿！

从第一个建议开始，膝盖就像个模范生似的，听从了我的话，疼痛消退了，我们在平静的节奏中继续穿过隘口。我们爬过一个个陡坡时

1　译者注：阿斯特拉，为苏联时期生产的一种浓香的香烟。

轻松多了,但在下坡时我们困难一些。哎,我和你都很奇特,膝盖,你和我,很奇特、神秘、调皮!

过了几个陡坡后我停下来休息。

我坐在树桩上,不同的面孔在我眼前穿过,没有尽头。道路狭窄,连续不断的难民流不断向上流动。

下午一点钟。

我累了。

大雨不再下了,只有一点毛毛细雨,但是约摸二十到二十五步的距离看不到任何东西——整个世界都陷入了迷雾中。

所有的脸都像秋天的黄叶一样飘过。我心情沉重地坐在那儿,像一个无能的气象预报员,观察着这些悲惨的落叶过程。

人们静静地迈着步子。只能听到踏在泥泞道路上的脚步声,还有受尽折磨的孩子们的哭声。

一位大个子的年轻妇女,扔下自己的鞋子,用玻璃纸包裹着肿胀的赤脚。一位中年农民赤脚走着,我问他,不冷吗?他只是向我善意地微笑,以此作为回应。一位父亲肩上扛着一位眼泪汪汪的六七岁小女孩儿。女孩儿的一条腿裹着一条围巾,另一条腿则裹着一条头巾。显然,双腿在途中被弄伤了。我旁边坐着一位年轻的爸爸,手里抱着一个裹在一条薄毯子里的婴儿,紧跟其后的是他一脸憔悴的妻子。

双手提着行李箱的妇女睁大疲惫不堪的双眼问道:"隘口很快就到头了吗?我们很快就会到达楚别里吗?……"

"拉丽,孩子,吃药吧,喝了它,拉丽!"一位母亲恳求蜷缩在石头上、双手紧紧抱住头正在抽泣着的十六七岁的姑娘。

一位没留胡子的独腿士兵拄着拐杖正在精神地前进,走在旁边的是他的父亲,父亲在对他说着什么,可能是提醒——别走得太急。独腿小伙的出现似乎让难民们打起了精神,他们不由自主地挺直身板,相互指着他说,看,他走得多威武。亚热带研究所所长瓦赫唐·普鲁泽和他夫人安静而缓慢地走着。我还看到提德·莫西阿、卡尔罗·伊若利亚、列瓦扎·苏尔玛娃、里尤·米卡泽……

两鬓满是白发的根诺·卡兰季亚朝前走着,我差点没认出他。

路上的人们告诉我他们在某辆货车上好像看到了扎诺·扎捏里泽……

走啊走啊,没有尽头,没有边际。老人和儿童,女人和男人,教授和部长,老实的手艺人——农民和渔民,小偷和司机,各政党和组织的代表,诚实的和无良的人,善良的和邪恶的人,那些见到彼此极为开心的人和那些无法忍受彼此的人都在朝前走。我看到了真正的战士,看到了掠夺者,看到了贪污和腐败的军官,他们的双手染上了战争的鲜血。卖瓜子的售货员和已经破产的心胸狭窄的百万富翁并肩而行。这里还有妓女和受宠的官员,不可能会是其他的状况,天啊,没有他们就不会有战争,不会有和平,当然也不会有相互的迫害……牧师们也在前行,我从远处认出了安东神父,他很可爱,而且,有那么点沉迷于戏剧性的生活,但愿他不要生我的气。苏呼米最美丽的女人们也在行进中,她们的眼睛闪烁着光芒,贵气而温柔,高傲的女士们,虽然她们脸色变得苍白了,腿脚疲惫了,但现在对我而言整个世界没有谁比她们更美丽了。哦,在这隘口上她们显得多么有气势……看着她们,我想起了那个时候,在温暖的夏日夜晚,神秘而温柔的她们,一边静静地交谈着,一边在苏呼米奢华的海滨散步。那段日子去哪儿了?上帝,难道永远留在了苏呼米,已经逝去,并且永远不会再重生了?

此番地狱巡游的成员有苏呼米族人和苏呼米地区的居民,还有古尔里普希的居民,他们精疲力尽,遍体鳞伤,走呀,走呀……他们低着头,看着自己的双脚,看着大地——接受此次巡游的唯一合法的主人。他们与阿布哈兹的全体居民一道,在整个这一年里经受了在阿富汗境内也使用过的所有武器的邪恶力量。但阿富汗没有海,因此,相应地,那里的城市和村庄没有被战舰炮轰。有时候我仿佛觉得,所有这些面孔我似乎都熟悉,之前我见过他们,而过了一瞬间——相反,即使是那些熟悉的脸庞我也会觉得很陌生。我有好几次清晰地看见死者的脸——看到在阿布扎克瓦轰炸中丧生的古力·恰拉泽,还有今年夏天被劫匪残暴杀害的我的叔叔……这些面孔有多少,多少? 数以千计,成千上万……

他们走着……但摩西也好,善良的牧师也罢,都没有引领他们,因此他们对任何人都没有信心……他们甚至没有想过会被引向何方……他们的逃离与地理位置和时钟指针盘断裂了,与具体的国家和世纪断裂了。他们——从圣经的书本上走下来,无休止地在迷雾中移动,徘徊于充满泪水的自己灵魂的迷宫之中,走向不明之处!

他们行进着……我知道,这很难说出来,但我必须说——他们已经连上帝都不记得了,至少,我想不起有谁在隘口提到过上帝的名字……没有人给他们面包,也没有人用凿子敲打岩石给他们提供纯净水源。钉在十字架上的人在十字架的重压下弯着腰迈着步! 他们朝前走……时不时抬起头,向远处,向前方张望……他们的目光在问——谁? 谁来带领我们? 谁在这条道路上与我们一起受苦? ——究竟有没有这种人,还是根本就只有我们在这里? 就像有时乘火车旅行的儿童会看着前方的电力机车,希望在转弯的时候至少能看到司机一眼。隘口就类似于那样一条铁路,留下来的一群人,没有机车,也没有司机,吵吵闹闹地沿着它匆匆走过。我从未见过这么多悲伤的眼睛,但愿上帝不要让我再看到这些!

我站起来继续前行,这些观察让我疲惫不堪,无数双眼睛令我恐慌。行走时轻松得多,因为我们只能看到彼此的背影。

一路上我都觉得有人在惩罚我们,但他也在保护我们,同时在仔细观察——他们还能撑多久呢？

我们为什么要逃离？老老少少都要通过这个隘口。我们是在逃离死亡,逃离复仇者和凶手？不,没有人害怕真正的战士——他们遵守约定俗成的战争规则,但要知道他们的后边跟着嗜血的恶棍。我们只是逃离死亡吗？也许也是逃离生活吧？也许,是逃离自己？逃离记忆、仇恨、背叛和忠诚、海洋和山脉、人类和上帝？这是什么罪恶在惩罚着我们？万能的主啊,本世纪或者哪怕其他哪个世纪在我们面前出现过类似的考验吗？我朝前走着,不再去想,竭力抑制着自己的问题。我,一个背负着"超级大包袱"的被自我保护本能包围的存在。

我已成为第一次歇斯底里发作的见证者——传来绝望的嚎叫声:"还不如杀了我,再也受不了了!"一位整个身体因抽泣而颤抖着的妇女坐到了行李箱上。已经没有几分生机的丈夫缓慢地走向那个女人,抱起她,站起来,提起行李箱把它扔到山沟里,大喊一声:"你干吗自己找死? 你这不幸的女人,我跟你讲过多少次,扔掉这个垃圾。"坐在泥地里的女人大声地抽泣起来:"那里有孩子的衣服啊,你的外套……要知道我们不会再买了……"

隘口的形势变得更加严峻了。箱子、包裹和袋子变得愈加沉重,就像灌了铅一样——十公斤的变成了一百公斤。越来越多,越来越沉重……

人们在路边或直接在峡谷处就把衣服、器皿、昂贵的盘子和水壶、家庭相册、古董等都扔掉了……他们从最后留存的财物中解放了出来……在一个地方我偶然发现了一个刻有铭文的镀银牛角杯。谁知道人们用这个现在和主人一起被放逐的牛角杯喝过多少酒,它见证过多少次婚礼、生日和洗礼啊!……

在路上一位陌生人对我讲述,在马恰拉的路边人们是如何埋葬在苏呼米死去的六位士兵:"医疗车很快地将他们运过来,其中一人直接被切成了两半,仿佛是用巨大的斧头切成了两半,第三天了我怎么也无法理解,这到底是使用了什么武器。"

伟大的旅程仍在继续,我们接近了牧羊人的营地。

在到达营地前我又休息了一次。绵绵细雨也都没有了,但周围的一切都还在黑暗中。

我太累了。

仅仅过了几分钟,我注意到一头巨大的公牛站在我旁边。我是城里人,因此不确定我看到的是否是稀有品种的公牛,但这种美丽的动物迷住了我。它就像一座由非凡的雕塑家雕刻而成的自己的丰碑,有着富丽堂皇的外形和一双令人惊讶的明眸,它目瞪口呆地望着这些全身都是脏泥土、冲击这个高度的人。当然,山的主人之前从未见到过这么多人,从未听到过这么多的叹息和呻吟声以及突然降临的如此沉重的沉默。我们所有的悲伤都在这双拳头大的眼睛中,在公牛石化的身体中呈现出来,这悲伤在它的双眼和身体中愈加强烈,这让我惊叹不已。我后悔放弃了绘画,否则我一定会画出一幅格鲁吉亚的"格尔尼卡"[1],很遗憾,我不是电影导演,否则我会拍出一部电影,这部电影的一个情节我将献给这头公牛。

突然间,公牛睁大了眼睛——从转弯处传来某种奇怪的沙沙声。一支十到十五人的队伍意志坚定地齐排朝前走着,用一块新的塑料遮掩着自己的头部和肩部。我和公牛一起目送着这支奇妙的队伍。我环顾四周,眼睛寻找着飞碟,但徒劳无功。"外星人"队伍消失在下一个转弯处……

1　译者注:"格尔尼卡"(Guernica)是巴勃罗·毕加索最著名的绘画作品之一。当时西班牙内战中,纳粹德国受弗朗西斯科·佛朗哥之邀对西班牙共和国所辖的格尔尼卡城进行了人类历史上第一次地毯式轰炸。当时毕加索受西班牙共和国政府委托为巴黎世界博览会的西班牙区绘一幅装饰性的画,从而催生了这幅伟大的立体派艺术作品。作品描绘了经受炸弹蹂躏之后的格尔尼卡城。

公牛张大鼻孔目不转睛地盯着过路的人。

在我看来,公牛角闪耀得仿如点燃的蜡烛。

好吧,我亲爱的公牛,祝你健康,兄弟,你是我们的养育人和救世主!原谅我们,原谅人们,原谅我们的残忍,原谅我们的罪过!事实上,你看到了这一切把我们带到了怎样的境地。我清楚地感觉到,由于怜悯你沉重的心脏受到了何等的压迫。我知道,亲爱的,你一如既往地、永远地同情我们!我们没有像绅士一样对待你,你给我们提供吃喝,假如你有一点点闪失……被仇恨折磨着的、凶恶好斗的我们立刻就会杀死你。

一位同学,德热马尔·达尔兹梅里亚,追上了我。我们一如从前,见到对方都很开心。

牧羊人营地由三间烟熏木板房组成,屋顶上面覆盖着锡铁皮。房屋内挤满了人,而且还有数千人在建筑物的周围转悠。一位年轻人抖掉他那膝盖处的灰烬,因为他站在篝火旁睡着了,跌倒到火中。

开始下起雪来。我认为不可能停下来。

"我们还继续走吗?"我问德热马尔。

"我们要走到最后!"我听到回应。

生死之路从这里开始了——隘口的高地地带!

有时候我们会遇到雪绒花,在山下它们是粉红色的,在这里,在山顶——是黄色的。

"请摘下我们吧,骑士,摘下我们,把我们赠给你心爱的人儿。"雪绒花苦涩地跟我们开着玩笑,嘲笑我。你们是看到了的,美丽的雪绒花,我要去创造纪录,直接踏入吉尼斯纪录,而且,我当之无愧,有计划地,一厘米都不会后退。

稍等一下——我会让那些奔忙的记者们发疯的,接下来你会看到我如何迷住最美丽的女人们,那时候数十座山的鲜花对我来说都不够。

嘲笑我吧,嘲笑我吧,百看不厌的花儿,让我们看看谁会笑到最后。

拖拉机带着巨大的声响从雾中开了下来。有人说——这台拖拉机会把道路碾平,汽车上路时将变得更加容易。一小时后,拖拉机仍然带着令人难以忍受的哒哒哒的噪声返回来,用缆绳拖着红色的"尼瓦"。我认出了那个坐在方向盘后面的人——米达·羌杜里亚。他母亲坐在旁边,后座上塞满了衣服和一些箱子。这不,"尼瓦"追上我了。

"我这里没有座位,要不然我会捎上你的。"米达几乎是在喊叫着,"我给了拖拉机司机一把机枪,他会把我带到山顶,然后接下来就靠我自己了!"

过了一会儿,米达的声音已经远去,他向某人喊道:

"我这里没有座位,要不然我会捎上你的……"

天已经黑了。冷风袭来。大雪开始下了起来。

我和德热马尔加快了步伐。

我们这些海岸边生活的人都已经知道了山区的一些法则:你不能停在山顶,只有草和雪绒花能够在那里生存下去,那里没有一棵树——那里你点不燃火,你会冻死的,在山顶停留意味着死亡!

风雪愈加剧烈。正沿着一条狭窄的小路攀坡的我们被席卷而来的大风吹得几乎陷入了深渊。

我们小心翼翼地前行。

几分钟时间内路上到处都是雪堆。雪绒花消失了,草丛消失了,彩色的世界被黑白的薄层取代。我的手冻僵了。那个放在夹克宽口袋里皱巴巴的帽子,在某处丢失了。我想整理一下风帽,但它也变得非常僵硬,在冰凉的风中用手触碰一下,它就发出嘎吱一声。袜子也冻上了,鞋子上的鞋带覆盖着厚厚一层冰,变得像走起路来时上下跳跃的一根根玻璃黄瓜。棍子上结的冰已有一公斤重。我费力地清理着鞋带和棍子上的冰块。

很快我们在第一个身亡者前停留了下来——一个六十多岁的高个子男人躺在路边,他戴着一顶老式礼帽,张着嘴,眼睛也是睁开的。

"起来,大叔,"德热马尔鼓励他说,他动了一下他的肩膀,但像被刺到了一样,迅速把手收了回来。

"他死了。"他的眼睛告诉我。

直到现在我才真正感受到这个人是一具尸体,他的眼睛、嘴唇、脸色,甚至衣服和帽子立刻令我感到恐惧。

"也许,他被人杀了?"一位二十几岁身穿长大衣的小个子士兵追上了我们。

我们找不到任何血迹。

从上面迅速奔下来一些斯文的士兵,他们几乎是跑着过来的。

"回去,回到营地,要不然你们都会冻坏的!"他们喊道。

"等等,那个人怎么了?"我们问他们。

"他冻僵了,冻僵了! 死了!"

寒风钻到骨头里,我往头上缠了一条蓬松的围巾。

"德热马尔,我们接下来要怎么做?"

"任何妖魔鬼怪都不能让我返回,我两腿都抬不动了,难道之前走的这些距离都白走了?"

德热马尔从背包里取出两条薄毯子,一条给我,他自己包在另一条毯子里。卷在杂色方格毯子里的长胡子德热马尔立即变得像个阿根廷牧羊人。

冷得可怕。我们没法为死者做任何事情,不能停下来。低下头,我们继续我们的旅程。

我们感到内疚,非常内疚……死者是我父亲的同龄人,我们不应该就这样扔下他,我们应该想一想怎么办,但怎么办,我不知道……

一个小士兵在我们身边走着。风越刮越大。

就过了大约一百步的距离，我们赶上了一对约摸六十到六十五岁的老夫妇。胖女人的包突然滑落，她倒在路中间，就倒在我的脚下，双手抓住空气……死了。我不相信我的眼睛。难道所有这一切都发生在现实中吗？

"阿姨，"我摇着她喊道，"阿姨！"

她丈夫喘不过气来，站了一会儿，然后松开了手上的箱子，摇了摇头，帽子从他身上掉了下来。他先是跪倒在地，然后，像个树墩似的跪在妻子身旁。

"我们在哪儿生活，就在哪儿死去……"这是他说的最后的、勉强听得到的话。

我们一会儿奔向她，一会儿跑向其他人。我之前没有看到过灵魂和肉体的分离，我不认为一个人那么容易死去……

一个小士兵歇斯底里地哭着，就像一个挨了打的小男孩儿。

"这到底是什么，这到底是什么……"他无休止地重复着，"这到底是什么……"

"走开，走吧！"德热马尔对小士兵说，"走吧，否则你会冻死的！"

小士兵走开了。

前面又是上坡道，像墙壁般垂直的坡道。

很快，我们遇到了一个冻成冰的女人，面朝下躺在岩石上。接着又遇到一具穿着大衣、缠着军用腰带、留着大胡子的男人的尸体。

自己的无能为力就像个球体卡在喉咙里一般——我们无法帮助任何人。我们努力着哪怕用语言去鼓励同行者：

"不要停下来，朝前走！朝前走，坚持到森林的开端！不要停下来，只剩下一点点距离了！"

母亲和哥哥领着一个缠着绷带的精神病人。病人每走十步就跌倒一次，他的两个同伴——母亲和哥哥也跟着他一起跌倒。病人没有发出声音,他的眼睛总是望着天空。母亲和哥哥在抽泣。

一个大约三十岁的男人拥抱着坐在岩石上绝望的母亲,乞求道:"起来吧。"母亲站不起来。"起来吧,我们必须走了。"我们也去说服她。年轻男子向我们要了面包。"我们已经两天没吃任何东西了。"他说。我们给了他面包,然后再次上路。过了一会儿,我们回头看。那位母亲站起来了,艰难地前行。几天后,我们得知这对母子死了。母亲死了——因为她无法战胜隘口,儿子死了——因为他没法扔下母亲。

没有人警告过这些人,也没有人给出过建议,在隘口处应该如何做。在整个旅程中,我们没有遇到过一位医生、一个救援人员,也没有人给任何人发面包……命运让我们成为了这场可怕的生死马拉松的参加者——你经受得住命运的考验,那你就能活着! 如果经受不住……

垂头丧气的难民们,或死于饥渴,或死于沉重的行李。精疲力尽的他们不知在哪个地方双膝一跪,闭上眼——就完了……

用自己的双脚走到了天国边界的他们一眨眼就离开了我们,离开了忠实于人们和自己命运的弟兄们。心脏——这位最忠诚的朋友,这个人类内心秘密的宝库首先停止下来,于是它不幸的主人永远地停息了。

后来,在楚别里,我见到了几个三天前闯过隘口的熟人。当时饿坏了的他们在通过隘口时吃了一些野果,中毒了,勉强活了下来。第二天他们已认不出对方。"我们互相问道:'你是谁?'"他们这样讲述。

在希腊神话中,英雄吃下使人健忘的莲花,之后立即就忘记了他是谁以及他要去哪里。格鲁吉亚的童话故事中也有类似的花。

在所有这一切当中有着命运的残酷,有着上天最严厉的逻辑判决,其含义之于我们深不可测。

大约十点钟。天黑了。我们快到隘口最后的一个上坡道了。我觉得口渴极了。隘口上的泉水很少见,所以我时不时地从看起来像漏斗一样的植物宽阔的叶子上,或从高压线路的支架上拨起一小撮雪,并把它当做最好的冰淇淋吃掉,或者更确切地说,像吃棉花糖一样。那种棉花糖在我童年时曾经在苏呼米军队疗养院前的旅游基地出售过。雪使我精神振奋,它就像生命的灵丹妙药,给我增添了能量。

我们赶上了那个小士兵。他已经不哭了。他低声给我们讲他一位部队战友的事:在矿泉水之路上(通往楚别里的比较短的一段路,路短,但走起来相当累),他赶上了一个带着两个孩子、被重物压弯了身子的妇女,他向她伸出援助之手,将小孩儿绑在自己背上。走了两个小时后,两个孩子都冻死了……

我比德热马尔早一些爬上最后一个上坡道,我坐在岩石上等待其他同行者。我累得美美地睡着了,不想醒来。我知道,我会冻死的,我很清楚这一点,但这个奇怪的麻醉般催眠之梦让我沉浸在遥远的某处夏日大海最柔软的底部。我发誓,这种集中在疲惫不堪的体内的、自然界不存在的大剂量催眠药,凶狠而险恶,但风情而温柔,仿如一位最美丽的女巫,使我合上了双眼。

德热马尔拍打我的脸把我叫醒,不得不说,他打得还真不轻。

"起来!"他朝我喊道,"现在马上起来!"

"我求你了,老大,我睡会儿就会赶上你的。"我试着在脸上露出类似笑容一样的表情。

但是"老大"很严厉,他不同意,从口袋里拿出一个带有红色标签的小瓶子。

"闻一闻!"

"这又是什么呀,老大?"

"这是'红色莫斯科'[1]花露水,我很抱歉,我忘了带上白兰地,要不

1　译者注:为苏联时期莫斯科"新曙光"工厂生产的女性香水,包含六十种成分。

然我会用白兰地代替这个……"

"我觉得恰恰是'红色莫斯科'花露水毁了我们,而你还……"

"来吧,来吧,闻闻,也许你会清醒一点点,接下来你会更加明白,究竟是什么毁了我们。"

我闻了闻花露水。揉了揉脸,然后又吞了一口。我听说过有个地方更受人尊敬的人会喝花露水,他们感觉很棒——直到现在还健康地活着!

但一般来说,如果生产"红色莫斯科"花露水的公司知道了这件事,它一定会以隘口为背景拍摄一部我和德热马尔的商业广告短片,并用沉稳的男中音向全人类宣布:"请买'红色莫斯科'花露水吧,它将成为您在民族冲突和其他极端情况下的忠实朋友。"

有时候我们自己都惊讶于自己的挖苦能力——这种可怕的事情可以突然变成笑话!但我不止一次地确信,我们认为只是自由生活中普通的一部分的那些东西可以保护人类……在阿尔卑斯山山段开始部分,我遇到了一位漂亮的白发女子——她在摘雪绒花……摘呀,摘呀,摘了很多,一只手已经拿不住了,她还用这些雪绒花来装饰她的头发,而朋友们挥手朝她大喊:

"你疯了吗?是干这个的时候吗?!我们走吧!……"

而她仍然在采摘着。

不要急,女士,一切都来得及,手中拿着这些闪闪发光、令人赏心悦目的花儿,您的路途会轻松些……

我想告诉所有那些在萨肯—楚别里道路上有亲朋好友被冻死的人:他们幸福地离去了。在路上我遇到的死者面部都很平静,没有任何痛苦的痕迹。请听一听这些诗句吧!这位作者几乎是分享了他们的命运——精疲力尽的人甜蜜地、非常甜蜜地睡在霜冻中,仿如新年前夜被母亲温柔地盖上被单的孩子。我知道,我很清楚地知道,我的话不能够安慰那些哀悼逝者的亲人们，但请相信我，当这段无神之路过后，你平静地返回我们迟早都要在那儿相聚的家园——返回永恒时，那完全是另一回事。

我们继续前进……腿部肌肉酸痛。严寒加剧。残酷的戏剧舞台布景被取代——月亮冉冉升起，月亮女王，魔法月亮……

……我感觉力量在逐渐增加，感受到肉眼看不到的神秘物质在我周围运动，我感觉父亲没有离开，父亲的灵魂在跟着我……而月亮正试图安慰我，激发希望，拯救我……

吱吱的响声从下边传来。一辆步兵战车爬上来了。我们走到一边。我们被挤满了在月光下脸色苍白人群的步兵战车赶到一边。四周洒满了月光。在这种光线中我们所有人的面孔都变了，甚至德热马尔在我看来也完全是另一个人。我有这样一种感觉，我是波希某幅油画中的人物。黄色岩石和立柱上晃动着的明明暗暗的光线使他们看起来像死去的人和动物。

在步兵战车的炮筒上用粗绳子拴着一位老人。他尴尬地笑着，好像在为某事道歉。这张脸很面熟。是朔塔·沙尔塔瓦！——前阿布哈兹工会主席。一个真正诚实生活的人。已没有什么能令我惊讶的了——甚至是被系在步兵战车上的沙尔塔瓦的样子都像是胜利女神（假如不绑在炮筒上，爬坡时他在步兵战车上就站不稳了）；相反，他让我想起一尊古老的雕像，上面刻着不知是帆船，还是船头有着精心雕刻的无敌阿特拉斯身影的护卫舰。朔塔·沙尔塔瓦的儿子也叫朔塔，他是一名科学家，在 3 月 15 日—16 日古米斯塔附近的战争中丧生。两天后人们才得以从战场上抬出他的尸体，艰难地拔出他手中的冲锋枪，但怎么也无法掰直他那扣在扳机上的僵硬的食指。所以他就这样带着弯曲的手指躺在棺材里，像是在射击。在坟墓里他也在继续战斗。泪水在我眼里打转，我替朔塔感到难过，我替所有人都感到难过，也替那个对他开枪的人感到难过。一个人是多么可怜和微不足道啊！别以为这是一个过度劳累之人的感伤情绪，这完全是另一种我从前所不知的、让我振奋的感觉。我似乎陷入到另一个维度，似乎暂时离开了这个物质的世界，并存在于一个完全不同的范畴。这种感觉一连几天一直伴随着我，它与我同在，好像在躲避着什么和保护着什么。年轻的朔塔·沙尔塔瓦和阿布哈兹人文研究学院的院长——谢尔盖·尚巴是童年时代的朋友，在同一个院子里长大，还是小孩子时一起玩打仗的游戏，一起在第比利斯学习，在那里住在同一个公寓里……但最终还是打起来了，开始互相射击对方……究竟怎么啦？……怎么啦？……究竟怎么啦？……

途中我们还遇到了几个冻死的女人。我被这样一种感觉包围着，仿佛这些女人曾经就在这里，一直在这条路上，就像这里的石块和峭壁一样，而且她们就是这个样子的——没有生命，没有色彩……自身无能为力的感觉影响着我，令我沮丧的程度不亚于天寒地冻和隘口。我们甚至都不知道应该做什么——要么把他们埋葬好？……或者明天她们的亲人会出现，他们自己决定该怎么办？

又有一辆步兵战车赶上了我们。我们让它停了下来。

"你看看，奄奄一息的老人们在走路。带上他们吧，兄弟们。"

"我们没有位置，难道你看不到吗？"一名坐在步兵战车上的年轻人将双手放在我的肩膀上说道。

他哭了。

"你干吗哭？"

他指着裹在军大衣里的尸体。

"我带着我的妻子……已经死了……用'乌拉尔'大卡车载着她……'乌拉尔'大卡车翻了车……刹车……刹车……"他呜咽着说，话都没能说完整。

步兵战车继续朝前开。这位小伙子的目光没有从我身上移开。

我努力地战胜洒满月光的坡道。带着伤病的膝盖不听使唤——它不喜欢下坡道。

死亡的恐惧也已完全消失,三四公里处出现了森林。森林里到处有闪烁的火光,还有数十堆篝火。

泉水也开始不断出现。我走向每一处泉水,用它们补充能量,我和它们友好地交谈了许久:

"你好,幸福的泉水,是什么让你来到这里的? 怎么了你,泉水,也是流亡者? 亲爱的,你也和我们一起沿着这些坡道奔跑吗?"

"老大"禁止我说:"不要喝那么多水。"——但我仍然按照自己的方式来。

"老大,别扔下我!"我召唤着走在前面的德热马尔,"别扔下我,否则我会带着大卫四世(建设者)[1]……还有'新曙光'厂的厂长出现在你面前。"

"你难道还能想象比这个更糟糕的?""阿根廷人"德热马尔笑着说。

事实上,我看起来就像纪录片中死于斯大林格勒城下的德国士兵——脚上穿着自己的鞋子,裹着绷带,身上穿着沾满脏泥巴的裤子和夹克。德热马尔看起来也好不到哪儿去。

在其中一个下坡道上,一个士兵让我们停了下来。

"怎么办,我这里有位妇女快要死了。"

我环顾四周,起初没有看到任何人。后来我注意到小土丘上直直地躺着一名妇女。

"一位妇女刚刚去世,现在这位也快死了……我该怎么办? ……"

"是你的亲戚吗?"我们问道。

---

1 译者注:格鲁吉亚国王。

"不是,一个小时前我试着帮她。"

几分钟后,那位女士就死了。

就是现在,我耳边依然能够听到那个士兵的声音:"我这里有位妇女快要死了。"

在路上有人谈到一名好像是抛下了吃奶的孩子独自逃脱的女人。此后不久,我们听到另一个女人不幸的故事——她的两个孩子在路上冻死了,她把第三个孩子交到同行的难民手中,自己离开走远后跳入深渊自杀身亡了。我敢肯定,这两个故事都是关于同一个女人的,或者更确切地说,第一个是八卦,第二个是真实的事情。无法想象,女子扔下自己的孩子跑到了一个安静的修道院,即便要逃离,也是无处可逃,只能逃往虚无……只要不看到另一个孩子的死亡就好……只要死亡将她,而不是将第三个孩子带走就好……"唉,这就是她,我,拿去吧,杀死我吧,只要拯救我的孩子!"

很快我们就产生了幻觉:从雪中突出来的巨大石块似乎是某个游牧部落的小屋。

"这里住的是什么民族的人?"我问德热马尔。

"不要回头,某人在跟着我们,有可能是劫匪。"他对我说,然后用手捂着隐藏在胸前的左轮手枪。

这些"某人"其实是石头,游牧居民的小屋,正如我已经说过的那样,是石块。

而在此时,实际上,比我们低很多的地方,转角处——隐藏在石头和悬崖后的真正的劫匪在抢劫难民,他们夺走士兵的武器,抢走其他人的夹克、钱、黄金首饰、最后的物品……从拐弯处飞来的追踪子弹好几次在天空中划出一道道弧线,不时还能听到远处的机枪扫射声。

在途中,我们看到一具被枪杀的年轻人的尸体,还有一个带着头盔的已经冻死的士兵,也许他也是被枪杀的,也许……

这里既没有法官，也没有辩护人。你能挺得住人类这种无法无天吗？——如果挺得住，你就能活下去！如果挺不住……

双腿一直在冰冷的长得像蘑菇的大石头块儿上滑动，我摔了好几次。右侧伤得厉害。我揉了好长时间的肋骨——不，我觉得应该没有骨折，也没有骨裂，否则就更难行走了。

临近午夜时分，我们到达了森林，在众多的篝火旁我们又增加了一堆，原木不情愿地燃烧起来。我们试着让身体变暖和，但徒劳无功。我们冷得发抖，似乎克服了饥饿，似乎身上也干了，我们甚至想睡一会儿。一切都变得"似乎是"——我们似乎还活着，也似乎在呼吸着。

我想讲述一件奇怪的事情——一路上我嘴里感觉到的全是盐的味道，仿佛是在学习游泳时喝下了大量的咸海水。我行进着，可是，就像是故意似的，一路上都想起马林果果酱的味道，我是那么想喝带马林果果酱的水，如果那一刻有人问我现在最需要世界上的什么，我会说："马林果果酱。"我们坐在篝火旁，一位陌生人从黑暗中朝我们走来："你要果酱吗？"他问我，还没有等到我回答就递给我一个一升容量的瓶子……马林果果酱……我享用着果酱，幸福得眯起双眼。"吃吧，别不好意思。"陌生人说。我当然很乐意，接着表示了感谢。陌生人突然就消失了，就像他突然出现那般迅速。有时候会有一些很特别的梦，不像任何其他的梦，这里有原型人物。那个人很特别，太奇怪。我怎么都不明白，是什么能让他把装着马林果果酱的罐子搬过隘口的，而且是在那个人们为了减轻重负途中甚至扔掉了珠宝的时候……

离篝火不远处，就在地上躺着几个冻得僵硬的人，包裹在斑驳的布料中。

"为什么他们不靠近篝火，难道他们不冷吗？"我吞吞吐吐地问别人。

"他们死了。"一个平静镇定的声音回答道。

"啊。"我也冷静地说，一边喝着瓶里的水，不知为何，对自己的冷静丝毫也不感到惊讶。

第二天早上我们六点钟起来继续前行。这是一个五彩斑斓、阳光明媚、寒冷而又残酷的早晨。在途中，我们再次遇到死去的人们，他们，我们亲爱的人，这些被驱逐而致死的人，用亲人般的，但已是另一个世界的冰冷的眼神目送我们。他们静静地躺着，手里拿着纸片，纸上写着他们的姓名。一切完全就像产房里那样，产房里婴儿的手腕上挂着确定他们身份的标记。唯一的区别是，在产房里——是刚刚出生的人，而在隘口——是刚刚死去的人。他们的逃离结束了，迫害也结束了，但是……他们仍然继续着自己的旅程，向更好的国家的逃离，那里一切井然有序，人们彼此关心，在那里，人们相信国家，国家也相信人民，也没有人用武器、用迫害、用语言、用仇恨……来杀人。

太阳温暖了周围的世界和冻僵的身体，但无法企及冻结于绝望中的人类心脏。一条干净的小溪沿着这条路流淌。我走着，沉浸在自己的思绪中，与小溪和树木——我亲切的老朋友们交谈着。

里诺·波库恰瓦和罗密欧·日加尔卡瓦赶上了我。我们和里诺是同学。他拖着一个巨大的包，不断地把它从一个肩膀换到另一个肩膀。途中我们休息了几次，把面包分成三等份，喝着泉水。我极少尝到过比这更美味的面包。

在路上陌生的同行者有时会彼此远离，然后再次相遇，我们这些陌生人交谈着，仿佛从小就是朋友。隘口已并不那么可怕。隘口已经散发出某种精神。

在路边我们见到的死者和新坟越来越少。

这时我的同路人是一个腿部脱臼的男人，跟我一样拄着拐杖，跟着他的是一家人。我们谈论着苏呼米，静静地走着。我们看到——在一棵松树下面躺着一具大约七十岁的妇人的尸体。她身上盖着一件士兵的大衣。

"都走到这儿了,在这里这位不幸的女人发生了什么意外呢?"男人说着走近尸体。

他脸色发白。

"阿姨……"他的声音小到几乎听不见。

过了一会儿,他做出了这样一个决定:让家人继续前往楚别里,而他自己留在尸体旁。

"我等等车,至少可以在楚别里把她埋在墓地……哪怕暂时埋在那里……"

"乌拉尔"大卡车时不时从下往上运送那些精疲力尽的人们。

非常陡峭的斜坡被平缓的斜坡所取代。

我遇到了年轻的作家谢尔戈·楚尔楚米亚。他带着三个年纪还小的孩子。谢尔戈说:

"我们已经走了四天。我们在一个地方燃起了篝火,岳母开始在平底锅上煎油炸饼。油炸饼的味道传得很远!起初一个几天没吃喝的年轻士兵走到我们这儿要了一块饼。岳母给了他两块。士兵在我们旁边坐了下来,休息了一会儿,养精蓄锐,临走时把钱给了我最小的孩子。孩子坐在我们认识的一位女士的膝盖上。女士环顾了一下四周,不知不觉地从孩子手上把钱拿走放进了自己的口袋里。后来过来一位年轻的女子,她请求道:孩子一天没有吃任何东西了,可以给他一块饼吗?岳母也给了她两块饼。那个女人转过身往回走。我看到她躲到一棵树后,赶紧开始吃了起来,差点被烫着。不知为什么,那时候我最替人们感到难过。岳母分发完所有的油炸饼,然后才想起孩子们。"上帝会帮助我们的,上帝会帮助我们的。"她一直在重复。在我看来,至高无上的上帝也确实帮助了我们,让我们平安地穿过隘口,只是现在我永远也不会知道有什么在等待着我们,现在该去哪里,将会发生什么……

将近晚上时我们已经在楚别里了。躺在巨大的被锯断的树干上，我们感觉像在宇宙空间无边无际的海洋中睡着了一样。

接下来我们搭乘封闭的集装箱运输车前往祖格迪迪。我们大约有五十人在车上——挤到一丝空隙都没有。有人坐着，而大多数人则是站着。呼吸的气体所蒸发成的水汽从车顶上滴下来。由于神经紊乱，愤怒的难民不时争吵，他们有上百万条理由争吵。唯一的一只灯泡凄惨地闪着微光——这是我们现今存在的象征。有时我们会停下来让车厢通通风。

在海石村和杰瓦里修道院我们被拦截了下来，要搜查我们，从完全精疲力尽的乘客身上搜索武器。

有一个人威胁要逮捕里诺："我从这里可以看到你包中有一枚反坦克手榴弹。"

"来看看。"里诺说。士兵从包里掏出一个瓶子。

"喔，所以你……"他不满地抱怨道。

在里阿村，汽车坏了(如果我没有弄错的话，是在萨姆西亚的家门口)。主人走了出来，领着我们一行人进了屋子，用茶和面包款待妇女和儿童们，为男士倒上刚酿好的红酒，祝福我们，鼓励我们，表达对我们的同情，为我们送别并请求谅解。

我们在祖格迪迪巴昌·赞扎夫家里过了三个晚上。

然后我到了塞纳基，到了一位好人——阿列科·齐哈卡亚的家里。

后来，在兹赫尼兹卡里，站在河两岸的格鲁吉亚人互相开枪射击。

我们请求一方，又请求另一方——让我们通行吧。他们经过一番考虑后给我们规定了时间，给格鲁吉亚难民中的格鲁吉亚人放行。我们刚一过桥，他们立刻再次互相攻击，打得很激烈，没法说什么。不断地射击，射击。在云层后天空中的某个上方，祖国母亲已经哭干了眼泪……撒旦在幸灾乐祸地偷笑……

　　是的,我似乎已战胜了隘口,就这么悄悄地、一步一步地战胜了它。但是……它渗透到三个时间体中——变成了过去、未来和现在所组成的神奇的三折画,永远地扎根在我的血液中,扎根在我的心中,我的心中装着生者和死者,装着"外星人",装着使人惊讶的公牛,装着绑在步兵战车上的老人们,装着呻吟声和抽泣声,装着不可回避的忏悔……

　　我知道,沿着隘口的迁移永远不会停止,因为它是难民的通道,是全世界唯一的隘口。在地球上移动,充满了被驱赶者能量的它,就像一艘巨轮,绕过一片片汪洋大海、一片片陆地、一个个国家,绕过被冰凉刺骨的寒风驱赶的、被诅咒的、伟大的、沾满自己鲜血的自毁的格鲁吉亚的孩子,他用自己的指甲划破了心脏! 这是从死亡走向新生之路! 被钉在十字架上的隘口,被钉在十字架上的! ……

　　难民之隘口是地球上最高的隘口。这里弥漫着最清新的空气,它超越了生活中的所有琐事和恶作剧、金钱和背叛、仇恨和愚蠢、贪婪和怯懦。隘口——这是殉难之地,整个格鲁吉亚都在承受着自己的罪过。一位年轻的父亲,胸前抱着一个奄奄一息的孩子,站在这个殉难之地的中间,他咒骂着,大声咒骂过去和现在的政治家和非政治家们、格鲁吉亚人和非格鲁吉亚人、男人和女人们……所有人,无一例外。咒骂所有那些由于各种各样的原因而贡献了自己那一块土一片瓦,带来了罪恶和呻吟,建立、营造、增高这个隘口并给它增添了暴风雪的人。咒骂我这个现在正在写这些文字的人,还有咒骂你们,最尊敬的人,这些正在读这些文字的人……

　　我们究竟该做什么,我们应该走哪条路,能怎样帮助这个在父亲手里即将死去的孩子,孩子已经冻僵,但仍在呼吸。在这位父亲面前,一切都有罪——宇宙、国家和我们每一个人!

1993 年 10 月 15 日至 27 日

坐着小车游欧洲

　　战争快结束时我堂弟贝西克·霍拉夫的父亲被暴徒杀害了。这件事情发生在古尔里普希小镇的上普沙比村。整夜他们都残酷地折磨着这个单独留在家中的人。

　　贝西克，很早就已不再拥有童年的时光了，那时他已是两个孩子的父亲。照顾家人的重担完完全全地落在了他的肩上。对一个被宠坏了的男孩来说，为家庭生计操劳奔波异常困难。无论是在第比利斯，还是在莫斯科，他都很不幸运。有人建议他说："去荷兰吧！在那里你很容易就能找到份工作，然后就可以独立起来了。"

　　他信了。

　　一个半月没有听到关于他的消息。然后他自己就出现了——就像是本人的幻影一样。我们几乎认不出他来。

　　我们让他歇会儿，喘口气。

　　然后他详细地向我们讲述了他在欧洲的"旅游"。

　　我尽可能详细地写下他的故事，不添加任何多余的词句。

　　"我和我的第比利斯朋友卡哈两人一起去了欧洲。买了到德国的机票，每人花费三百八十美元。我们就像游客一样旅游去了。波音飞机把我们带到科隆。我第一次乘坐波音飞机，这是一架很老旧的飞机，但它仍然还是'波音'飞机。在机场，我们乘坐出租车前往离科隆最近的荷兰城市——代芬特尔。路上又来了两位与我们一起上路的同伴。出租车司机向我们每人索要了六十美元。这样一来，我此前借来的五百美元那时就只剩下六十美元了。但我们心情还不错，我们彼此鼓励：

再稍微忍一忍，一切都会好起来的。

"代芬特尔是一个小城镇。我们用磕磕巴巴的英文向迎面走来的人们询问，好不容易到达了营地。那里聚集着许多来自不同国家的难民。每个人都在请求给予荷兰公民的身份。在这里你能看到土耳其人、波兰人、俄罗斯人、新西兰人、亚美尼亚人、乌克兰人、格鲁吉亚人……他们都被称为难民。为什么，我不知道。他们也收容了我们。我们六人在一个小房间里住，他们给我们提供饮食。顺便说一下，饮食还不错。甚至还给我们一些钱。但他们一直在观察着、监视着我们。很快，我们被几个有孩童的第比利斯家庭包围了起来。他们拥抱我们，仿佛我们是他们的老朋友一般，并一直不停地问：第比利斯的天气如何啊？格鲁吉亚有什么新闻啊？我们对于他们因思念家乡而落泪感到惊讶，尤其当我们得知他们一个月前才来到这里时。

"我们在营地等荷兰司法部代表的到来，这一等就是三个多星期。他通常会与难民交谈，填写表格，然后荷兰人决定是否给予避难。公民身份不会立即授予任何人，获得公民身份需要三年的时间。在此之前，他们被授予在荷兰暂住的权利，给他们一些钱，分配公寓，教授他们语言和一些手艺。家庭成员越多，给的钱就越多。但最重要的是，需要成功地通过与司法部代表的谈话，也就是说，你必须要向他证明你是因客观原因而逃到荷兰的：或是在自己国家受到迫害，或政治宿敌以死亡相威胁，而政府不能保护你，又或者政府本身恐吓你等等。但我说其中的一个你们听了会笑的原因——如果你公开你是同性恋者，你的国家因此而压迫你——请好好考虑该如何说。

"两周后，轮到我们了。谈话，或者可以说是采访，持续了好几个小时。我们没能博得司法部代表的同情。谈话结束时，他告诉我们：'你们对我来说似乎是好人，但我无法帮助你们，不过我没有在文件中写下将你们驱逐出荷兰的文字，我会给你们在欧洲自由行动的权利。'谈话自然是在有高水平俄语译员的参与下进行的。

"和我们一起的还有一位来自格鲁吉亚鲁斯塔维小城叫田格的青年。荷兰人给了我们一些路费和食物,还有二十四个小时,在这期间我们必须离开他们的国家。

"我们坐下沟通了一会儿。决定如下:'必须在欧洲某个国家给自己找到一份工作!'

"我们将得到的这笔钱凑在一起,并以四百美元的价格购买了一辆小型的标致牌轿车。和我们一起离开的还有一辆汽车,上面满载着像我们一样被驱逐出荷兰的格鲁吉亚人,但我们在旅程一开始就已找不到对方了。

"土耳其人带着敬重之情将我们从营地送走。'要知道,我们和你们是邻居,'他们说,'因此我们也是朋友。'他们把罐头、面包,甚至啤酒都放到我们的车里。

"作为最有经验的老司机,朋友们让我负责开车。我开始启动了标致牌轿车,启动声响了起来,我们与激动得落泪的土耳其人告别。

"很快我们就和荷兰说再见了。凌晨三点,越过比利时边界。没有人阻拦我们。没有人站在边界上。我们是根据道路标志推断出我们已经在比利时的。我们并没有停留在这里,因为我们在营地时曾被警告过:在比利时是找不到工作的。我们三四个小时内就驶过了整个比利时,到达了法国边界。

"我一直认为格鲁吉亚是一个非常小的国家。或许是因为它毗邻幅员辽阔的俄罗斯,否则,我跟你们说,一踩下踏板,就能迅速地穿越整个比利时。不,我们的国家——等同于一个欧洲中等国家的面积。

"这条线路太华美了,这是一条宽阔的混凝土路,两边装饰着彩灯。在这样的道路上行驶内心是充满喜悦的,但是……我们最关心的是——找到一份工作。

"我们被告知,如果没有签证,我们将被驱逐出法国,我们不应该去那里,但我们依然冒险了。我们就这样穿过了边界,这里没有人阻拦我们。标致牌轿车像鸟儿一样自由地飞翔。

"距离巴黎还有大约六十公里的路程,宪兵将我们拦住了。唉!我们认为我们的旅途就要结束了。但他们只是要求我们支付通行费用,通关税。钱,我们还是有的,只不过估计不够了。我们寄希望于路上有人抛弃的第二辆车。标致牌汽车停在路边的停车场上。不知何故,我向宪兵解释说,我在巴黎有一位朋友,并请求允许我给他打个电话。事实证明,在国外人能更快地学会外语,并且我已积累了足够的英语和德语词汇量。

"其中一名宪兵说他要去巴黎,可以带我一起去。我把朋友们留在车里,然后跟着他出发了。在路上宪兵问我是不是吉普赛人。'不,'我说,'我是格鲁吉亚人。''格鲁吉亚人住在哪里?'我解释,但他不明白,何况如何去理解根本不知道的事呢。无论我们身在何处,几乎没有人听说过格鲁吉亚。事实上,我们几乎总是被误认为是吉普赛人。但关于吉普赛人没有什么好印象,尤其是罗马尼亚人——他们无处不在偷窃。

"我们抵达了巴黎。我环顾四周,难以掩饰我的惊讶——莫非我真的是在巴黎!

"我从警察大楼内给我的中学同班同学——巴德里·戈吉亚打了电话。幸运的是,他在家。听到他的声音,我松了一口气,眼泪也涌了出来。

"'巴德里,帮帮我,我们被困在路上了。'我告诉他。

"'你在哪里?'巴德里问道。我怎么知道我在哪里,所以我让宪兵和巴德里通电话。宪兵告诉了他我们的具体位置。

"巴德里是一位历史学家,法语说得非常棒,他在巴黎大学学习,住在大学的宿舍里。他已在法国待了三年了,收集论文材料。他找到了非常罕见的、没有一个格鲁吉亚人曾看到过的有关于格鲁吉亚的资料。他靠大学奖学金在这里学习生活,这对他来说是很困难的。这些钱只够吃饭。没有任何一个从格鲁吉亚来的人帮助他。因为,我们当地的大使馆本身就需要外界的帮助。

"巴德里一个小时后来了。我们很高兴,热烈地拥抱,现在他不仅仅是朋友,而且也是唯一的救星。巴德里对我说:'你别这样抱我,他们会觉得很奇怪的。'确实,宪兵正以一种奇怪的眼光看着我们。

"我们走上公路,希望能够拦下一辆车。但没有人将车停下。哎,我们没有乘坐出租车的钱啊。我们要走将近四十公里的路,走到那个停车场时几乎快掉气了。巴德里付了关税,给我们加了汽油并把我们带回了他家。

"在学校的宿舍里他有一间小房,房里有一个小家具、一台电视……

"从第一天起我们就开始在巴黎找起了工作。我们不停地寻找,去了很多地方,问了很多人,但一切都是徒劳的。在我们格鲁吉亚驻法国的大使馆里,大使跟我们说:'你们在这里瞎逛些什么,回格鲁吉亚去,回去给自己找些事情做,不要在这里玷污格鲁吉亚人的名声。'现在,当我想到这件事时,我明白,他是对的,但我应该在格鲁吉亚做些什么呢?那里没有人工作,也没什么可以做的。在那儿或许只能够卖香烟了,但我做不到。

"在莱维莱我们认识了一些格鲁吉亚人。他们什么忙也帮不了。他们自己也艰难地生活着。

"在巴黎我们第一次感受到了处境的绝望,直到现在我们仍然在勇敢地坚持着。尽管我们已做好从事任何工作的准备,但在这里谁也不需要我们。

"我们参观了格鲁吉亚的圣乔治教堂。教堂在一个半地下室的房间,极其简陋。我们做了祷告,很显然我们的祈祷上帝没有听到,但是,谁知道呢? 或许上帝会帮助我们……

"我们已准备好回家了,但身上没有一分钱! 我们让可怜的巴德里完全破产了。他把所有的钱都借给我们了。

"任何一个格鲁吉亚人,在我看来,他们最想去的地方就是巴黎,但我们沿着巴黎的街道行走,并没有被蒙马特高地(展现在我们面前时太普通太普通了)和埃菲尔铁塔感动到,我们惊讶于埃菲尔铁塔周围有大量的乞丐(我们未登塔,因为没钱)。卢浮宫(因缺钱而无法前往那里)、万神殿——名人公墓也都未触动到我们的内心。

"我们惊讶于老旧二手车的数量,我们曾认为这里每个人都驾驶着全新的汽车。事实证明,在这里,有些人从汽车墓地取出汽车,修理一下,然后就开走了!

"不知道为什么我们之前会认为,巴黎早就已建好,并且不需要再重建,而在这里走的每一步我们都看到了新的建筑工程,甚至是在城市的中心,到处都在扩建。

"我对巴黎街头的垃圾也感到很惊讶。是的,这里垃圾是用大的塑料袋来运输的,但是在一些地方垃圾车需要等待很长的时间。因此,在这座梦想之城的街道上,苍蝇和垃圾堆的'香味'也是足够浓的。巴德里告诉我们,在这里清洁工时不时会罢工,要求提高薪水,这就是为什么苍蝇与垃圾足够多的原因。

"哪儿发出一股难闻的味道? 曾经有几回我们看到衣衫褴褛者在垃圾堆里翻寻。这让我们很沮丧,让我们更想回家,回到自己的家乡。

"事实上,我只看到了'流落街头'的欧洲,在那儿完全是另一种心情,不知为什么,我认为欧洲正在倒退,并且积重难返。我们在路途中遇到来自不同国家各式各样的恶棍。通常几乎所有的地方都有专门的咖啡店,会有吸毒者来这里,购买任何想要的麻醉剂。沉迷于毒品的少男少女在咖啡馆及其周围游荡。在公园和街道上,同性恋者肆无忌惮地拥抱(我们在荷兰经常遇到这种情况)。电视节目中一直都在播放着最低俗的色情电影,展示着群体性爱行为。这里的人们似乎被程序设定了一样。是的,他们生活富足,拥有好的房子、汽车,但他们没有人性,所以在我看来,他们四处旅行,吃得好,喝得好,为自己活着,同时也为自己而死。不知为什么我在想——难道我们什么时候也会变成他们那样?

"巴德里告诉我们,这里最不受待见的事情是午餐时段去拜访人家。好吧,如果它还是发生了,那么不要指望你会被邀请进入房内:他们会要求你在门厅等候。

"有一天,巴德里邀请一对隔壁的年轻夫妇和我们一起去一家便宜的咖啡厅。准备回家的时候,巴德里低声说道:'现在来看一看我们的客人。'

"晚上结束时,他们拿出钱包,每个人都开始为自己买单,你想象一下,妻子单独给自己买单,丈夫也单独给自己买单。巴德里再次向他们解释说:'你们今天是我的客人,我来买单。'但他们对这并不理解。

"'他们生日也是这样庆祝的,'巴德里在回家的路上向我们解释说,'去一家咖啡馆或餐厅,每人点自己想要的东西,然后自己支付自己的费用。'

"不禁让我想起了格鲁吉亚,我们那儿的聚会,那儿的节日宴席。啊,如果不是这场战争……

"有几次我看到学生罢课——他们要求降低学费。

"一些巴黎人拿出椅子放在房子旁边。在椅子上售卖香烟、巧克力等各种各样的东西。这让我想起了第比利斯。我以为只有我们在街上和地铁站旁售卖。有一次,我目睹了这样的场景:一名警察揪着一位商贩,说是不能在这里摆摊,商贩则把一盒香烟放到了警察的口袋里。警察环顾四周,看到没有人在,就这样走了。这立马让我想起了我们的警察和其他身着军装的活动家。我甚至感到轻松了许多,这意味着并不只有我们是这样的。

"其实,我真的想哪怕只拍一张照片来记录这些,但很可惜当时没有钱。一个英国人在埃菲尔铁塔的背景下给我们拍了视频,但这对我们有什么用吗?

"在巴黎,阿拉伯人、黑人和阿尔及利亚人的数量惊人。事实证明,法国纳粹分子非常担心这一点,并认为如果这种情况持续下去的话,欧洲将会变得很黑。

"巴德里只想回到格鲁吉亚,但他在这里还有正事儿。有一天他告诉我,一抵达巴黎时,他就给一位格鲁吉亚移民打了电话。约好了见面。那人是坐着轮椅带着氧气罐来的。他已八十多岁了。他请求我:离开吧,离开这里吧,拯救自己,回格鲁吉亚去吧,你需要在这个悲惨的欧洲做什么呢?! 在分别时,他给了我钱,并再次恳求我回到我们的祖国。

"总之,我们在巴黎找不到工作——巴黎不接纳我们,不需要我们。渐渐地,我们有一种绝望的感觉。起初,我们决定返回格鲁吉亚,但突然间一个非常奇怪的想法出现在我脑海,或许这是非常格鲁吉亚的想法——去西班牙:我们,格鲁吉亚人,看起来像西班牙人,在那儿我们一定能遇到幸福。西班牙人一定会帮助我们的。此外,他们让我们想起了我们与巴斯克人的亲缘关系。

"巴德里不知在什么地方又弄到了些钱,帮我们买了标致牌轿车的汽油,也给我们买了些食品。

"我们已做好去西班牙的准备了,但是晚上有人偷走了我们的汽油。总的来说,在某些地方我们与欧洲处于同一标准水平。

"巴德里又搞到了一笔钱,给我们加了汽油,我们启动了自己的标致牌汽车。

"我们从巴黎离开,绕道行驶,以免缴纳公路过路费。有人告诉我们要走二级公路,所以我们基本上是从一个村到另一个村。驶过利摩日,并在凌晨三点到达图卢兹。

"欧洲过着自己的生活,咖啡吧和餐厅彻夜开放。每个人都忙于自己的事情,对他们所有人来说,只有我们是他乡之人,而且是多余的。

"我们继续向南行驶。驶近西班牙,看,这就是比利牛斯山脉。我注意到里程记录——五十五公里我们都是在上坡爬山路段。在比利牛斯山我想起了阿布哈兹的萨肯-楚别里山口,整个人被那时候的感觉萦绕着。

"西班牙的山非常美丽。有时候,鹿从松林中跳出来,从车头直接穿过马路。有几次它们吓到了我了,因为有人告诉过我,在这里杀死一只鹿所受到的惩罚不亚于杀死一个人。

"横穿安道尔峡谷,下山开始进入山谷。我们经过西班牙的村庄。这里的九月是收获葡萄的月份,也是我们格鲁吉亚收获葡萄的节日。我们看到葡萄园里全是人。我们停下车询问,基本都是靠手势交流着:让我们帮你们收葡萄吧,请给我们一份工作吧。他们微笑着,礼貌地拒绝了我们的请求。在路经的其他一些地方我们也停下了车询问能否给我们份工作,但都遭到了拒绝。所以,到处都是对我们微笑的葡萄园主。但只有在一个地方,他们请我们吃了葡萄。

"表面上西班牙人与我们非常相似。在一个地方,我们看到了一座两层的房子,与格鲁吉亚完全一样,楼梯和走廊在外,院子周围是铁丝网。我们甚至毫不怀疑这座房子就是格鲁吉亚人的。我们把车停在铁门旁,呼唤主人。一位女士走了出来,是一名西班牙人。我们向她要些水喝,她拒绝了我们,把我们打发到另一个地方去要水。我们绝望的感觉日益加剧。在西班牙,对格鲁吉亚的想念更甚了。在通往巴塞罗那的路上我们看到了标语牌和广告牌,其中一些描绘了斯大林。起初我们认为这是一个不知名的政治领袖,但当在巴塞罗那著名的足球体育场看到一幅斯大林的巨幅肖像时,开始质疑了,仍然问了一句:'这是谁?'——'斯大林。'人们回答我们。原来,在西班牙的这个角落共产党的代表赢得了选举。他们的世界拯救计划从头到尾都是斯大林式的。

"'请原谅我们格鲁吉亚人的一切,索索叔叔,请至少帮我一把吧,让我们找到一份工作。'卡哈在斯大林的肖像前恳求道。

"巴塞罗那是一座大城市。这里的房子大多是由石头砌成的,市中心的建筑还可以,其余的地方就很一般了,郊区则比较脏乱。

"在这里我们也没找着工作。我们的食物、钱、汽油都消耗完了。总之,我们已准备好做任何工作了。很羞愧,但我仍然要说,我们可以清扫厕所,但是在这里人们总是对我们说:'不可以,我们已有自己人从事这份工作了。'

"对格鲁吉亚的思念日渐强烈。我们已经开始像疯子了。甚至会思念那些此前在家都要绕着走的人……

"我们终于决定回家了。我们不能再待在这里了,但是如何搞到回家的路费呢?!

"抱着能等到格鲁吉亚轮船的希望,我们去了港口。巴塞罗那拥有庞大的港口。很多抛锚的船只都停靠在港湾里,但没有一艘船飘着山茱萸色旗帜。我们一连几天都去了港口。我们还在城里寻找格鲁吉亚人,但一切都是徒劳的。

"自苏呼米沦陷后,我就未见过大海。我决定去游泳。水很脏,有一种奇怪且令人讨厌的气味。我游了一会儿,但海浪把我推到了岸边,原来,我已疲惫不堪。在我看来,连大海也不接纳我,它拒绝了我——请离开这里,你是一个异乡人。

"西班牙和所有其他国家似乎都在抵制我。我的同伴们也都不在状态。苏呼米、加格拉和皮松达海湾的美丽在哪里？巴塞罗那海岸在哪里？！在巴黎之后，巴塞罗那留给我们的印象很糟糕——垃圾、苍蝇、噪音……我们经常遇到小偷。只要有可能让小偷获利的地方，就要上锁，像我们那儿一样——弄上铁门、门栓及'暗装置'设备。

"我们目睹了这样一个场景——一家出售香蕉的商店里，就在售货员离开的片刻，一对夫妇(可能是夫妻)抓起一捆香蕉，立即将其藏在包中。然后，好像什么也没有发生一样悄悄地离开了。据说坏的榜样是具有传染性的，我们也'拿'了一把香蕉，把它藏到了夹克中，心脏怦怦跳。我第一次偷东西，还有两次也是在欧洲……如果什么时候我还去巴塞罗那，我一定会找到那家香蕉店，把此前偷的四根香蕉的债还上。

"那一天虽然有香蕉吃，但我们的饥饿感更强了。

"在欧洲我还有什么罪状吗？哦，对了，在巴塞罗那我们偷了五升汽油，还从卡车的油箱里倒出了柴油。我很惊讶我们的标致牌轿车引擎如何能够经受得住柴油。简而言之，我们必须回到西班牙寻找燃料！

"我们把车停在公园的某个地方，在车里睡觉。对于那里的人们来说我们是异乡人。正如我此前所说的，几乎所有的人都拒绝我们，但仍然能在世界各地遇到善良的人。有一次我们非常想喝水，我们问了一位与我们同龄的男士，他告诉了我们可以畅饮的地方。我们表示感谢后离去。他叫住我们问道：'为什么你们需要水？'我们解释道我们想喝水。他说这些水不能喝。然后跑进商店，拿了三瓶水出来。我们告诉他我们没有'玛尼—玛尼'。他笑了。

"顺便说一句，欧洲的水不怎么样，好的水只在商店里出售。

"这里大量的钱都花在修缮十九世纪的历史古迹上了。

"有一天，当我们非常饿的时候，我们去了一座修道院，那里德蕾莎修女给那些需要帮助的人们提供慈善晚宴。我们走近修道院，但我们不敢进去,极其羞愧!仁慈的修女们注意到了我们,她们走出来邀请我们去斋堂。我们拿了些加了肉的通心粉和梨。相互道别,她们邀请我们这个时间再过来,甚至每一天都可以过来,但我们此后再也没有去那儿了。

"巴塞罗那有许多教堂。大多是天主教堂。在其中一个教堂附近,我们引来了一位约莫五十五岁、皮肤黝黑、披着一头散乱长发、许久未剃胡须的乞讨者的关注。起初他从远处看着我们,然后走近我们,用俄语问我们是不是格鲁吉亚的。之后逐一拥抱我们每一个人,含泪解释道:'我是你们的兄弟,埃里温的亚美尼亚人。'他也和我们一样,在欧洲四处游荡,寻找工作。三个月来,去了十个还是十二个国家,但在任何地方都无法立足。现在他要去葡萄牙了。在教堂旁乞讨路费。'我会死的,但我也将会抵达目的地,找到一份工作。'

"了解他后,我们知道——他真的会实现他的愿望。他向我们建议道:'请坐在旁边,很多人会去教堂,你们可以在这里得到钱。'但我们不能这样做……

"然后他抱怨说他睡不好,夜晚都是在街边度过的,他请求我们允许他在车里过夜。我们答应了他的请求——我们在街上度过了一整晚,而他在标致牌轿车里打鼾。

"与来自埃里温的亚美尼亚人的相遇终于缓解了我们此前处于崩溃边缘的情绪。我们开始以极大的热情寻求生存之路。在警察局我们得知了俄罗斯领事馆的地址。来到俄罗斯领馆,俄罗斯人对我们很冷漠,并断然拒绝了帮助我们:我们连自己本国的难民都没法帮助,没有钱。我们第二天又去了那里,是另一名工作人员值班。这个人也拒绝了我们,但我们在丢尽了脸后,第三天又来到了这里。总的来说,我们踩破了俄罗斯领事馆的门槛。那天我们遇到了一个约摸四十到四十五岁的男士。我们得知他叫尤里·瓦西里耶维奇,但我不记得他的姓了。

我们稀里糊涂地告诉他自己的遭遇,他认真听了后说,他在苏呼米和第比利斯有很多朋友,甚至列举了出来。他说:'我怎么能忘记他们的热情款待?! 你们怎么了? 为什么会有这些战争和游行呢? 在领事馆,我们也没办法,我们拿的钱极少。我回家一趟,让我想想,请在街上等我一下。'

"我们没有等多久。他把车开到我们的标致牌轿车旁,从一个很大的包里拿出食物给我们,并给了我们每人一千个比塞塔[1]:'我记得你们格鲁吉亚人的热情好客,我一直感恩着。路上小心点,我会想你们并会为你们担心。'他向我们告别。

"在哪儿我们还会再见到尤里·瓦西里耶维奇!

"我们的计划非常简单——设法回到法国。正如我们所解释的那样,法国是西欧唯一一个在没有签证的情况下能够将其他国家的公民送回本国的国家,毫无疑问,还会提供交通保障。

"我们用尤里·瓦西里耶维奇给的面包和香肠充饥,还吃了一些点心,启动标致牌轿车——然后沿着通往比利牛斯山的道路前进。

"到午夜时分,一辆汽车紧跟在我们身后,车里挤满了激昂的年轻人。他们向我们大声呼喊,威胁,让我们停车! 我们差点儿没能生还,转入了某条人烟稀少的死胡同,在那儿等待着黎明。

"在山上我几乎陷入了绝望之中——显示出了不安、疲劳和饥饿。不得不休息一个多小时,至少能够恢复一点儿……

"无论如何,我们抵达了法国。车一直开,没有停止,直到汽油都用完。结果我们发现自己在一个小镇上。这个小镇,如果我没有弄错的话,叫卡奥尔。我们问了宪兵。

"当我们打开门时,宪兵们彼此正在交谈。显然,这一天他们没有

1　译者注:西班牙货币,也称比索。

超负荷的工作事务。我们告诉他们我们没有签证。听到这些,他们立即从座位上站起来,奔向我们,抓住我们使双臂弯向背后,然后强迫我们脱下鞋子,用鞋带绑住鞋子,并将它们挂在我们脖子上——这样就哪儿都逃不了了。之后他们把我们带到了外面,翻遍了我们的标致牌轿车,整整一个小时都在搜查,他们可能正在搜索武器或其他些什么东西。当然,他们什么也没有找到。

"这天晚上,我们是在一间类似牛棚的房里度过的。早晨,给我们喝了茶并对我们进行了审问。我们说我们来自格鲁吉亚,斯大林的故乡。'啊哈,也就是说你们是俄罗斯人。'我们向他们解释,继续解释,已无法解释。然后我们想起了谢瓦尔德纳泽。他们告诉我们:'好吧,我们都已经说了,你们是俄罗斯人。'我们很无奈,还能说什么呢……

"两天后进行庭审,我们一直戴着手铐。我们每个人都是自己的辩护人。我们为自己辩护,而法官则有他自己的解释,我们坐着,因害怕而双腿哆嗦。我们不了解法国人,谁知道我们如何能够扭转局面,担心他们或许会给我们定什么罪名,例如,贩毒。你看那些家伙,那么瘦弱,就像吸毒的样子。

"最后,法官宣布判决:从法国驱逐出境!听到判决后我们跳了起来,高兴地拥抱着,喊道:'万岁!'

"我们的表现对法国人来说是莫名的——被驱逐出境怎么还如此开心呢?!

"在这之后,他们对待我们变得尊重些了。是的,的确是,但我并没有觉得。宪兵队队长带领我们进入他的办公室,问道:'请问格鲁吉亚在哪里?'

"然后他给属下下令,让他们去找来一张小地图,我们先找到了黑海,然后找到了格鲁吉亚,我立即用手指戳了一下——这里就是格鲁吉亚。手指完全覆盖了格鲁吉亚。

"宪兵队队长说：'拿开你的手指，我什么都看不到。'我从地图上移开手指，他困惑地看着那个地方许久……最后，他的脸泛起了光——他似乎已经全部弄清楚了。然后他说：'你们在俄罗斯和土耳其之间。'我们开心地点了点头。

"当天晚些时候，宪兵队长向我们宣布：'明天有一架飞机将从你们的国家飞往巴黎，我们会送你们上去。'你们很难想象我们当时的喜悦程度……

"第二天，我们被一辆宪兵车带到了机场。

"整个过程中，宪兵一言不发。我们想问能否给一支香烟，他们提高嗓音说最好不要问。他们将拳头放在鼻子前请我们闭嘴！我们甚至怀念起了格鲁吉亚本国的警察。

"至于我们的标致牌轿车，我们把它留在了卡奥尔小镇，或者说，我们被迫把它留在了那里。事实上，他们没有这个权利将我们的车扣留，那是我们的财产，但他们还是将车扣留了。抱怨吗？我们并没有抱怨。所以，如果我们对欧洲还有什么债务需要偿还，我们已用我们的标致牌轿车支付了。上帝与它同在！

"我们直接被送到了机场。最后，终于出现了世界上最漂亮、最美丽的带着'ORBI'蓝色文字标志的白色飞机。我们的心像鸟儿一样雀跃。

"飞机舷梯附近都是拥挤的乘客。此时，我们因还戴着手铐而感到羞愧，直到现在，手铐留给我们的只有身体上的不适。

"鼓起勇气去请求宪兵脱掉手铐，然后被大骂了一顿。用手势向我们解释说，如果我们再问，他们将会停下车，赶我们下来，并用橡皮棍痛打我们一顿。于是，我们安静了下来。

"汽车停到了舷梯旁。他们中的一位下车上了飞机，向机长说明了情况。总之，把我们移交了，并转交了一些文件，应该是与我们有关的吧。

"最后,他们给我们取下了手铐。我们以不能称之为热忱的方式告别了宪兵们……

"我们大脑一直想着,接下来迎接我们的将会是什么呢?会将我们当做强盗还是迷途的孩子?他们是否也会给我们戴上手铐还是把我们当做普通乘客一样对待呢?!

"机长走近我们说:

"'伙计们,我们将首先飞往布拉格,那里的燃料更便宜,然后再飞往第比利斯,现在请上飞机。'

"他的话让我们感受到了在过去的一个半月里所感受不到的温暖。

"'格鲁吉亚的天气如何?'我们打断对方问道。此时立刻想起了在荷兰时遇到的第比利斯家庭,那时他们也问了我们同样的问题,关于格鲁吉亚的天气。

"'好,好……'机长微笑着回答,并用手势告诉我们上扶梯。

"晚上我们抵达布拉格。飞机加油需要差不多两个小时。与其他乘客一起,我们在场地周围散步,但时刻都尽量靠近飞机,一直盯着它。

"当我们抵达第比利斯机场时,已经快到后半夜了。

"机长把我们带到机场大楼。

"'不要害怕,一切都会好的。'他鼓励我们。

"在一个房间里,一个昏昏欲睡的中年男子毫无表情地看着我们的文件,然后他抬起泛红的眼睛,看了又看,烦躁地说道:'如果我像你们一样年轻,至少还可以在那里骗到一些女人并留下来。你们这是怎么了?表现得不够好吗?你们回到这个腐朽的国家想干些什么呢?!'

"我们大声抗议。

"他没有再说别的,只是摆了摆右手让我们赶快消失。

"我们就离开了。我真的很想念那些我许久未见到的孩子们,所以以最快的速度奔向家中。

"清晨，我才刚刚入睡。

"我睡了一天一夜。

"当我醒来时，我想：这一切都是一场梦吗？

"我宁愿这只是一场梦！"

照　片

在朋友家做客时我看到一本放有相片的相册。

这就是相册中的一张，上面有：苏呼米的海滩、我的邻居、众多苏呼米人所熟知的德如姆别尔·别塔施维里、俄罗斯诗人叶甫盖尼·叶甫图申科、一位阿布哈兹演员、年轻貌美的女性带着她约摸十二到十四岁的小女儿。

……他们刚从海里上来。脸上洋溢着幸福与喜悦，他们笑得多么开心啊。

德如姆别尔的一只脚站在水中，另一只脚在岸上，像往常一样笑着，他的脸庞很亲切。其他人也都在陆地与海洋之间。

一位美丽的女性躺在沙滩上，身上覆盖着鹅卵石。

相片一旁标着潇洒的字迹——苏呼米及 91，也就是说这张照片是在 1991 年拍摄的。

那时，距离战争还有一年。

他们站着，开怀地笑着。

他们哪儿知道战争什么时候来临啊……

他们笑着……

他们不知道，在 9 月 27 日苏呼米陷落那天，德如姆别尔也将消失。

他在阿布哈兹部长理事会工作。没有把穿着军装、手里拿着自动步枪、可爱的尤里·沙尔塔夫留下来……

我从来都没能想到他什么时候可以拿着冲锋枪扫射。关于德如姆别尔的传说……虽然没有人知道这一点……他失踪了。

他们笑着……他们不知道阿布哈兹演员会在这场战争中杀死自己的儿子。一位魁梧的艺术家正站着，开怀地笑着，拥抱着德如姆别尔的双肩。

而那位充满魅力的女性，她是否会知道，1993 年 9 月在苏呼米的学校将比所有地方都早开学，她把送往第比利斯的女儿带回苏呼米，在城市被攻占之后，她与女孩儿将一起成为俘虏……是的，她们会活着的，但……

笑容灿烂的小女孩儿就像驯鹿一样依偎在温柔微笑的母亲身旁。

叶甫图申科是德如姆别尔的朋友。正如后文呈现的那样——在古尔里普希小镇，他们将会烧毁叶甫图申科的别墅，别墅是由德如姆别尔投资建造的。要知道他是这样的人——为了朋友他可以忘了自己，付出一切。

叶甫图申科曾经的巨大别墅，大概，烧了很长一段时间。

我看着照片，感受着苏呼米、夏季、海滩与大海的气息涌入我身体的各个部位。

细小密集的蓝色波浪抚摸着他们的双脚。

我甚至可以听到海浪的声音。

还有鹅卵石沙沙作响的声音,沙沙声随着波浪在跳动,跟着波浪一同起伏着,就这样——永无休止地反复。

相机记录下了在空中盘旋的海鸥。

也许,这些正是被醉酒的士兵们无情射杀的海鸥。

谁知道呢?……

回 到 苏 呼 米

我们一定会坐着飞机回到苏呼米。

那将是一个早上或中午。

将是一个阳光明媚的日子,天空万里无云。

过了英古里河飞机将慢慢开始向机场方向下降。

在奥恰姆奇拉附近会看得到大海,在飞机的左边,是大海——集浩瀚、平静、温柔、亲切于一身的大海。乘客们的目光将被锁定到舷窗上,将与故乡的颜色——蓝色相遇。有些人会热泪盈眶,有些人会忍住泪水。有些人,在手指麻木之前,会紧紧抓住椅子扶手。这一切都没什么,没什么,回家时,有比这更激动的。

我们的呼吸将会与大海的呼吸融为一体,而身体会插上翅膀。飞机会一下子变得轻如羽毛。

火柴盒一样的小小房子,同样窄小的街道、小轿车会从下面看着我们。我们将用目光打量森林、玉米地、花园和菜地，以及满是黄沙的海边地带。

海面上将会出现一艘大船，白色的，炫白炫白的，像天鹅一样。

还会出现一条铁路，而铁路上面是——火车。

世上最美丽的空姐会用最温柔的声音告诉我们，要系好安全带，几分钟后飞机将在巴布沙拉机场着陆。

她那甜美的长笛般的声音会使我们立刻去寻找固定在座位上的灰色安全带。空姐会告诉我们机长姓什么，祝我们一切顺利，还会告诉我们苏呼米天气如何。

会看到科多里，而紧接着就是——机场。

心脏一定会开始敲打时间：一下、两下、三下、四下……

我们将落地。

也许以后我们不会记起，我们是如何走下扶梯，如何坐上实际上一大早就在等候我们的"伊卡鲁斯"车的。

在扶梯旁就会有人告诉我们，我们晚了一小会儿。

稍晚了一点点。是的，晚了一小会儿。与航空部门打交道，有什么办法呢。

朋友们、邻居们、熟悉甚至不熟悉的人们一定会回来迎接我们。他们感到开心，开心……战前的苏呼米一定会来迎接我们，问我们感觉怎么样。太棒了！太棒了……太棒了，因为我们已经到家了，我们在苏呼米了……接下来只需要驶过一条五公里的混凝土路，后面就是普沙比、古尔里普希中心、马恰拉、卡什塔克、克拉苏里……我们已经在苏呼米了。

那将是一个阳光明媚的日子，天空万里无云。

我们一定会坐着飞机回到苏呼米。

我们一定会坐着飞机回到苏呼米。

我们一定会坐着飞机回到苏呼米。

坐着飞机。

"战前被击败的"后续

战前被击败的

"唉，根本就不该放这些苏呼米人去那边的，他们穿过去后就把一切告诉那些人……之后他们什么都知道了——我们的坦克和武器在哪儿……我们的军队在哪儿，紧接着他们的飞机就飞过来轰炸我们。"背对着我们坐在"伊卡鲁斯"客车司机旁座位上的那个女人说道，她正透过挡风玻璃观察着阿巴沙汽车站旁忙碌的人们。

司机下车了，大部分乘客就挤在这个地方——有人抽着烟，有人在附近闲逛。客车在停车场已经停留一个多钟头了。

1993 年 10 月 8 日，上午十一点。客车上是饱受过关逃难之苦的苏呼米人——无依无靠的妇女和儿童，突然间长大成熟懂事的男孩子，还有几个男人，以及还有——就像圣经里的隐士一样独自在客车最后座位上半躺着、半打着盹儿的我，一半在车里，一半——天晓得在哪儿。

我们群体的全权代表们(基本上是男人们)都在阿巴沙的军事总部，在那儿进行和平谈判。因为我们，苏呼米人，希望尽快去到自己家人身边，之前家人们从苏呼米被送往亲戚朋友处——有人去了库塔伊西，有人去了第比利斯，还有的人去了其他城市或村庄。但是有一个小小的"但是"——我们的愿望和现实情形被兹赫尼兹卡里河分割开来，一边河岸（靠萨姆特雷迪亚那边）由政府军牢牢把守，而另一边河岸（靠阿巴沙那边）——由科巴里的支持者们控制（在第比利斯——是谢瓦尔德纳泽，在祖格迪迪——是卡姆萨胡尔金）。沿河一带交汇处，就像人们所说的那样，阵地战不断。而我们这些幸存的，逃过了死亡，没有耐心的幼稚的苏呼米人一大早就坐上"伊卡鲁斯"客车赶往兹赫尼兹卡里河桥，突然陷入如此难堪的困境之中，差点对阿布哈兹战争感到后悔起来，差点想可耻地结束我们这弹药四溅、左右开弓的倒霉时代。来自谢纳基的司机吓坏了——我可只有一只脑袋，我孩子也只有一个父亲啊——于是他调转自己那辆侧面被马尔斯（是的，是的，是战神马尔斯）粗野的呼吸燃烧起来的"伊卡鲁斯"。我们迅速往回飞奔，一边恳求着"忽悠"司机"这算什么扫射啊"，我们对他说："你都不知道什么叫扫射，看你这模样挺像个勇士，你怕啥，带我们去阿巴沙，去总部吧，到那儿一切都清楚了。"几分钟后，兹赫尼兹卡里河边战斗的嘈杂声变得更猛了，但很快完全消失在急促而恐慌的车轮声后，司机慢慢平静下来，同意了我们的要求。

现在是上午十一点。阿巴沙通过广播电台与萨姆特雷迪亚联系，萨姆特雷迪亚回复阿巴沙。阿巴沙传话说："苏呼米人想过去，你们放行吗？"萨姆特雷迪亚回应："我们放行！但是你们要停火。"阿巴沙回复："如果你们停火，我们就停火。"萨姆特雷迪亚说："我们肯定停火。那你们呢？"阿巴沙说："我们也会的。那你们呢？"萨姆特雷迪亚说："我们也会。那你们呢？"阿巴沙说："你们也会。那我们呢？哦，不对，我们也会，那你们呢？"喊话随着无线电波的起伏穿越兹赫尼兹卡里河上空一来一回。传过去，传过来！传过去，传过来！现在最重要的是别让这些话掉进河水里了,否则,我是了解的,兹赫尼兹卡里河会带着欢快而响亮的嘶鸣声把它们卷走[1],瞬间消失——一切又得从头开始。"苏呼米的使者们,让你们话语更具说服力,更具外交光芒吧!"我在远方为我们的使命加油助威……

直到坐在导游椅子上的女人针对苏呼米人发表一番议论时,我才发现她。她还是一直看着挡风玻璃上的屏幕。而屏幕上仍旧继续播放着无休止的阿巴沙火车站的系列片(可能叫"这就是阿巴沙")——套在马车上的马儿在打盹儿,瘦高个的小男孩在拖拉机座位上打着盹儿,有条不紊的军人们忙碌着,商人们在做着买卖,嗜酒之徒在喝着啤酒,骑自行车的人小心翼翼地骑着自己的哈里科夫牌自行车,阿巴沙的女人们忧伤地张望着,烈日当头,杨树摇曳。

那女人很瘦,面部表情严厉,年纪约四十开外,她神经质地揉着头巾,显然看得出来,她是集会的常客,甚至是召集者。她高傲地坐在导游的位置上,伸直了背,觉得自己是客车主人似的,女主人,领袖(当然,是唯一的)。她用她一切傲慢的姿态来强调,分分钟都在重复和提醒我们,她不多不少就是伟大的公主叶卡捷琳娜·恰夫恰瓦泽-达吉安妮的女继承者,我们若是一不留神……否则接下来我们自责后悔都来不及。但是同时,她看起来,某种程度上似乎很孤单,被孤立。看着她那双手……我不知为什么觉得她挺可怜。

乘客们都很清楚,这女人所说的"我们"和"那些人"指谁。对于我们的妇女们而言,这不是什么新玩意儿,甚至是老套的东西了。过了关卡后难民们投奔到祖格迪迪人和谢纳克人、阿巴沙人和霍博兹人的温暖怀抱——巴加杜利亚和安恰巴泽、萨姆什亚和舍达尼亚、纳罗乌什维利和恰加纳夫……大人和小孩们,所有的人,整个明格列利亚呵护了他

1　原作者注:兹赫尼兹卡里河直译为"马之水"或"马之河",所以此处用马的嘶鸣声来形容河水的流动。

们,接纳了他们,但是在从祖格迪迪离开时,挤满难民的火车刚一开动,一群站在月台上神情激动的妇女,看样子是刚刚参加某个集会过来,已经被某人激怒的妇女,就开始挥舞拳头并对着苏呼米妇女们一阵大骂:

"从这里滚出去,你们这些谢瓦尔德纳泽分子! 唯利是图的人! 当初就不该让你们踏上祖格迪迪神圣的土地! 去投票吧,去吧,再去投谢瓦尔德纳泽的票吧,你们活该! ……"

几天过后我们又能听到这样的谩骂(不过已经是在另一个地方):

"苏呼米人! 倒霉的兹维阿吉的追随者们![1] 哼,你们这些叛徒! 你们究竟为什么要逃到这里来,你们应该拿起武器去跟阿布哈兹人斗争! 你们活该! ……自作自受! ……"

再过几天,在焦虑而饥饿、走到绝境的第比利斯又会找到这样说的人:

"这些难民——似乎都是兹维阿吉的拥护者! 全都是! 唉,让他们全滚蛋就好了! ……"

也有不这样说的——在排队买面包时,在无轨电车上,在地铁上……

但是,我善良的读者,我可能已经让您厌烦了,现在看样子您感兴趣的完全是另一件事——是我们的"叶卡捷琳娜·恰夫恰瓦泽-达吉安妮"说的那些话,那些我用来开始我那不太愉快的冒险故事的话是否有了答案? 在此必须指出的是,这已经是苏呼米妇女完全不再关心政治,逃避参加各种客车上举行的辩论的时期,因此接受挑战的荣幸落在了我的身上。但直至今日我都不明白,为什么?

在仅仅几秒钟后我对那个女人的独白做了回应,不过你们自己也

---

1 译者注:格鲁吉亚总统兹维亚德·加姆萨胡尔季阿支持者的非正式称呼。总统兹维亚德·加姆萨胡尔季阿在 1991 年 12 月流血政变中被推翻。

看到了，完全是不由自主的，而且我也不知道为什么，我把这一瞬间变成了几乎整整一小时，甚至顺利地将关于这么多事件的故事容纳到这一魔法般的瞬间。正是在这几秒钟的时间内我和你们一起研究了对手，然后粗鲁而直接地告诉你们一切，我为自己的粗鲁和直接深表歉意。

假如我们真的仅仅是因为倾向于谢瓦尔德纳泽（或者相反——倾向于卡姆萨胡尔金）而遭到指责，难道我会开口说什么吗？但是——称我们是间谍？！承认吧，这太侮辱我们了。这意味着我们是"告密者"，是间谍，这意味着我们把情报从这里带到那里，而且，不仅如此，我们还假装无辜，而实际上我们的衣服里缝着秘密地图和图纸、加密的信息。这不，那位威风凛凛的女人用手撕下了面具，这样一来，附在对苏呼米人案件起诉书上长长的罪行清单中又增加了一条。

"既然这样，女士，那就下命令把所有这些苏呼米人赶下车通通扫射光吧！……"

"开枪吧！……"我向史上最简短的演讲中又补充了一句，以此赋予它骑士般自我牺牲的意味。我的声音在车厢参议院内如此有力，以至于似乎街上都能听到。"叶卡捷琳娜"只是颤抖了一下，但马上又安静下来，甚至没朝我回头。车里鸦雀无声。要知道"叶卡捷琳娜"可不是那种不回应这种行为的女人，但是……她——在客车头部，我——在尾部。我们之间的距离是整个"伊卡鲁斯"客车。我等待着她立马转过身来——然后我们在角斗士的对决中来个你死我活。要么她死，要么我死，可是——没有，她没有投入战斗，她一声不吭。而我们的妇女们坐在自己的座位上，屏住呼吸观察着我们。她们急切盼望看到我们的鲜血，伟大的女士，她们无所谓鲜血洒在哪里——洒在竞技场的沙子里还是被踩踏的汽车橡胶公路上。她们想听到我们的问候："走向死亡的人向你们问候，美女们！"过了几分钟，我觉得我的胜利毋庸置疑——客车主人的权杖已经在我手中，所以我开始感谢全能的主……苏呼米的妇女们从自己座位高高的靠背上用充满感激的目光依次看着我，她们的目光告诉我，我勇敢的演讲使我无愧于高分——十分，十分，十分……我在她们的眼里读到这些数字，并向她们报以自信的微笑，同时向她们做了个大拇指放在食指和中指之间的手势。哦，不是，完全不是你们现在想的那个手势，完全是另一个，美式的，那种录像片中超人伴随着一声"OK!"所做的手势。我感觉在这些女人的眼中我已经不像是之前提到的被长时间的斋期弄得精疲力尽的隐士，而像是肩负着由女人们的信仰、希望和爱支撑起立的，你跪着祈祷也无法见到的神殿顶梁柱。就那么简单，一句话也没说，您投降了，伟大的女士，那样默默无声且出乎意料地投降了？就这样，从这一刻起，只有我才被赋予了权利去观察挡风玻璃外发生的一切，观察并且甚至从这里决定阿巴沙下一步的生活秩序，我——是这辆面积几平米大小的"伊卡鲁斯"车里一致选出的总统，有着确凿皇家资格的总统……此外，从这一刻起，我不接受这些喜欢角斗士战斗的女人，这些苏呼米的女人，所以，您，就是您，我任命您为我的首席顾问，还有……

可是谁会让我们享受胜利呢，亲爱的读者们。——客车门大开，我们的外交使命破裂了。一切都解决了——河这边的格鲁吉亚人和河那边的格鲁吉亚人达成协议，中午一点整他们停火，以便放行让从苏呼米来的格鲁吉亚人过桥！欢欣鼓舞吧，祖国的孩子们，上帝与我们同在！上帝与我们同在——所以永远不要抱怨：我们很痛苦，我们的黑暗日子来临了。你们看吧，欢乐的美酒还未枯竭，因为它是真正用之不竭的！

司机开动了"伊卡鲁斯"。我们匆匆赶往穿过兹赫尼兹卡里河的大桥，而且我们甚至都没有怀疑上天之意以新惊喜的形式给我们安排的考验。

***

《马太福音》和《马可福音》上说，耶稣在中午三点被钉在十字架上，晚上六点黑暗降临四周，而晚上九点，几乎所有人都放弃的、受到迫害的忠诚的耶稣对着上帝"大声"呼喊："艾罗伊，艾罗伊，拉马，萨巴克达尼？"——意思是："我的天啊，我的天啊，你为什么弃我而去？"——这是救世主最后的话语。接着他再次向天父呼喊，最后断了气。

耶稣——是神的儿子，但也是拥有血肉之躯的人类之子，正因为如此，他无法忍受非人的苦难，忍受灵魂的痛苦，因此在临死前，就那么几分钟，他甚至放任自己怀疑上帝的支持，他感叹道："为什么你弃我而去？"——这是谁啊？——耶稣基督本尊啊。

我们在阿尔卑斯山区隘口地带。1993 年 10 月 2 日凌晨，天寒地冻，刺骨的寒风吹得人举步艰难。道路两旁时不时能遇到死人的尸体。无人顾及死者——人人都在自救。听到的是呻吟声、急促的呼吸声。黑夜像一只等待尸体的秃鹫，笼罩在隘口地带的上空。我们行进着……没有人想起上帝，没有人划十字，没有人祈祷上帝的帮助，被非人的痛苦折磨得精疲力尽的难民们失去了对上帝的信任，他们灵魂中的信仰已经死去，但令人惊讶的是，他们对上帝连一丝责难也没有。上帝的居所对他们而言——充满了空虚。他们也没有领导者——领导者位置上空空如也，就像冷漠而绝望、渗透着寒意的停尸房。他们的领导者——就是自己的手和脚、心和肺，他们的上帝——就是拯救自己和自己所爱之人的抽泣着的希望。我行进着，耶稣的呼喊声："艾罗伊，艾罗伊，拉马，萨巴克达尼？"像我的旅伴一样跟随着我。

1992 年 8 月。我正在休假。因此我要去某个海边，我的疗养地，我每天都在海里游泳，好几个小时都不摘下带管子的潜水面具。阳光灿烂的美好日子，大海——像香槟一样，波光粼粼，欢快，喜庆，在被太阳照射的温暖的海底，正发生着一幕幕奇迹——螃蟹忙碌地窜来窜去，银色的鱼苗儿婆娑起舞，虾虎鱼在沙子里徐徐游动，水母在柔软的蓝色海水里尽情享受……突然，我对一根尼龙线纠结起来——某人的钓鱼竿钩到了水下的石头，弄断了尼龙线。我潜入三米深处，解开了那根尼龙线。一个蓝白色的塑料浮子钩在尼龙线上了。鱼竿唤醒了我心中钓鱼的愿望。再说我也不急着去哪里，我在休假，而大海——就是我的疗养院。我用石头砸碎一个贻贝壳，往鱼钩上挂上了一点嫩嫩的粉红色蛤蜊肉。我潜下去，把鱼钩放到最底部。鱼钩还未触到底部时，一条黑色的、中等大小的鱼儿——一只海公鸡以闪电般的速度从石头下朝它冲过来（显然，它第一个闻到了蛤肉的味道）。它吞下钩子，又重新藏到石头底下。我平生第一次用这样的方式钓鱼，而且是钓海公鸡。我正了正面具，拉线，把海公鸡往上提起来。它拼命地摇着它宽宽的鳍和尾。就像一位穿着丧服、充满怨恨的年轻寡妇。它整个身体中蕴藏着某种邪恶、可怕的不祥之兆（我向大家发誓，就是现在回想起来都不寒而栗）。海公鸡不宜食用，它有毒，鳞片湿滑。我将它拖上海面。它比手掌大得多，向我示以激烈的反抗，愤怒地在我手中跳动。我想怎么着让它松开钩子，但它不让。最终它在我手中慢慢死去。它的黏性毒鳞屑烧伤了我的手指。我很抱歉，非常抱歉——我没想让它死的。一切都发生得那么奇怪。8 月 13 日，13 日，战前的最后一天，我站在水中，手里捧着一条没有呼吸的海公鸡——这是战争开始的信号，黑寡妇，死亡的先兆。战争开始的那一天我也在海边，在城外。无比美妙的一天，大海就像香槟一样，波光粼粼，欢快，喜庆，充满了幸福和爱。在被太阳照射的海底，奇迹正在上演……突然，大海的上空出现了"鳄鱼"（军用直升机）。它在扫射。我迅速走出水域，朝轿车跑去。几分钟过后我已经到克拉苏里了。一路上看到很多人，在这场按照我们无法理解的、写在天上的法律发起的战争期间他们不知不觉、一个接着一个悄然离开城市,前往天国超越云层的远方。希诺普文化之家附近的道路被封锁了。远处传来坦克的隆隆声。"卡拉什尼科夫"冲锋枪在扫射。开始了……回到家里,我看到窗户玻璃和墙壁上狙击手留下的一排排子弹孔。万幸,妻子和女儿在外婆家……

1993年4月。上午十点。周五。后天——就是复活节了。我在上班。榴弹炮开始从埃舍尔山(阿布哈兹那边)轰炸这座城市。

港口和市中心也遭到轰炸。我们躲在市政府的一楼。市政府的大楼是栋老建筑,所以我们似乎很安全,但实际上我们在自欺欺人,大楼一半已经因风吹日晒而不再坚固。炮弹在不远处爆炸——在普希金街和基洛夫街,火炮和榴弹炮时不时地往城里轰炸,中间有间隔,所以可以趁机躲到某个地方。火箭炮"冰雹"——就是另一回事了。"冰雹"是一齐轰炸,十到十五颗"冰雹"一个接一个接连开火,你是逃避不过"冰雹"的,得原地卧倒。如果你愿意的话,可以双手捂住脑袋,但这只不过是自我安慰罢了,因为如果弹药在旁边爆炸,这难道有用吗?!爆炸声残酷而可怕。您想象一下受到致命伤害的野兽的哀鸣声、一连串的雷暴声、大树的噼啪声和其轰然倒下的声音同时爆发的场景吧。在弹药爆炸的瞬间,嗡嗡的大地仿佛下沉了几厘米,整个城市也与之一起下沉,而几秒过后,一切又回到自己的位置。就是在今天我也一直感到惊讶,妇女儿童们、老弱病残们是怎么忍受那些炮击的,哪怕只是爆炸声,还不说别的。啊,他们是如何欣喜若狂地期待着每一次新的黎明,期待着和平与安宁的到来啊,就像严守斋戒的基督徒等待复活节清晨的到来一样。

这是1993年4月,后天——就是复活节了。市政厅的底层挤满了人。有的人——脸色苍白,有的人——惊恐的眼睛睁得老大,有的人,甚至那些早就戒了烟的人,或者根本从不抽烟的人,问人要烟抽。每一声爆炸后人们就议论纷纷:

"这颗炸弹是在港口附近爆炸的。"某人在说。

"不是,我觉得还要远一点,在和平大街。"我的同事,作家万诺·卡古阿这样回应。

"这是俄罗斯人,是俄罗斯人在轰炸,俄罗斯人……"某人用颤抖的声音说道。

我和万诺并排站着。

离我不远处有一位面容苍白的妇女,五十开外,双手抱着个大大的篮子。她一言不发。轰炸还在继续。

"港口附近死了一男一女!"气喘吁吁、不知所措的日里维尔·卡捷里亚跑了进来,"我的邻居,卡尔达夫,受伤了……我趴下了,可他没趴下……我对他喊了声——趴下! ——可他没趴下,我趴下了……"

"这是俄罗斯人在轰炸,俄罗斯人……"某人重复着。

周围笼罩着一片寂静,几近绝望的恐惧在上升。一颗颗弹药就在旁边爆炸。一个戴大礼帽的高个子男人跑了进来,情绪激动地说:

"一个小孩被炸了……在普希金大街……"

二十到三十分钟过后扫射停止了。几名军人,脸上带着勉强的微笑,最先离开了"避难所"。其他人也慢慢走到街上。抱篮子的妇女脸上的苍白消失了,其他人也一样,不抽烟的人将未抽完的和抽到一半的"紫苑牌"香烟扔到垃圾桶里。

"后天就是复活节了。"抱篮子的妇女像是自言自语似的说,仿佛在怀疑,后天真的是复活节吗,或者不是,再说,最终这个"后天"是终会到来,还是不会呢。"我想去集市,想着把鸡蛋卖了,这不收了这么些……"她内疚地看着自己的篮子。

"我也是去集市,想买些鸡蛋。"站在旁边的一位胖胖的女士笑着说。

很快,篮子旁边排起了一列小队,有人买五个鸡蛋,有人——十个……刚刚停止给城里扔"复活节的礼物",市政厅一楼的买卖就做开了。生活在继续。某人甚至已经开起玩笑来,街上出现了推着童车的一对年轻夫妇,老人们在交谈。只是所有的人此刻都急着回家,回到自己的堡垒,自己最可靠的城堡。抱篮子的妇女卖掉了所有的鸡蛋,于是也急匆匆地回家了。我的想象就像隐藏的摄像机一样清晰地看到她卖掉的鸡蛋——在装橘子的纸箱和碎片与松枝点着的火上煮熟,涂上红色的鸡蛋,五个,十个漂亮地摆在碗和盘子里,这是我们黯淡无光、沉重悲伤和不幸日子里唯一的火炬……

后天是复活节,伟大的复活,而今天是红色的,红色的星期五,耶稣啊!

我与万诺道别后就往家里走去。走了几步——我已经到了普希金大街和和平大街的交汇处。突然,我看到不远处有一具尸体。我仔细一瞧,这是小孩子的,十二到十四岁男孩的身体。更准确地讲,是半个身体。他的一只胳膊,肩膀已经没了——小孩的身体支离破碎。他躺在血泊中。旁边是个小坑,就像是谁从地底下挖出来的。旁边立着的松树也被弹片刮下了几处树皮。十字路口空无一人,这里只有那个孩子、小坑、松树,而街道尽头——是大海和天空,还有我。没有人走近此处,所有人都绕开它。我什么也不知道,直接走到他那儿……假如可以帮上忙,那另当别论,但这里……要知道,孩子的母亲、父亲会过来吧,要知道,他们会带他回家的,回到自己的城堡,自己的堡垒吧?……要知道,他们是不会把自己的孩子留在此处的吧?……仅仅几秒钟的时间我看着小孩子的身体。这几秒钟永远留在了我心里,一辈子都会伴随着我。对我而言,战争——不是坦克和飞机,对我而言,战争的画面——是苏呼米普希金大街那个小男孩的身体,是那幅画面,其背景是蓝得不寻常、静得不寻常、睿智、美妙无比的大海,海岸边不知何时修建的一排白得耀眼的石头小桌,玉兰树和夹竹桃树,无比美妙的日子,战时大部分就是这样的日子。这画无法装进任何画框,它延伸到整个世界,沐浴在一切大海和大洋的光芒中……"在市里,一名儿童在尘埃中倒下"……[1]"带着疯狂面孔的街道大声呼喊着"。但是不对,街道并没有呼喊,它的面孔并不疯狂。十字路口一片寂静,一片寂静,因此我感觉到,街道的这种沉默恰恰是它最大的呐喊声,是一种不论是上帝,还是人,不论是伟大的国家,还是弱小的国家,不论是沿海城市,还是内陆城市,不论是山脉,还是河谷,或是位于小男孩尸体同一街区的深深陷入某种沉思的亚历山大·谢尔盖耶维奇·普希金的半身雕像,都未曾听到过的呐喊声。十字路口没有疯狂的面孔,更准确点讲,它根本就没有面孔。再准确点讲——这不是什么十字路口,这是带着飞向银河系呐喊声的耶稣基督的宇宙十字架!

"艾罗伊,艾罗伊,拉马,萨巴可达尼?"

* * *

我从未喜欢过武器,而战争完全使我对它厌恶。现在我也不愿意听到"武器"二字,就像不愿意听到"战争""棺材""革命"等字眼一样……这些字眼像毒蛇一样扎心。这,也许是我的弱点。就让它这样吧——我有自己对战争的看法。此外,战争从我身边夺走了我许多亲人和朋友的生命,它破坏了充满着如此幸福的世界,摧毁了家乡的街道和花园,夺走了我感受美和庄严的快乐——大海。对我这个出生在依偎着苏呼米怀抱海边农村的人而言,大海永远是神奇的朋友,甚至是志同道合者。我写过一些东西,画过一些东西,在苏呼米和其他城市都出版过诗集。少年时期我和我的诗人朋友们甚至梦想过建立"大海学校"(类似于"高更的热带学校")。大海帮助我接受世俗的世界,它的空间

1　原作者注:源自格鲁吉亚著名诗人卡拉克齐翁·塔比泽的诗句。

无边无际,大海——拥有一种宏大的美,拥有像人一样有灵魂的美。大海在我面前展现的这些魔幻般超现实的画面给我增添了力量。它的存在使我充满了对生活的热爱,以其不同寻常的视野丰富了我的灵魂,因此,每当我离开家乡去某个地方,哪怕十天的时间无法回到家乡,大海总会出现在我的梦里,使我不安。

海滨城市——这是某种不同寻常的东西。在那儿大海巨大的蓝色镜面反射着阳光,使白昼的光彩更加耀眼夺目。这里的红色格外鲜红,绿色分外葱郁……这里连夜晚都是五彩斑斓的。在苏呼米和加格拉,在新阿丰生长着日本樱桃、墨西哥龙舌兰、非洲棕榈树、中国松树……也就是那些在其他城市属于格外精细照看对象的植物——在冬天人们会用保暖的布料包裹它们,像保护眼球一样保护、呵护它们,但它们仍然无法忍受那里的条件。可是在这里——它们就像在自己家里一样,繁殖、生长、开花、绽放,令空气中弥漫着最温柔的香气。在这里大自然赋予诗人们截然不同的诗歌,为画家们提供完全不同的色彩。

可是战争把大海变成了萨尔瓦多·达利画作中的怪物,变成了完全不同的另一片海洋,战争之海,将漂泊着尸体的海浪卷到我家门口。恶臭取代了它细腻的碘香味。我觉得在灯塔附近的海浪上摇晃着的第一具尸体实际上看不见。只有五个点——两个脚尖、两个手尖和鼻尖时不时浮现在平静摇曳的大海表面。这五个点在远处看起来就像一颗无形五角星的五个角尖。海水慢慢地、轻轻地拍打着,将尸体冲向海岸。战争期间,我见过不少尸体,但最可怕的景象——就是漂浮在海上的尸体。我看着我不幸同胞的尸体(他属于哪个民族没有任何意义,特别是现在,因为死者是我的同胞),好像有人低声对我说:好好看看吧,人类啊,你们是什么,这就是你们干的啊,这就是你们的战争。现在你环顾一下四周,看看太阳和森林、花园和海洋、花朵和草地……我仿佛觉得,大自然的思想正试图通过海洋与我建立联系。我想了想,可别疯掉了,于是赶紧离开了海边。

不,千不该万不该在这里展开战争!尽管——哪里都不应该展开战争!但这里——尤其不应该!当时应该尽一切努力阻止打开这个地狱,不让人们死亡,不让城市和村庄毁灭,不让美丽的建筑被火焰吞没,不让棕榈树和桉树烧焦!我们所有人,不论老幼,我们所有人当时都应该站起来阻挡战争!所有人!

我曾经在某个地方写过——苏呼米每天所写的诗句的数量比同一天死亡人数要高出许多倍。曾经如此。战争用可怕的对抗取代了这个神圣的比例。现在我怀疑今天在苏呼米是否还有人写诗。要知道,今天这是一座有着许多暴力死亡的城市,足以收录到遭受可怕灾难之城的世界地图之列。在革命之前,加格拉的音乐家数量远高于驻扎在那里的军人数量。加格拉曾经为此感到自豪,但革命用鲜血淹没了帝国的广阔,所以加格拉变成了空城。失去工作的音乐家们忍受着,忍受着,但是后来他们向新政府发出电报:"请帮帮我们吧,哪怕送些面包来。我们是不会离开加格拉的,因为没有音乐,加格拉无法想象。"是的,没有音乐就无法想象苏呼米和加格拉。也无法想象苏呼米和加格拉的军事行动,而且是这样的军事行动……

1993年4月。复活节前的最后一天,星期六。晚上十点左右。城市遭到炮击。羌巴街遭到密集炮轰。其中一枚炮弹在托布利亚家附近爆炸。二十岁的女孩伊尔玛·托布利亚奄奄一息。复活节的那个星期天,我去羌巴街。伊尔玛安息在巴格马拉尼她叔叔家。那里,炮弹的爆炸少一些。我环顾四周的院子、房子。弹壳摧毁了厨房的墙壁。他们告诉我:在爆炸发生前几秒钟,其他家庭成员卧倒在地板上,伊尔玛的母亲甚至设法用床垫盖住了头。伊尔玛当时坐在沙发上,把用来做复活节蛋糕"帕斯卡"发起的面团从碗里装到盘子里。唯一的一块指甲大小的弹片击中了她的头部……我看着大大小小粘满面团的罐头罐(女人们用它们来作烤盘）、散落的锅盆、玻璃杯……所有这些东西上面都是一层薄薄的面粉，白色的，非常的白，纯净得如同第一场雪。我不由得想起伊尔玛那张红润、美丽而富有表现力的脸……我相信，从那时候起，每一个复活节我都会想起伊尔玛未来得及烤完的"帕斯卡"蛋糕。在这里，在地球上没来得及，而在那里，在上帝的国度里，在仿如唱着歌的孩子们的眼睛一样闪耀的烛光下，在耶稣身旁摆放着一张用伊尔玛的"帕斯卡"蛋糕装点得十分精美的上帝的桌子，耶稣悲伤地看着人类，由于人类的愚蠢和残忍而疲惫不堪……

1993年5月的头几天。下午三点左右。我沿着拉科巴街往旅游基地方向走，准备回家。现在我得往堤岸方向转过去，沿红桥穿过贝斯莱蒂河（一些人称它为恰尔巴沙河）。我知道，在这个时候，住在红桥附近的我奶妈的儿子埃里达尔·戈捷尼泽一般都会在自家门口迎我，我们通常一定要聊一会儿。今天城里没被炮轰，被折磨了一个冬天的人们，全都涌到街上，沐浴在五月的阳光下。再穿过一个街区我就到埃里达尔家了，我从远处就看到他和他的金发妻子塔妮娅（塔妮娅——是俄罗斯人）……突然一辆小轿车停在我身边。开车的是奥马尔·安德扎巴里泽。"上车吧，"他说，"我去你那个方向。"我犹豫了片刻，但后来还是上了车——五分钟后我已经到家了。我跟奥马尔道别，然后上九楼自己家。我打开门……整个世界都毁灭了——红桥区，就是我刚刚所在的地方，正遭到炮击。接近傍晚时，我哥哥爬上楼告诉我：塔妮娅被炮弹炸死了，埃里达尔的一条腿被炸断。假如不是奥马尔·安德扎巴里泽，谁知道这一天对我而言会怎样结束呢……

我去医院看望埃里达尔。他一条腿的膝盖以下被截肢。他还不知道塔妮娅的死。第一颗炮弹击中了由一块块围栏折叠成的栅栏，这个栅栏将埃里达尔和他邻居的院子隔开。爆炸的轰鸣声异常猛烈，因此埃里达尔起初完全没明白是怎么回事儿。他仿佛在梦里一样。爆炸波

将他四脚朝天地抛向空中。他看到自己脚下的一片蓝天,蓝天上飘着
朵朵白云。他感觉右腿像是被炽热的剃刀割了一样。肩膀砸在地上。
他想一跃而起,但无法站起来。直到那个时候,他才看到膝盖下那条挂
在支离破碎皮肤下的撕裂的腿。鲜血从伤口中涌出来。他用双臂抱住
膝盖以上的腿,用尽全力压住。血流得少一些了。他未失去知觉。假
若失去知觉,血会流尽的。他大声喊叫,向邻居求助,但是,躲在地下室
的他们什么也没听到——因为炮击仍在继续。埃里达尔没有看到塔妮
娅,爆炸前她出去找邻居了,她站在栅栏的另一边。直到十五分钟或二
十分钟过后人们才走到埃里达尔身边……塔妮娅被一颗炮弹炸飞了,
她支离破碎的身体散落在整个院子里。邻居们用了很长的时间,又用
了很长的时间从破碎的墙上冲洗塔妮娅的血迹和碎肉的痕迹……在医
院我向我的奶妈对其儿媳的去世表示哀悼,接着又祝贺她儿子获
救……当我把我的故事告诉她时,她也祝贺我幸免于难。要知道事实
上,我们这两个被同一个女人的乳汁养大的人本来有可能在同一天死
去的。不久前我听说,埃里达尔几乎已经习惯了假肢,现在他在俄罗斯
的某个地方,经常喝酒……

　　三月,旅游基地的格里戈里死了(我不知道他姓什么)。格里戈里
是一名退休人员,以前是一名军人,军官。他来自伏尔加河畔的某个农
村。战争期间他干的是钟表修理工作,更确切地说,他重拾曾经研究过
的手艺。苏呼米发生过一些奇怪的事情——战争期间大部分钟表都出
了问题。电子表停了(旧电池"用完了",没有人换新电池),机械表不知
为何也没了动静。在街上,也许只有十分之一的路人有手表……战争
就是这样戏弄我们的——"幸福的人儿不看表"……格里戈里是一个善
良的人,从不拒绝帮助别人,何况请他帮忙的人也并不多。他过着单身
汉的简单生活。如果出门去某个地方,他会在朝街的窗户玻璃上贴一
张小纸条,上面一般会写明他回来的时间。有一天,他出门去市里,走

之前贴了张小纸条:"二十分钟后回来。"他离开后再也没回来。

他遇到了炮轰。邻居们没办法将他从家里送去下葬,直接从市里的太平间把他运到墓地,因为当时城里遭到了猛烈的轰炸。别人告诉我,格里戈里的身体被炸弹炸得完全残缺不全。当我得知此事时,不知为何,不由得想起童年往事……我们,一群男孩子,经常互相威胁——别胡来,否则我会叫你死得任何一位钟表匠都不收你!唉,那个现在能收留钟表匠格里戈里尸体的钟表匠在哪里呢?那个能重新给他注入灵魂的魔法师在哪里呢……不,伟大的天堂钟表匠在创造人,创造他完美身体的时候并未想为自己的作品创造零件。更没有想要创造这个身体的副本……而由格里戈里手写的那张泛黄的小纸条,他的最后一张留言"二十分钟后回来",就像一张宠物狗的脸,看着窗外,并屏住呼吸,又目送了每一位行人差不多一个月的时间,仿佛在问:"为什么我的主人迟迟未归?为什么我的主人迟迟未归?为什么?"……一个月过后,有人把那张纸条撕了下来……

夏天轰炸时维克多·科科利亚死了。维克多是位司机,体格强壮,不论是年轻时,还是后来他已经五十出头时——没有人敢对他不敬。他舞弄两普特重的哑铃就像玩乒乓球似的。他不是被弹片击中身亡,也不是被倒塌的房子乱石压垮,他是因雷鸣般的巨响声,因炸弹的轰隆声,因人们的嚎叫声而心脏破裂,倒在了自家的地下室里。我很了解维克多,大约三年前他帮我盖过房子。死前的几个星期在街上见到我时他还笑着对我说:

"我看到了一件令人惊奇的事!你是认得我邻居基卡列什维利一家人的。他家有一只好斗又变态的公鸡。它像条恶狗一样追赶每一个人,不让任何人进到院子里,在最近一次轰炸时,它突然毫无征兆地摇晃了一下,抽搐着倒下了。女人们就赶紧杀了它。没有流出一滴血。当把它切开时,大家发现——它的心脏爆裂了。你看看,没承受住爆炸声,而之前多疯狂啊!……"

在接下来的一次"冰雹"火箭炮炮击市中心时,几名妇女和男人丧生。有三人在卡玛兹车里被烧死。在毁坏和烧焦的尸体被运走后,街道恢复了秩序。第二天,城里的人们在议论,冲洗街道时,发现了一只女人的断手,右手。一些人说,因为没有找到手的主人,所以将它交到城里的太平间了,另一些人说,它被扔到海里了,有个人说,它被几条流浪狗吃了,还有一个人说——那只手上有枚金戒指,某个混蛋企图把它摘下来,但一时摘不下来,于是把那只手扔进汽车后备箱运走了(上帝啊,拯救我们吧!)。我有时会想起与这只女人的手有关的事,我总是琢磨,它究竟怎样了呢?那只手,那只被女主人像大部分女人一样,在听到第一声炮响时,也许,按在胸前的手,究竟怎样了呢?不,死亡不是从这位不幸女人的身体上,而是首先从她的心上夺走了这只手……

我朋友基亚·巴加夫的妻子在新区遇难,她当时在自己奶奶家做客。去厨房煮咖啡时炮弹爆炸了。她奶奶幸免于难……她下葬后过了两天家人在厨房里找到了她的指头。先是觉得有种味道,后来则找到了指头。从那以后,基亚再未走近过新区……隔了一段时间后,他和孩子们一起离开了苏呼米……

我清楚地记得伊万·塔尔巴的夫人,阿布哈兹著名女演员艾杰利·科戈尼娅去世的那一天。我站在自家房子的阳台上,那天阳光明媚。突然市正中心(离我家一公里半远的地方)轰的一声巨响。空气中硝烟、灰尘四起。那天城里爆炸了唯一的一颗炮弹……那一瞬间我仿佛觉得苏呼米以及它上空升起的尘烟——完全是另一个世界的一部分。

那一刻,苏呼米更像电视上战时贝鲁特的情形……这次爆炸至今还停留在我的眼前。我打电话给住在和平大街的朋友们,朋友们告诉我艾杰利·科戈尼娅受了重伤。深夜她在医院去世。我看过艾杰利·

科戈尼娅参演的一些戏剧。我也看到了她生命中最短暂、最悲惨的剧目，这一剧目唯一的作者和导演便是战争。这是一场没有任何排练的剧目。艾杰利·科戈尼娅的公寓离剧院仅一个街区之远，在那座剧院的舞台上她演绎过许多人的死亡。但最后的死亡完全不一样，它无情而可怕，荒谬而真实。

在市中心，靠近城际车站的地方，"冰雹"火箭炮的炮弹炸死了来自古尔里普希的年轻诗人古拉姆·萨利里。古拉姆才华横溢，极富个性，是一位钟情于美国诗歌的前卫艺术追求者。1992 年他在《Nobati》[1] 上发表了作品，他的出现甚至获得了奖励。古拉姆既没来得及领取奖金（在他去世的前几天，我告诉他报纸刊登了关于给他授奖的新闻），也没有看到那期《Nobati》杂志就离开了这个阴险奸诈、剑拔弩张、炽热燃烧的世界……

演员奥马尔·埃勒达什维利自杀身亡，他无法忍受因其独生子离世的消息而带来的恐惧和痛苦，于是……从阳台上跳了下去。当我走进这对父子的追悼会场时，首先映入我眼帘的是——院子里那棵被劈成两半的年轻的梧桐树。奥马尔从九楼跳下去落在这棵梧桐树上。我经常想起这棵与人一起死去的梧桐树——苏呼米家喻户晓的埃勒达什维利父子温柔的爱和相互依恋的象征。

而这场战争，就像一个永不知足的吸血鬼，打破了另一位埃勒达什维利家庭的大门——演讲者基维·埃勒达什维利、他妻子和儿媳在炮击中丧生。

五月。几米远的地方一颗"冰雹"炮弹越过我们九层楼的房子，落在德扎德祖阿家的凉廊里，在我们旁边的那栋房子里爆炸了。爆炸使电视机、空调和其他物品都融化了，更准确地说，蒸发了。奇迹般幸存

1　原作者注：《Nobati》为格鲁吉亚青年文学杂志。

下来的鲁苏丹·德扎德祖阿说:"轰炸一开始,我们就跳进走廊。我看到一个裹在火焰中的可怕的东西朝我们这个方向冲过来,我们向门边冲过去。还没来得及跑过去,炸弹就爆炸了。炸弹冲击波将我们推到前面,冲得我们随着散了架的门一起飞向楼梯间。石块与灰土砸在我们头上。还好,这些门不是铁制的,否则它们就不会从墙上飞出来,那样冲击波会把我们冲到铁门上……"鲁苏丹夫人和她儿子及女儿幸存了下来……有时候就是这样,其他幸运的人也是如此。

……港口被轰炸。在炮弹咆哮的轰炸声中从路堤上那栋房子敞开的窗户里能听到索索·巴弗里阿什维利的歌声:"家乡……家乡……黎明在卡夫卡西奥尼上空升起……"有人留下开到最大音量的录音机,而自己,有可能躲到地下室里去了。我第一次听到在炮弹的爆炸声伴奏下的这首歌:"家乡……(爆炸声),家乡……(爆炸声)……黎明在卡夫卡西奥尼上空升起(又是一声爆炸声)……"

* * *

战争不解析任何人,它需要的是飞禽走兽的灵魂。城里机枪声此起彼伏。有时因无所事事而百无聊赖的士兵们会向狗射击,无缘无故,无聊而已。狗——是活靶子。他们也会去射击海鸥、潜鸭、鸬鹚、鸽子……这些也是靶子。射击停留在防波堤上的海鸥最容易。他们打不中那些飞行的鸟,虽然也瞄准这些鸟,但他们射完一盒子子弹,还是打不中,即使能打中,也难得几次。我见到过几次在海浪上跳动的满是鲜血的海鸥。潜鸭谨慎些,它们会躲避射击,游得远远的,但还是会被射击。机枪能射到很远的地方。会被击中……空中瞬间便闪过鸟儿双脚的三角形爪子,于是……潜鸭最后一次潜入家乡的水域。

我还看到了一只飞离毕加索图画的鸽子——被冻结在沥青路上,胸部中弹。

"有什么办法呢,我们自己练习射击,没有任何人教我们。"一名士兵告诉我,"我认识的一个人,他参加过几次战斗,但是直到后来到了海上才搞清楚,他不会瞄准。他不是对准机关枪的瞄准器,而是对着它的枪口去瞄准,因此所有的射击都高过目标。原来,他就是这样打仗的……"

海鸥离开了苏呼米,如果你看到那么一两只,那么那一两只也是凄凉地在那里飞来飞去,仿佛生病了一样。鸟儿无法忍受人所承受的一切。当我到达巴统,去看望疏散到那儿的家人时,海鸥数量之巨大令我惊讶。我相信,它们当中有许多苏呼米的海鸥难民。

我从马恰拉徒步到苏呼米。"德兰达—苏呼米市场"这唯一的班车不开了。清晨,在马恰拉桥附近停着一辆没有车牌的"丰田"车。一位穿着美军制服的军人迅速下车,拿起一把机关枪沿马恰拉河岸(这条河也叫马恰拉)射击……能听到狗的狂吠声和尖叫声。他得意地对站在哨所旁的军人们微笑:瞧,应该这样射击——说着,猛然移动了一下汽车的位置……

……在我家院子里几个士兵正在争论。其中一个醉醺醺的士兵击中了邻居胡萨家的一条猎犬。自己也喝醉了的胡萨也在这儿,他站在树旁哭泣。被击中的狗直挺挺地倒在草地上。

"你不是个男人,"没有胡子的士兵对醉醺醺的士兵喊道,"它和母狗有过什么,关你什么事? 它只是做了它该做的……你偏偏在这个时候要杀了它吗? 你不是个男人!"

争论变成了打斗,不过其他的士兵扯开了这两位打斗的士兵。

"他们这样打架很麻烦,"站在远处的那位头发灰白的男子说,"他们在战斗中有可能会在后面互相射击,吵了架有时会发生这样的事……"

在马恰拉桥附近能听到机枪的射击声。有人朝鱼射击。有时甚至能击中。有时他们在海上用"鱼雷""钓鱼"。有一次他们向海里投掷反坦克手榴弹。那次是他们第一次使用能在空中打开降落伞的手榴弹。实际情况是,降落伞打开了,风将手榴弹吹向张大着嘴站在沙滩上的投掷者们。"渔民们"拼命四处逃跑,差点儿没能逃脱。

战争期间,一位我认识的苏呼米人跟我讲过这样一件事:当时驻扎在上克拉苏里的炮兵们击退了又一次袭击,正在休息。早上,一位上了年纪的妇人经过他们那儿,她牵着一头牛去牧场。而炮兵们的大炮倒阀杠杆上绑着一条条长绳。在埃舍拉一侧发动巨大火力或空袭时,士兵们会躲在稍远处挖出的战壕里,用绳子发射炮弹。一拉绳子……就会砰的一声。然后某个人爬过去,重新装上炮弹,再返回战壕。必要时,他们会再次射击。那位老太太一看到地上的新绳子,就问小伙子们:"我想要一根绳子牵牛,小伙子们,或许可以给我一根?""拿吧,大娘,我们不介意。"士兵们回应道,而他们自己相互之间狡猾地交换了一下眼神。老太太卷着绳子,渐渐靠近大炮。"别太靠近大炮了,大娘,很危险!"炮手对她喊道——"最好把绳子朝自己那边拉一拉。"老太太于是拉了一下。别拉它就好了……轰的一声巨响,不知有多响!响声格外猛!小伙子们哄然大笑,都快笑死了……后来一个士兵突然意识到老奶奶是不是出了什么事。他们走过去一看——老妇人还活着,只是从灌木丛后眼睛睁得老大,不知看哪里是好。"大娘,你看你搞出什么事来了,我敢打赌,你把半个古达乌塔都毁了!现在赶紧离开这里,救救自己吧,不然飞机会向你扔炸弹的。"炮兵们"大发慈悲",老太太跑了,既不记得绳子,更不记得那头受惊的奶牛了……

士兵们经常扫射。喝多了——就扫射,心情不好——就扫射,心情好——也扫射。没有人像应有的那样去警告他们,没有人教他们理性处事,没有人惩罚他们。就那么白白地浪费了无数子弹,放空;机枪被损坏,然后报废。

"高级官员们对餐厅的服务不满,"部长会议度假屋愤怒的厨师在街上对我抱怨道,"要么餐巾纸他们不喜欢,当自己是在'大都会'酒店吧! 如果有人订了某个菜,那么其他人就要求要完全不同的菜。真的要疯掉了! 要么就是——我今天要和女人在一起,所以你得好好尽力,给我想出点好的烤肉出来……还恐吓呢。我累了,没法再做了,我得离开这里,让他们自己做去吧。这些人赢不了这场战争的……"

阿布哈兹方面攻下了加格拉。苏呼米一片恐慌。一大早就有人敲门。我打开门。门口站着一个一脸麻子、皮肤黝黑的军人,五十开外。

"你一个人吗?"他没说任何"您好"之类的,问道。

"一个人。"

"有孩子吗?"

"有,一个女儿。"

"你真幸运,不过,真幸运。"

"你要干什么?"我问他。

"好吧,带我去那个房间,"他说,"你真幸运,不过……"

我带他去浴室。他检查了一下墙壁,然后要我给他一把椅子。我给了他。他打开窗户,站在椅子上,向下面的某个人大喊:

"艾姆扎尔,这里灯泡很大,还有瓷砖,瓷砖反光……"然后他看着我,"你很幸运。昨晚我把你从死亡中救了出来……你夜里一点钟在这里点灯了吧?"

"好像是……"我记起来了,"是的,点了。"

"嗯,是这样的,兄弟,你这里有一个功率强大的灯泡,瓷砖又反射出光线,把整个下面都照亮了。而夜里我们在接收一种技术设备。你把这技术设备都照亮了,照得清——清——楚——楚。况且,你的楼层又是最高一层,对吧? 第九层,要知道是第九层,是吧? 再说,还有这个瓷砖……加格拉被占之后,我们变得很小心。伙计们以为那里有间谍,所以点了灯。谁知道呢,被派遣过来的间谍和叛徒成千上万……伙计们准备用机枪向公寓射击。我阻止了他们,我说:'如果再亮光,我们再开枪。'好在你没再亮灯了。总之,你是个幸运儿,兄弟,再说你还有个孩子……总之,好样的。"

然后他夸耀地从窗口向我展示了一条橡胶履带上的小型装甲车,装甲车上装着几枚带翼的小型银色火箭。

"就是这个,技术设备,兄弟……昨天收到的。"

我相信了他的话,并明白了,确实,我曾处在千钧一发的危险关头。正是在那时,我脑子里第一次出现了疏散女儿和妻子的想法。

"好吧,不过难道可以那样吗?"我心里这样对他说,"难道在开枪前不需要哪怕稍微想一想吗?这些窗户,大概,也是被你们的伙计们在战争刚刚开始时扫射得千疮百孔的吧?"

我把他带到卧室,给他看布满狙击手们弹孔的窗户。

"是啊,"他笑着说,用带有纹身的手摸了摸头发,"是我们的人。我们有一个(他甚至连名字都说出来了,但我没记住它)。"他是这么说的:"也许,狙击手坐在那儿,我怎么知道,要知道是最后一层楼,你别生气,他说开枪就开了……这个房间里所有的玻璃都被打得布满了弹孔,这是因为你家窗帘颜色很暗,兄弟,毕竟是战争,不该用窗帘遮住窗户的。而这些窗户只挨了一枪……那次上帝眷顾了你,这次也是……好吧,现在我得走了。我叫萨沙,伙计们叫我萨沙大叔。如果你需要我,我就在这里。我们住在演员度假屋。"

* * *

战争像磁铁一样吸引着恶人。战争是他们的地盘,他们的竞技场。在战争中,没有人惩罚他们,他们在这里安然无恙,可以轻而易举地加入任何军事编队,甚至可以披上"祖国捍卫者"的外衣。他们几乎不参加战斗。只有从战争一开始就将自己的生命置之度外的忠诚、诚实的战士才真正战斗。事实是,真正的战士懂得尊重对手,他遵守成文和不成文的骑士法则。而恶棍只是寻找猎物,他们远离理想,因此杀死手无寸铁的无辜者对他们而言几乎不是什么事。

1993 年 6 月,我们的某些格鲁吉亚恶棍们残酷地折磨着七十二岁的伊夫里阿涅・霍拉夫。他住在上普沙比,有一辆车。战争期间他把它卖掉了。"给我们那些卖车得来的钱吧。"他独自一人在家时,他们闯进他的房子。其中两人戴着口罩,两人没戴。"我把钱寄给孙子们了,我这里的钱不多,不过都拿去吧,只要别杀我。"他恳求道。可他们折磨了他整整四个小时,用滚烫的铁烫了他的脚踝,用点燃的香烟烫他的脸和手,用烧着的塑料袋融化的聚乙烯滴在他的皮肤上。而他患有糖尿病,遭了两个月的罪,人们爱莫能助,八月他去世了。而在九月底,苏呼米被占领后,阿布哈兹方面的劫掠者也抢劫了古尔里普希,之后烧毁了他在上普沙比的房子。

一群自称"白鹰"编队成员的穿军服的人抢劫、殴打巴布舍拉居民格鲁吉亚人瓦赫坦戈・加古阿,夺走了他的汽车。在苏呼米被占领后,一群杀人犯打死了瓦赫坦戈,这位总是面带微笑、喜欢朋友和聚餐的好人。

战争迫使我们共同承受的不是一两个伊夫里阿涅・霍拉夫和瓦赫坦戈・加古阿的命运。

……当我们的军队于 1992 年 8 月进入苏呼米时,第二天大批掠夺者就涌进了这座城市。拖走了录像机、地毯、电视机、塞满衣服的大包小包……劫走了汽车。

在我们这栋九层楼房子的院子里停着一辆装满了抢劫物品的"威利斯"吉普车。一位二十岁左右穿蓝色制服的年轻人(看样子是警

察)走近"威利斯"吉普车,他对强盗们说:

"别干这种事,伙计们。战争会结束的,而我们和阿布哈兹人将来还得一起生活……我求求你们,别干这种事。"

"滚开,条子,我们不需要你来教训。一边去,不然我缝了你的嘴!"一位皮肤黝黑的军人向他咆哮,并意味深长地玩弄着机枪。他的同伙们也攻击那位穿蓝色制服的小伙子。

接着,"威利斯"吉普车开走了,小伙子低垂着头,气得在原地跺了好一阵脚。最后,他也离开了院子。

* * *

然而,战争最可怕的罪行在于它使儿童世界在劫难逃。战争颠覆了最美妙的迪士尼童话之国。就像狂想曲[1],它毁灭了这个童话之国,将它撕成碎片,捣碎它并将之化为灰烬。看着经历过战争的孩子们,我发现他们似乎像孩子,但同时又完全不像。要估量他们灵魂中究竟发生了什么,需要很长一段时间。我一位朋友的儿子,可惜我不记得孩子的名字了(他姓加布尼亚),战争期间开始走路和说话。有一次他几乎是非常断然地要求回到家的父亲:"给我画一架敌机!"惊讶的父亲尽自己最大的努力画了一架飞机……"现在再画一架格鲁吉亚飞机。"儿子进一步要求。父亲在纸的另一角又画了这个。小男孩选择了一支红色的毡尖笔,用双手握住它,从"格鲁吉亚"飞机的机头画了一条厚厚的湿线到"敌机"上。一旦湿线接近"敌人",立即变成一团火和烟,这团烟火旋转着,火力将敌机笼罩。大火吞噬了它的翅膀、尾巴……

伴随着口哨声和咆哮声,飞机开始下坠,撞到地面,并随着一声可怕的轰隆声爆炸了,未来得及弹射出来的飞行员和他的飞机一起丧生。

1　译者注:指弗朗西斯科·戈雅的一系列版画。

这时这个小家伙才用闪闪发光的小眼睛看了一眼他父亲——他可是击落了"敌人"的飞机啊……

在这种情形下，令人震惊的是，孩子可是充分调动了能量和内力在真正地战斗。他不是在玩电脑游戏。孩子浑身上下埋下的是仇恨。这个孩子现在是难民，住在第比利斯。最近他得知在第比利斯动物园屠宰了一头生病的熊，用来喂食那些饥饿的动物。孩子很迷茫。对他而言战争仍在继续。

* * *

……肉眼可见的东西，要么就是不长眼的子弹飞来飞去，就像苏呼米人不曾知晓、充满放纵和疯狂的吸血毒昆虫一样。而不长眼的子弹打破了被蒙蔽天空的宁静，落向受惊的人群、树木、房屋……

你，劳尔·日万尼亚，一位高贵的苏呼米居民，在新年夜十二点整被一名喝醉酒的士兵射出的子弹击中身亡。你带着自己的孩子——一个男孩和一个女孩乘火车去苏呼米。你的火车到得太晚，你遇上了不幸。劳尔，但你还是赶上了在你的家乡迎接新年——你生命中的最后一个新年——在往城里缓慢前行的火车上，在海滩地段的某个地方。在这里迎接，也在这里送走。这是你生命中最短的一年——它仅仅持续了几秒钟。死亡从部长会议度假屋那边急匆匆地向你祝贺新的一年——1993年。醉醺醺的士兵和军官们发起了大规模扫射，我发誓，当年攻克柏林时都没用掉这么多子弹……在这数以万计的子弹中，有一颗注定要命中你，它是为你而选，为你铸造、编号的……我清楚地看到死亡之手如何将这颗子弹塞进机枪弹匣，如何将弹匣固定在机枪上，然后又如何等待十二点，等待十二点以及你那趟列车的到来。你看着窗外自己的城市。站在自己的两个孩子——男孩和女孩之间，仿佛古典时期旧画作中的人物，站在自己的男孩和女孩之间，定格在被车厢灯泡昏暗的黄色光线照亮的车窗框内。那颗子弹恰好在夜里十二点整击中了你的额头。在那之后你家小姑娘会这样去安慰别人,也会这样安慰自己:"爸爸甚至没有意识到他已经死了。"事实上,你甚至都没明白是怎么死的,一切发生得如此迅速。你善良的灵魂现在从天堂看着我们,也看着那个杀死你的士兵,同情地看着。我知道,你连他都怜悯,并原谅他——因为他也不想那样,不是他的错。但因为这样的死亡,不论是那个士兵,还是他的指挥官,抑或是他上司的上司,不论是敌人,还是朋友,或是自己,总之,任何人,我都无法原谅。

罗兰特·德日格列纳亚,你也是被一名喝醉酒的士兵的子弹所杀害,当你走到自家阳台时,一个毁灭性的非人类的家伙将三颗子弹射入你的心脏,他的上司,以及他上司的上司,还有我和所有其他人……也发射了那三颗子弹。

你,雅科夫·德日什卡里昂尼,被一名出来追捕猎物、身着军装的强盗发射的子弹夺走了生命。子弹发现了站在街上、就在你家门口的你。命运就这样结束了一个孤独的精神病人的生命。看来,你命该如此,雅科夫!

一个兄弟不小心用机枪杀死了自己的兄弟,一个朋友毁了另一个朋友。有一个人下巴托在机枪上,于是……"柠檬型手雷"爆炸带走了三个年轻人的生命……反坦克手榴弹——夺去了四名士兵的生命,地雷——夺走了十名士兵的生命……即便是经验丰富的猎人,其猎枪都有可能不小心走火,而战争就是战争。当然,战争中总会有意外发生,但是怎么会有这么多啊?……很多人根本就既不会使用武器,也不会观察它们。也没有人教过他们这些……军队就像一个被拆开的魔方……一些人——去林子里,另一些人——去拾柴,还有一些人——根本不知道去哪儿……

我父亲是一名军人,军官,真正的军官。我为我父亲尼古拉·奥季沙里亚感到骄傲。他有一位朋友——卡拉什尼科夫。尼古拉·卡拉什尼科夫也是一名军官,总是乐呵呵的,爱开玩笑。小时候,他骗我说:"卡拉什尼科夫机枪是我发明的。"我很长一段时间一直相信这一点。他告诉我:第二次世界大期间,在前线一次爆炸时不知怎么地他跳进了一个之前炸弹炸出来的大坑,脸直接栽在一堆屎上,差点没被呛死。当他讲这个事情时,我差点没吐出来。今天,我一听到"卡拉什尼科夫"这个词,就会想起尼古拉·卡拉什尼科夫和他关于那次轰炸以及那堆屎的故事。事实上,大约有上亿的"卡拉什尼科夫们"在世界各地流传……尽管,也许多得多。谁知道呢?

* * *

这场战争使精神病院之门大开,并把病人们赶到了大街上。亲人们把一些病人送到了和平的城市,而那些无人看管的病人在各城乡之间流窜。战争用一切新的笔触装点着自己的肖像,未遗漏任何一种色彩……

马拉多纳——这就是苏呼米的色调,他不仅仅是个精神病人。马拉多纳——是街头的一个疯子。他不冒犯任何人,自顾自地开心,与大人小孩们嬉笑,与狗为友。半裸、长发的马拉多纳有点像外国足球运动员,但并不像马拉多纳本人。有意思的是,人们为什么叫他马拉多纳呢? 也许,是他自己这么叫的。既没有人知道他的真实姓名,也没有人知道他属于哪个民族……

我和塔马兹·崔奇亚站在第六中学前面等公交车。我们一眼望去——在街道的正中间,一位脚穿凉鞋、身着长袍和盔甲、戴着头盔、手持短剑的罗马军团士兵正大踏步行进。他行进着,脸上充满了幸福之光,活像一个新年玩具。我突然认出来了——这是马拉多纳啊!战争期间各个剧院也遭到抢劫。看来,马拉多纳也光顾过其中的一个,他花心思选择了适合战争的装备,现在正走着阅兵式的步伐,脸上绽放着欢快的笑容。学校旁边的度假屋里是一个军事总部。马拉多纳匆匆向那里,向战士们走去。必须向他们展示一下:你们瞧,我多威武。变成了罗马军团士兵的马拉多纳像凯旋者似的走进大门。

"哇——哇——哇,马拉多纳!"传来士兵们的欢呼喝彩声。有人朝空中放了一枪空枪。听到枪声,马拉多纳拔腿就往回跑,跑回到街上。

"你怎么啦,疯了吗?"他惊恐地对开枪的人大喊。

听到这些话的当儿,院子里的笑声和喧嚣声更大了。马拉多纳又向总部靠近,他微笑着进了院子。此时开枪的笨蛋已经有三个了。机枪不停地扫射。"罗马人"再一次,也已经是彻底从总部的院子里跑了出来,一边嘀咕着一些难以理解的东西,继续走他的路……

"这些疯子,白痴!"他喃喃自语。

而其实马拉多纳是对的:两个疯子中,真正的疯子是那个在开玩笑时毫无顾忌,用机枪开火来开玩笑的人。我的马拉多纳,这也是战争的智慧之一——在战争的疯狂中,没有和平时疯人的一席之地。

我不知道马拉多纳现在是否还活着,他是否在战争中幸存下来。如果还活着,那么一定是在苏呼米。他可是它不可分割的一部分。而且,很有可能,阿布哈兹方面已经将其与苏呼米一起归还了。他哪怕只要还活着就好!

* * *

战争期间,艺术家瓦列拉·阿尔卡尼亚去世了,他没有经受住战争。瓦列拉有颗温柔的心。当生活把他逼得太紧,绝望使他窒息时,梵高所遭受的那种疾病时不时地在他身上开始发作。战争给其致命一击,最终彻底击垮了他的精神。药物无济于事。我不记得哪位苏呼米画家比他更有意思,能如此清晰地看到和刻画大海。有一次我写了一篇关于他的文章。瓦列拉是一位海洋艺术家。他的作品洋溢着大海的光芒。即便在他的女性肖像画中也充满着海洋的映射。在他的画中，偶尔也看不到大海，但在其色彩的光芒中总是能感受到大海。我坐在他房间靠近棺木的地方，听着他妹妹的哭声。在旁边的房间里，瓦列拉奄奄一息的母亲呻吟着。他的女人们、孩子们、渔民们、小狗们、树木、街道、房屋、小木船、大轮船、各种鱼类……从挂在墙上的画中看着我。瓦列拉画笔下的苏呼米——有着天堂般的宁静，而在我们这个带暗色窗户的苏呼米——有的是绝望。在他的苏呼米——有的是人潮，在我们的苏呼米——是孤独。在瓦列拉的苏呼米，女人们欢笑着，而在我们的苏呼米——哭泣着……这一切之所以发生，是因为在瓦列拉的苏呼米——有着和平，而在我们的苏呼米——有的是战争。

我坐在瓦列拉的遗体旁，几乎在耳语：我多么想到你的苏呼米去啊，瓦列拉，去到你的苏呼米时代，去到那些美丽的瞬间。啊，我多么希望1992年8月前的夏天能够回来，希望所有从自动步枪中发射出去的子弹都回到自动步枪上，炮弹都回到大炮、坦克、"冰雹"火箭炮的炮管里，希望出去执行任务的直升机和战机掉头飞回来，希望微笑回到人们的脸上。希望被轰炸的大地重新长满青草，希望被毁坏的建筑物变得完好无损，被大火烧毁的"利萨"酒店和各电影院得以恢复……希望被焚烧的棕榈、木兰再次变成绿茵一片……我想潜入战时的海洋，将八月前的苏呼米捞到海面，想在咖啡馆里坐一会儿，喝上一小杯咖啡，平静地抽抽烟，与诗人朋友聊聊天，与劳尔·日万尼亚会会面，希望他把在他去世前几天邀请我去喝酒消磨时光的那几瓶香槟摆在塑料咖啡桌上……因为我当时没找到空闲时间，而现在我有时间，多少空闲时间都有，但是……

战争淹没了我们现实存在的苏呼米，淹没了瓦列拉的小区、房子、公寓……将瓦列拉带到很远的、极其遥远的地方，不过，也许不可能有别的结果——战争和艺术家永远不可能相互容忍。无论如何，一个瓦列拉和一场战争绝不可能分享同一座城市。战争赢了——所以把瓦列拉变成了不明国度的流浪者，赶走了他——并瞬间占据了预先应属于艺术家的位置……

* * *

世界上各海滨城市——阿德莱德和弗里敦、亚历山大和尼斯、里明和马德拉斯、格但斯克和西奥加马、洛杉矶和阿伯丁、拉圭亚拉和那不勒斯，我之前也曾告诉过你们，苏呼米一切安好，花儿仍在生长，苏呼米人也在微笑。我们以我们的海洋和河流、山谷和高峰、白云和暴风雨的名义向你们致意，但这是过去的事了，今天我向你们发出关于战时苏呼米的这份说明。我相信，你们认不出它了……所以事实是：战时的冬天实际上非同寻常，满地积雪，天寒地冻，难以忍受。电力供应到不了苏呼米。阿布哈兹方面的军事人员定期轰炸奥恰姆奇拉地区的高压线路支架。格鲁吉亚卫队无法保护电线。苏呼米人快被冻死了（在红桥附近的一栋楼里发现了一位冻死的老人，他双臂交叉合在胸前，自己把自己整理好）。在整个战争期间，苏呼米和古尔里普希只在武力强制下供过两三个月的电……苏呼米水力发电站也几乎无人保护。人们对每一次送电像迎接节日一样地欢欣鼓舞。大家会立刻冲到电视机和电炉前。

难得烤一回面包，即便烤的话，烤得也不多。会分发给人们一些由海运过来的，不知是美国的还是意大利的小麦面粉。那些住在多层建筑中的居民尤其艰难——他们直接在楼梯间用砖头搭建"烤面包炉"。煮茶水也是在这里，尽可能（如果有这种可能的话）准备正餐。战前就已经没有天然气了。面包和茶（通常是没有糖的），有时候有罐头食品——这些基本上就是大多数人每日的菜单。还在冬季来临之前，居民们就把所有院子里和小巷里以及海岸上的大小树枝"清洗"一空。用斧头和锯子"武装"的苏呼米人，像扑向死鲸尸体的北方边区居民一样奔向轰炸和炮击后倒下的大树。他们把城里被遗弃的无主木制建筑、旧时代留下的标语牌(这些标语牌支架结实，木框厚实)、街上的长椅、装橘子的木箱子拆得七零八碎。他们砍掉了花园里的树木。战争的炽热气息无法温暖寒冷的冬天。

苏呼米曾经最美丽的女士现在正拖着一根粗大的树枝，她微笑着往前走，但她显然已无法企及那个只有瓦列拉·阿尔卡尼亚画布上才有的时期。她行进着，承载的是整座城市。我们青春期的玛丽莲·梦露，这个一出现便会用最美妙的瞬间使海滨大道五光十色的女人，这个能用其神奇的一瞥使沉迷于爱情的男孩子们梦想成真的女人……她微笑着前行，试图玩笑似的来掩盖这种屈辱的、非她所固有的状态，但一切都适合她，一切都能给她添彩……在这种人面前连战争都会失败的。

装备有绰号为"眼镜蛇"的机枪的军事人员沿铁路线"奔跑"。他们停下来，射击，又继续前进。时而前进，时而后退，有时又躲到隧道里……有时"眼镜蛇"射击的声音很像炮弹的爆炸声，这种时候受惊吓的居民们搞不清状况，都纷纷躲到地下室去。

而地下室里有自己的秩序，地下室的秩序。这里恐惧和希望交织在一起。在地下室里格鲁吉亚人、阿布哈兹人、俄罗斯人、亚美尼亚人、希腊人聚集在一起……他们一起诅咒战争。主导着地下之城的是完全不一样的支持和完全不一样的同情。

向"灯塔"开火时，克拉苏里回应。向克拉苏里开火时，从阿博扎克瓦方向回应，向阿博扎克瓦开火……血腥的炮兵表演……没有灯光，没有电视，没有广播，但是有战争！我们观看和聆听战争。

……在港口附近，从埃舍拉方向"冰雹"火箭炮袭击了一艘货船。货船周围有几颗炸弹同时爆炸。我和我的邻居——古拉姆·德扎纳什在远处观察这一场景。从这里可以清楚地看到一团团的火球和升起的黑烟。货船一个急转弯,加快速度,驶向大海。被大火和浓烟追赶的货船向前行驶。但这不是费里尼公司的货船,不,这是一艘驶入战争的小货船。

每逢夜里,我就借着烟熏蜡烛的微光读《鲁滨逊漂流记》。我从童年时就如此——当我生病或遇到困难时,我就读《漂流记》。这很管用。使人舒缓。蜡烛融化得很快,也没有煤油。灯芯——是稀有之物。基本上,我们坐在黑暗中,经常和衣而睡,以便在夜间炮袭时来得及逃生。躺下之前,我们将鞋子放在床边便于爬起来立刻能穿上的位置。有时速度决定生死。

自1993年3月以来,战斗变得更加激烈。夜晚城市的全景是一幅可怕的景象。在这个漆黑的、已经毁灭的城市,一会儿在这个地方,一会儿在另一个地方,不时划过一道道闪电,响起阵阵轰隆隆的战争的雷鸣声。从我的公寓看过去,古米斯塔一侧清晰可见。那儿是前线。正在交火。夜光弹更加凸显出夜的黑暗。“石勒喀”(自行式高射炮)在空中撒出的队列就像一把把金色的沙子。随着震耳欲聋的轰鸣声,“冰雹”的炮弹四处飞溅。空气中满是发光的圆点,充斥着可怕的咆哮声。有时候城市从海上遭到炮击。从海上轰炸这座城通常是在夜里。大海——漆黑一片,上面的船只也看不见。海上的闪光意味着他们从船上开火。他们从岸上用夜光弹向船只射击,不敢登陆。飞机时不时地在苏呼米上空悬挂一盏盏“吊灯”。因此这种时候即使是深夜也明亮到能在大街上看报纸……看着这一切,会有一种感觉控制着你——仿佛这一悲剧性的异域而宏大的场面只为你而呈现。

我特别记住了一个夜晚——1992年12月的一个夜晚。大约十点、十一点的样子……俄罗斯军队疗养院前的一座两层楼木屋着火了(柴油发动机上的加热器爆炸)。城市的一部分被火光照亮。我站在阳台上。很冷,更确切地讲,是冷冰冰的。十四层楼的房子遮住了燃烧的建筑,因此出现这样一幅画面,看起来好像是十四层楼的建筑本身在燃烧……火影在天地之间肆意乱窜。古米斯塔又在交火了。我看到远处的闪光。风吹来撕裂的声音。一架战斗机在城市上空盘旋。看不到飞机,只听到飞机发动机的轰鸣声。战斗机不时向灯塔方向的某个地方发射火箭弹。当发射火箭弹时,黑色的天空中有时会闪现白色的闪电(如同上帝的愤怒)。高射炮朝飞机射击。无济于事。我的阳台旁边,相邻楼道第九层的一间三房公寓里传来叮铃哐啷的盘子声。这是抢劫分子在横行霸道。"嘿,"我冲着抢劫分子喊道,"谁在那里乱搜啊!滚出去!"叮铃哐啷的盘子声停息下来,接着有个穿制服的人在窗口一闪而过,看着我,然后立刻隐藏起来。什罗马村那一边被照亮。那里也有战斗。从羌巴街方向发射出来的夜光弹照亮了天空。大海忧心忡忡,发出猛烈的响声。在古米斯塔和什罗马都有战斗,飞机轰炸"灯塔"区,人们朝飞机射击,海浪咆哮着,两层楼的房屋在燃烧,抢劫分子大肆掠夺……在十二月的寒冷中我连续三个小时观察着这幅场景。

1993年6月,一架SU-25战斗机在苏呼米上空被击落。瞬间燃烧的飞机像火炬一样,旋转着,开始机头朝下坠落。飞行员设法弹射了出来。刚开始看起来飞机朝市里面掉下去,但很快就清楚了——它会掉到海里。过了约摸一两分钟,飞机头部撞到水里。没有爆炸。几分钟过后,飞行员坐着红黄相间的杂色降落伞降落在海面离岸约1.5公里的地方。几艘小船赶紧冲过去抓住了飞行员。人们都在猜测,这架飞机是谁的呢?后来搞清楚了——是格鲁吉亚军队的,被救的飞行员也是格鲁吉亚人。我在同年九月目睹了另一架飞机是怎样被击落的。两架"SU"低空飞向阿布哈兹阵地方向。其中一架受到来自埃舍拉方向发射的导弹的袭击。"SU"在空中被打得四分五裂,飞行员奄奄一息。从古米斯塔另一边飞出的几架飞机轰炸了羌巴街、火车站、克拉苏里……

战前我喜欢看军用飞机自由美丽的飞行。这场战争让我对这些从人类手中飞出来播种死亡的"飞鸟"深恶痛绝。这场战争让我们对很多东西、非常多的东西深恶痛绝,但它同时也使很多东西、非常多的事物成为我们翘首以待的东西——让我们用截然不同的眼光审视过去……

我们听着靠汽车蓄电池启动的晶体管收音机。我们难于分辨,有时甚至听不到遥远的第比利斯的声音。但来自古达乌塔的阿布哈兹语、俄语和格鲁吉亚语三语节目听得非常清楚。我们抽着"阿斯特拉"烟和"普里马"烟(如果我们弄得到的话),甚至用报纸卷的烟草(但就是这个也不容易弄到)。葡萄酒和伏特加是稀有之物(尤其是葡萄酒)。饮料只有军人才容易弄到。

有时会出现几天平静的日子。这是战时的休息日。那几天战争会歇息,养精蓄锐。我们倾听它那与其他任何宁静不同的宁静,倾听充满危险、紧张和兴奋期待的宁静。

城里找不到棺材匠,也没有足够的木板做棺材。死人被埋在由装武器的箱子的木板敲钉起来的棺材里。尊敬的国家、捐助者和慈善家们,向阿布哈兹运送面粉时请也运送一些人道主义的棺材吧!

* * *

战争持续了十三个半月。它控制了两个夏天和两个秋天,只惊扰了一个冬天和一个春天。令人惊讶的是,唯一的战时春天竟如此美丽和富饶。大自然仿佛特意为战争这张麻风病人的脸挑选了一幅最温柔的背景。樱桃树和樱桃李子树、苹果树和桃子树又开花了,鲜花盛开,以天使般的光芒照亮了周围的一切。夹竹桃和棕榈树、龙舌兰和樟树、橙子和柠檬树上布满了鲜花,异域风情的"鹦鹉"(这是一种花)和"时钟"(也是一种令人惊叹、几乎不真实的花)也绽放了。这些植物用其芬芳淹没了整个城市,几乎驱走了战争带来的尸臭味,但……战争像一条藏匿于沙中的巨龙，再次激发，轰鸣声此起彼伏，硝烟弥漫，火光四射……

……在街上你很难遇到一两个路人。偶尔遇到的话也是这样的画面——士兵一边肩上挂着一把枪，而另一边肩上坐着一只猴子。不过，这场景战争之初比较常见些，因为当时士兵们从猴子园中拖走"战利品"猴子。带猴的士兵使我想起了拉多·古吉阿什维里千变万化的画作[1]。

苏呼米人渐渐地将自己的家人送到其他城市和村庄的亲戚家，但没过多长时间——他们又重新回到自己的家园。国家不容易，亲戚们也不容易，生活变得更加艰难，面包和糖、盐和肉、肥皂和火柴越来越贵。是战争啊！难民们宁可喝没有糖的茶，但是毕竟是在苏呼米。尤其是那些生在苏呼米，所有亲戚都在苏呼米，以及祖坟——也都在苏呼米的人。他们能去哪里呢？既然他们的和平曾经在这里，那么他们的战争也在这里！

战争将一切安排在各自的位置。战争伤害了许多人的心，迫使许多人这样议论某些人：如果不是因为这场战争，我们永远不会知道他们是怎样的人。战争也让一些人遇到善良的人，这些新朋友丰富了他们的生活。灾难考验了人们。

富人们有能力使自己的家庭与战争隔离开来，保住妻儿，而且安顿得很好，安顿在其他国家、其他城市，甚至为他们买房子。他们自己时不时也去那里住很长一段时间。我听说在阿布哈兹方面也是如此。主要是穷人以及诚实劳动者家庭的灵魂滋养了战争。我清楚地看到了这种战争法则的稳步实施：战争毁灭的往往是光明磊落和规规矩矩的人，毁灭和折磨他们！是啊，还会怎样呢？！否则战争就不成其为战争！

1　原作者注：拉多·古吉阿什维里，1896—1980，为格鲁吉亚人民艺术家。

战争持续了一年多,超现代的战争,苏呼米的"冰雹"火箭炮和榴弹炮轰隆声不绝于耳,但是苏呼米人一直希望这些恐怖能很快结束。即使有人从飞机上轰炸他们,但他们仍然相信这次轰炸会是最后一次。他们相信,苏呼米"鸟都飞不进来"。人们向他们保证这一点。国家领导人是这么说的。国防部长是这么说的(他甚至给了阿布哈兹方面二十四小时考虑)。其他人也是这么说的……于是人们在自己黑乎乎、冰冰凉的房间里安然地睡着了,将就着,和衣而睡,在床上暖暖身子,做做美梦。在他们的梦中死亡沉默了。苏呼米人睡着了,而离他们家只有三四公里远(某些地方甚至更接近些)的古米斯塔和什罗马,以及卡玛尼和奥季什发生了激战,生死之战。现在,当我回想起这一切时,我惊讶于儿童、妇女和老人们究竟忍受了多少痛苦……

在苏呼米及其周围地区使用了那些在阿富汗也曾经使死亡人数激增的所有武器(我甚至不想一一列举)。还有军舰和军用船(这是在阿富汗没使用过的),敞篷车皮上载满榴弹炮和"冰雹"火箭炮的列车……还有一点——在阿布哈兹的阿富汗没有亚洲沙漠。在热带和亚热带植物的颜色中,充满了鸟儿的唧喳声,有着蔚蓝色大海的人口密集的城镇和村庄严重妨碍作战行动的部署,虽然有一点——它们用完全不同的整套方法激发死亡的创造力,令毁灭、焚烧、杀戮、抢劫计划更加残酷。

那些很清楚苏呼米沦陷后会发生什么事的人逃离了,离开了这座未疏散的城市!

人们跟随着部队离开。首先离开的是部队,接着是——普通人!老人、孩子和妇女们,那些在这场可怕的战争中(而一些政客和非政客将阿布哈兹战争视为冒失冲动的傻瓜的斗殴)失去了那么多亲人的人看在上帝的分上留了下来。现在留下来的人命运完全取决于敌方——敌方将如何处置他们:惩罚还是怜悯,杀死还是致残……或是像人一样,像男人一样对待他们,像在正常的战争过程中应该的那样,按照它成文和不成文的法则对待他们,按照这些法则,对手不仅不会毁坏死亡士兵的遗体,而且甚至在胜利后致敬那些在战场上倒下的对手,而对手无寸铁的居民就更无需多说了……

现在,对于留下的人而言胜利者已经成为他们唯一的捍卫者、主人、统治者和权威……现在——作为格鲁吉亚人——对留在苏呼米和古尔里普希的格鲁吉亚人来说是最大的不幸和惩罚。他们甚至诅咒上帝——为什么生为格鲁吉亚人!生存的希望,留下的人如果还存有希望的话,已经只与胜利者联系在一起,从这些胜利者那里什么也问不到。

* * *

1993年10月2日半夜。隘口。阿尔卑斯山高山地带。我们与德热马尔·达尔兹梅里亚停在路边的一块大石头旁。提提神。一位老妇人半躺在石头上,她呻吟着,呻吟声微弱到几乎听不见——帮帮忙吧,救救我吧!但我们没办法帮助她。我们没办法救她。老太太既不需要面包,也不需要水,她需要和平与安宁,她想和儿孙一起生活。我们没法带她走。路上,轰隆隆地出现了一辆"乌拉尔"车——一辆军用卡车。三排轮子的"乌拉尔"军车轻松地上了坡。驾驶室里挤满了年轻的士兵。"停一下,小伙子们!"我们喊道。他们没有停下来。愕然的他们,只顾向前看。他们的面孔都一样。你一张面孔也记不住。他们也非常清楚这一点,"乌拉尔"军车渐渐远去。直到这时我们才发现,"乌拉尔"后车身里空无一人。"乌拉尔"呼啸着来了个急转弯。我们仔细一看才看到——一辆外国车,如果我没弄错的话——是辆"梅赛德斯"——像一只疲惫的稀有毛皮动物一样藏在"乌拉尔"的后备箱。看样子,它被牢牢地固定在车身上,否则爬陡坡时它会从后箱飞出来的。"乌拉尔"向前行驶,在路边的那块大石头上老妇人却正走向死亡,而疲惫不堪的我们,看着这一场景,仿佛所有这一切不是发生在我们身上,而是在另一个国度,或者根本就是在某部不知名的电影中。在萨克纳这种"乌拉尔"军车运一趟司机们开价一百万俄罗斯卢布……而他们的顾客比比皆是。

要知道"乌拉尔"军车可以运送三四十人,可以挽救三四十条生命,但没看到一个能使"乌拉尔"军车中途停下来的人。也没有人去使用武器,因为四挺机枪会立即对无知者作出回应。没看到一个能拦住"乌拉尔"军车,将"梅赛德斯"扔在路边,并将孩子和老人送到车上的人。隘口……"乌拉尔"和"梅赛德斯",垂死的人们……这幅画面在我看来——是失败的象征。

战争就是战争,战后的和平——也是一种不一样的战争。我们中的一些人声称,我们输掉了与俄罗斯的战争,另一些人则证明,我们输掉了与阿布哈兹人、哥萨克人、北高加索人的战争……还有一些人又完全是另一种说法……我们还是让他们所有人都安宁吧,我们来谈谈那场格鲁吉亚输给了自己的战争,那场格鲁吉亚被格鲁吉亚战胜的战争吧!我不是一个政客,所以也不懂军事,我也不想责怪任何人,但有一点对我而言很清楚——格鲁吉亚当时应该以某种方式停止这场战争,并且不要扩大它,或者更准确地说——不要开始!不要屈服于激进势力的意志!格鲁吉亚不知道如何做!正因为如此,由于自己的短视,格鲁吉亚政策遭到失败,而这场失败的代价就是那么多的鲜血。

过一段时间专家们会分析引发这场战争的原因及其后果。而我讲的是另一回事——在这种情况下,我们在战前就已经被击败了!阿布哈兹战争成为了格鲁吉亚在最初的主要战争中令人信服的失败的证据。仅此而已。格鲁吉亚就像任何其他国家一样,自成立那一刻起就已注定自己原始和永恒的战争。这是与自己的战争。这是精神对抗无灵魂,善良对抗邪恶,忠诚对抗背叛,智慧对抗愚蠢,爱对抗恨的战争……而且，正如任何人任何时候都无法逃避自己一样，格鲁吉亚永远无法逃避这场战争。它是她永恒的伴侣。当格鲁吉亚在原始战争中获胜时，她是统一的、强大的、幸福的国家，并且赢得了其他战争，经常不战而胜，而这样的格鲁吉亚甚至敌人都喜欢。但当她输掉了自己主要的战争时——她陷入灾难之中，于是很快也输掉了其他战争。格鲁吉亚如果在自己的原始战争中被击败，她就不可能赢得任何一场其他战争，她将永远被击败！

我再次强调——我在此讲的不是我们与其他人战斗时遭到失败的战争，我讲的是格鲁吉亚自己输给自己的战争！

地球上不应该有的战争快结束时，一部分格鲁吉亚居民被杀死。正如通常发生的那样，主要是那些诚实善良的人牺牲了（我上面已经说过，战争中牺牲的大多数人——都是有着纯净灵魂的无辜者）。这是战争法则，它的习性，它的宗教。上帝以带走他所选之人这种方式惩罚我们。

我们在阿布哈兹战争之前就已经被击败了！

当我们开始将仇恨升级，当我们恶毒地相互伤害，而不是说"兄弟们，让我们彼此相爱吧！"的时候，我们就已经被击败了。我们把朋友变成了敌人，把对手变成了死敌，在自己家里搜寻间谍和人民之敌，抬高那些不值得尊敬的人，以敌意对待任何有别于我们的思想。一开始我们成为彼此的口头杀手，口头上的，因为我们忘记了圣经的训诫："凡仇恨兄弟者皆为凶手。"我们忘记了鲁斯塔维里[1]的话："可以用甜言蜜语将蛇从洞穴中引出来。"甚至鲁斯塔维里的研究者们，其中包括站在政

1　译者注：绍·鲁斯塔维里——格鲁吉亚诗人。约生于十二世纪六十年代末或七十年代初。其著名史诗《虎皮武士》（又名《豹皮武士》）约写于十二世纪八十年代至十三世纪最初十年之间，代表格鲁吉亚古典文学的最高成就，也是世界著名史诗之一。

治金字塔顶端的鲁斯塔维里的研究者们,都忘记了这一点。

世上没有比仇敌更不幸的人。今日的仇敌——便是明日战争的创造者,他们是战争的招揽者。

邪恶的言语背后随之而来的是邪恶的子弹,"卡拉什尼科夫"先生们支持尊敬的"马卡洛夫"先生[1]。一切都像一场恐怖剧一样发展。格鲁吉亚破裂了。不幸始于格鲁吉亚的心脏。我们是被自己手臂无知摆动的惯性所击倒。武器落入非人道者的手中。武器开始在全国各地蔓延。

当第一任总统没有说出"但愿不要因为我而流一滴血,格鲁吉亚人,让我们彼此相爱!"大致这样的话,让内战硝烟刚刚出现就熄火时,我们就已经输了。法国人戴高乐的例子没有在格鲁吉亚重复。仇恨压倒了一切!

如果确确实实某个地方有这么一个可怕的剧本,我们非常准确和卖力地扮演了自己的角色,却又天真地惊呼:我们不想这样做,我们是被迫的!

无神战胜了我们!

我们就像神话中的双头鸟,将格鲁吉亚的躯体毁灭。像那种双头彼此憎恨,开始彼此恶意地吞噬石头的鸟。是的,的确,这种鸟有两个头,但是身体却只有一个,胃也只有一个……这种鸟无法消化敌对的脑袋吞下的石头,所以丢了性命。

我们不是在为领土而战的战争中被击败,我们在精神的、道德的战争中,首先——是在与自己的战争中打了败仗!

当我们批评和责骂俄罗斯,责骂所有人和一切时,我们的领导人用绝对正确、毋庸置疑的话语赚到绝对正确、毋庸置疑的支持时,我们就

1　译者注:指卡拉什尼科夫机关枪和马卡洛夫手枪。

已经遭到了失败。批评——归批评，但是那种智慧，那种应该安全地掌控像遇上风暴、处在隐藏在海浪泡沫下珊瑚礁上船只的格鲁吉亚的智慧在哪儿？究竟在哪儿呢？那位哪怕提前十到十五步大致知道政治棋局棋盘上所形成的局势的大师在哪儿呢？这棋盘上将死去的是人，而非木头雕刻的棋子啊……

有时，由于失去现实感，我们会向某个地方扔手榴弹，甚至不考虑它会在哪里爆炸……

格鲁吉亚的毁灭始于其灵魂的毁灭……

如果我们自己不深入了解我们耻辱的本质，自己不洗掉污垢和邪灵，如果我们彼此之间以及跟别人不能消除仇恨，坦诚交谈，那么一切都无济于事。我们必须既相互支持，又支持陷入不幸之圈的国家，我们自己应该站稳脚跟，否则，寄希望于谁，我们永远挺不直腰板！

当我们用苦涩但必要的大实话相互打交道时，我们的言语中听不到我们的痛苦，就像心跳一样自然："我对你说这些，因为我爱你，我希望所有的人都爱你！希望你更好！"这时，不管怎么说，也许我们都是可恶的。

今天，我们中的一些人安慰自己——在任何陷入这种状况的国家也许更糟。即使如此，那又怎样呢？这对我们有何帮助？为什么我们要自欺呢？我们还是让其他人安宁吧，让我们首先问问自己吧。

我们为自己的罪孽忏悔——大大小小的罪孽。我们必须从精神净化开始，这之后才能去问别人。那样才叫既真诚又有男子气概。与不知悔改的灵魂无法一起生活。

虽然……虽然，谁知道，是否值得现在来谈论这一切，毕竟只有经过多年的岁月后才能最终知道真相。

……战争期间我在苏呼米没见到过您，艾杰利女士，当时您在第比利斯病倒了。有时，在偶尔传到苏呼米的报纸上我读到您的诗。原来您当时正在准备一本新诗集。九月,您来到苏呼米,抵达后,战争又重新开始了。九月底,您丈夫被射击身亡,而十月份您也遭到杀害。据说,他们知道您是谁——知道您是女诗人艾杰利·萨姆哈拉泽-德日卡马泽。他们把您从房子里带走,然后……

"当时事情就是这样,古拉姆。"我沉浸在自己的思绪中,我听到您的声音,完全跟往常一样的声音——既悲伤又快乐。是的,完全跟往常一样的声音:"人家这么跟我们说,别走了,已经不危险了,俄罗斯军队马上就会进入这里,会站在中间的位置,战争一定会停止。我们的人这么说,军人们也这么说,可他们自己却逃走了。我就这样留了下来。二十八号,一位胡图族人在院子里被打死。那一夜我躲在山沟里。接着转移到巴拉米亚家。他们收留了我。接着巴拉米亚家也遭到枪击——丈夫和妻子都遭到枪击,不知他们何罪之有。我也被枪击……但我没搞明白,不知是心脏先破裂,然后才中弹,还是相反……不过,现在这有什么意义呢……"

——那你们呢?日瓦尼亚家的金发姑娘们,谁向你们动的手?杀害你们,这是多么惨无人道啊!是谁竟敢?你们,小公主们,逃离苏呼米战争的难民,躺在古尔里普希,躺在上普沙比的土地上,与父母和祖母一起,躺着吧,被所有人背叛和遗弃的小姐妹们。全世界在你们面前都有罪!你们的身体受尽折磨,体无完肤,你们的灵魂就像两只无辜的鸽子飞翔在无边无际的天空,这是我们姗姗来迟的悔恨的天空……

……你也被杀害了吗,杰吉斯·瓦达卡利亚,我看着长大,早生华发的画家?小时候有一次差你去金合欢树林里采紫罗兰,你哭着从那儿回来。你说:"我怎么能把它们摘下来呢?它们那么动人地隐藏在草丛中。"当时你无法完成女教师布置的任务。

——整个战争期间我们都在一起,我和我的邻居阿布哈慈人沃瓦,他是我的同龄人(也是三十五岁)。我尽我所能保护他。拿面包给他,也保护他免受士兵的抢掠。当我们准备离开苏呼米时，沃瓦对我说："你留下来吧，你怎么帮我的，我也会那样为你遮挡。"我留了下来……最先过来的士兵们只与军队作战，他们不碰老百姓，也不抢劫任何人。但在他们之后来了一批不同的人，一群杀人凶手。他们要把我从房子里带走。沃瓦见此跑过来对他们说："我是阿布哈兹人，这是我的邻居，他是好人，放了他吧。"可他们说："我们就是在找好人，坏人连格鲁吉亚人也不需要。"沃瓦恳求他们，跟他们争辩，但无济于事。"那你们先朝我开枪吧。"沃瓦说。"现在就开。"他们回答并开了枪。接着也杀了我……沃瓦被埋在他的院子里，我被埋在我的院子里，在苹果树下……

　　阿布哈兹青年沃瓦，光荣属于你的勇气！在阿布哈兹发生了那一切之后，在相互迫害、血腥报复之后，在野蛮杀戮之后，你为朋友的自我牺牲给我注满了一种截然不同的希望之光，那是从岁月的黑暗中照亮着我们，自古以来就活在我们每个人灵魂中的光芒。格鲁吉亚人和阿布哈兹人之间从未发生过类似的战争，我们从未如此无情地摧毁过彼此！关于这场战争将会有很多说法，将来某个时候它会被权衡评价，但是今天我相信自己——人民不应该受到指责，战争在其他领域中塑造而成。虽然这种痛苦的火焰不是在战争发动者的灵魂中肆虐，而只是在人民的灵魂中肆虐。任何一颗战争的子弹都会撕裂一颗无辜的心！战争就是这样！我不知道那些自己的孩子被击中身亡的人、亲戚朋友被折磨的人是否理解我，但他们终究会说出我坚信的东西——一段时间过后，我们会再次一起分享喜悦和悲伤，就像数百年来所发生的那样，因为人与人之间的关系本应如此。各民族的智慧和相互的爱将恢复被战争摧毁的道路，因为战争也给我们展示了一个又一个相互支持的例子。杀人犯和刽子手的结局却会截然相反——无论是上帝还是人类都不会饶恕他们的罪行！他们注定要失败！无论他们是谁！无论他们属于哪个民族！

　　我们走出战争时变成了完全不同的人。我们在战争的镜子中再一次看到自己,再一次确信,战争——可怕至极。不应该发动战争,战争应该在其开始之前就结束!

　　如今最重要的是,国家不能在它主要的战争中、永恒的战争中被击败,愿每一天,每一分,每一秒,它都取得胜利,愿我们每个人独立地抑或我们共同去战胜邪恶。也许,就像佐德涅·达吉安尼[1]战胜邪恶一样,佐德涅是智慧和良心的使徒。得知朋友的不幸后,他未发出声响(按现在的做法就是没有举行集会),未拿起军刀(当然,他孤身一人,未必能击败众多的敌人)。满怀对兄弟和祖国之爱的他与自己的兄弟和祖国分担了苦难——他与他们一起走向痛苦!这样的佐德涅连敌人都十分敬佩,他们相信他的勇气,他的忠诚和自我牺牲,这一切都让敌人对他十分尊敬——他们释放了佐德涅和他的朋友。所以当时格鲁吉亚也赢了。佐德涅制服了征服者,没流血,没动武——凭着智慧和爱……

　　"爱"是多么伟大的词啊——它纯洁而明亮,仿如沿着孩子的脸颊滚下来的一滴泪珠。

* * *

　　让我们继续被打断的关于最初发生的故事——关于穿越兹赫尼兹卡里河时发生的故事。

　　我们的"伊卡鲁斯"客车在离桥一公里处熄火了。我们下了车,拿上自己的东西——包裹、箱子、手提包……我所有的财产(已经变成了微型迷你财产)都装在一个由塑料袋和晾衣绳绑紧的背包里,或者,更确切地讲,装在一个超级背包里,只占两拃那么点大的空间。"有什么办法呢,兄弟,遇上这种年代,有什么办法呢?"我对自己说。往苏呼米

1　原作者注:佐德涅·达吉安尼是十八世纪上半叶格鲁吉亚的民族道德英雄。

运送美国面粉就是用这种袋子。我的袋子上用一些很大的绿色英文字母写了不少东西。我只看得懂广告文字末尾几个字：LEAWOOD,KANSAS, U. S. A, 即美国, 堪萨斯州, 利伍德市。那上边还画了一只绿色孔雀, 坐在绿色草地上方绿色大树的粗树枝上, 它的翅膀, 还有, 最主要的是, 它的尾巴叠在一起, 悬空挂着, 所以, 乍一看它还不怎么像孔雀。虽然它是一只真孔雀, 是我异乡的朋友——我们一起过了关卡, 现在又在一起了。现在我看起来像参加某项不知名的运动(十到十五轮摔跤运动)团队成员, 一支叫做"绿孔雀"团队的成员……

简言之, 我从"伊卡鲁斯"客车上下来, 试图很绅士地鞠躬, 与我们的大公爵夫人——"叶卡捷琳娜·恰夫恰瓦泽-达吉安妮"告别, 我不想让她觉得委屈, 但是, 你们想想看, 她竟然连看都没看我一眼, 看来, 不把我当人看……好吧, 这你有什么法子呢, 兄弟, 有什么法子?

周围枪击仍在继续, 但必须说, 他们射击得不知为何那么尴尬, 像是在偷懒, 像是在完成无聊的义务似的。大多数难民都站在路边房屋的栅栏旁, 有些人坐在草地上。大多数房屋很冷清。我看到的主要是老人们。很快, 来自苏呼米的另一群难民加入到我们的队伍中。我们已经有一百五到二百号人了。

一点整, 射击停止了。

"太棒了, 伙计们, 及时停下来了, 正好吃午饭。"有人开玩笑说。

有人示意我们上路, 于是我们往桥的方向出发。

"你们怕我们, 但不怕他们?"一位胡子拉碴的男人向我们走近。他穿着一件水手衫和一件卡其色的背心, 裸露的双手被太阳烤伤。

"这是艾里阿瓦, 艾里阿瓦……头儿。"传来女人的低语声。

但谁还顾得上艾里阿瓦呢——我们匆匆朝桥边走去。再说, 我们早就不害怕任何人了, 不管是这些人, 还是那些人, 不管是上司, 还是他们的部下, 以及我们自己……

"什么,你们怕我们,但不怕他们?"艾里阿瓦的嘲讽声已经从远处传了过来。

左边的一片大梧桐树旁停着一辆步兵战车,车上一面山茱萸色旗帜在飘扬。

沥青路不少地方被炸弹炸出了裂缝。

我们走近大桥。秋日的阳光格外烤人。所有人都沉默不语,只听到难民们匆忙的脚步声和沉重的呼吸声。我们已经到桥上了。在桥的最前端堆放着又大又沉的混凝土板,这样道路被堵住了,只能走人行道,沿栏杆而行,这么说吧,沿着一条窄窄的小路而行。

我们行进着。浑浊的兹赫尼兹卡里河在下面缓缓流淌。

"你们只能沿人行道走,据说这座桥被埋了地雷。"有人喊道。

我行进着,回头看了看。阿巴什岸边空无一人。显然,军人们都在掩护所里。

这时空气中不知从何处突然传来唧唧喳喳的声音,从萨姆特雷迪亚的方向出现了一架老式直升机,黑乎乎的,被烟熏黑的。几秒钟后……它已经在我们头顶上了。我对惊讶已经麻木了,因此对直升机的出现完全没有什么反应。实际上,我觉得,直升机出现在兹赫尼兹卡里河大桥上空稍晚了点。由于直升机被烟熏过,格鲁吉亚语叫它"姆里安",我当即就给它取了个名字"穆罗梅茨"[1]。是的,如果可以把迫击炮叫做"金合欢树""矢车菊",手榴弹——叫做"柠檬",那为什么不可以把直升机叫做"穆罗梅茨"呢?合乎逻辑吗?我想,是的!我平静地走着,而且我坚信我塑料袋上的绿孔雀也很平静。

我们已经走到桥中间,突然间"穆罗梅茨"的机枪开始扫射。"穆罗梅茨"一开始扫射,人们立刻惊慌失措起来,女人们大声喊叫,但立刻就

1　译者注:伊利亚·穆罗梅茨是古俄罗斯壮士史诗的重要主人公之一,是普通民众心目中理想英雄的化身。

安静了下来。她们很清楚，靠叫喊声和眼泪水达不到任何目的，上帝希望怎样，一切就会怎样。正是这种想法最能安抚我们。

我们沿着狭窄的人行道相互紧跟着默默地快步结队而行。我目测到对岸所剩下的距离，桥的末端已清晰可见，远处步兵战车的轮廓也隐约可见，这一辆车上也插着山茱萸色的旗帜。看到步兵战车我吃了一惊，突然一想——莫非，我们混淆了方向了，我们要往回走吗？就在几分钟前我们见到的步兵战车不是和这个一模一样吗？但是——不，这已经是萨姆特雷迪亚方面了，所以这辆步兵战车是政府的。

兹赫尼兹卡里河两岸像彼此映射的两面镜子：一边岸上不是有插着山茱萸色旗的步兵战车吗？另一边岸上也有插着山茱萸色旗的步兵战车！一边岸上不是停着一辆标有"格鲁吉亚"字样的坦克吗？而在另一边岸上也停着一辆标有"格鲁吉亚"字样的坦克！一边岸上不是有武装的格鲁吉亚小伙子吗？另一边岸上也有武装的格鲁吉亚小伙子！一边岸上的人不是正在灭亡吗？另一边岸上的人也在劫难逃！一边岸上的人不是遭受着失败吗？另一边岸上的人也遭受着失败！

而在中间呢，是我们——苏呼米人！是的，我们正是整个这一构图的装饰，我们，就像受迫害的犹太人，现在正在前进，尽管现在我们已经搞不清，哪里是"前进"，哪里是——"后退"。我们行进着，也出现在河的倒影里，我们的影子在兹赫尼兹卡里河的表面清晰可见。我们不是在桥上吗？但桥下也有我们！我们不是和我的孔雀一起沿桥而行吗？但在桥下我们也与孔雀并肩而行！在这儿，我不是用领袖的手势抬起了手臂吗？那儿，也像领导一样抬起了手臂！这儿我们不是有很多很多人吗？那儿我们也有很多很多人！在这儿我们不是在固执地踏步吗？在那儿我们也坚定而固执地踏步！

简而言之，我讲的是，"穆罗梅茨"的机枪一开始扫射，从阿巴沙一侧瞬间就传来一串机枪声,而我就快走到桥的尽头了。前面的人已经下了桥。后面的人才刚刚上桥。

没错,我很累了,但是想象还是向我描绘出一幅格鲁吉亚巨大的彩色地图。地图上流动着兹赫尼兹卡里河,兹赫尼兹卡里河上——能看到一座桥。而桥上——有我们。兹赫尼兹卡里河左岸画出了插着旗帜的步兵战车,右岸——也是插着旗帜的步兵战车。桥梁上空机身上插着同样颜色旗帜的"穆罗梅茨"直升机不停地发出响声……突然,地图上绘制出来的兹赫尼兹卡里河面冒出一艘潜艇。钻出来,首先便举起了山茱萸色的旗帜。举起旗并开始扫射。不停地扫射,再扫射。刚开始它向对手(或对手们)发射了几枚导弹,然后响起它轰隆隆的炮弹声。反正,总而言之,想炸哪儿就炸哪儿,到处都是自己的——右边,左边,天上(在"穆罗梅茨"直升机里),中间——在桥上……即便你想失误,也不会失误的。当然,除非你根本就是个大笨蛋。但是谁会让大笨蛋坐到潜艇里去呢?

我凝视着河面——万一潜水艇真的突然出现呢?!

这时,"穆罗梅茨"直升机终于看到我们了,看到我们,并懒洋洋地在空中转了个弯,用它熏得黑乎乎的机尾对着我们,然后往回飞走了。

看来,这一天我们妨碍了"穆罗梅茨"直升机完成战斗任务,它只来得及完成了几次射击。

从阿巴沙方向传来一声叫喊声。有人在催我们。但是,由于快速行走而气喘吁吁的我们还能快到哪儿去啊!我们已经浑身直冒热气了!

我走近桥的尽头。这里也是一大堆很沉的混凝土板。很大个的,大蛋糕大小的深绿色(倒不如说沼泽色)地雷在阳光下闪耀,就像刚从装配线上出来的一样。地雷之间的距离没超过巴掌那么大。

"安静点走,免得噪音引起爆炸。"能听到一个女人惊恐的声音。

"别怕,这都是反坦克地雷,即使你们踩到它们,也不会爆炸的!"一个同样惊恐的声音回应道。

难民们屏住呼吸,小心翼翼地行走,就像行走在空气中绷紧的绳子上。

在我前面,一个胖子汗流浃背地迈着步。他手里提着一只方形手提箱,一只"外交官"手提箱(可能,叫它"文件夹"更合适,在外国录像片中就这么叫的)。这是努格扎尔·果基亚——一位苏呼米商人,我现在才认出他。突然,他跌跌撞撞,向前摇晃,差点就摔倒在地雷上。所有的人都打了个寒颤。努格扎尔好不容易站住了。我们也停住了脚步——由于猛地一推,他的文件夹被打开了,从那里掉出来一些东西。所有这一切就发生在地雷旁。努格扎尔苍白的脸上出现了一丝痛苦的微笑,悲伤的微笑。他弯下腰,开始收起从文件夹中掉出来的东西。公文包被甩开的那一刹那,我在想,现在从那儿会撒出一捆捆美金来,然而根本不是这样——撒落在沥青路上的是电动剃须刀、手表、梳子和一些文件。

"要帮您吗?"我问道。

努格扎尔抬起微笑的脸。他脸上倒是微笑着,但灵魂吓得差点飞了出去,而现在"穆罗梅茨"直升机正在高空某处徘徊。

"不,"过了一会儿(就是说,灵魂已经回到他身上了),他回答说,"你想象一下,差点爆炸了啊!"

接着他合上"文件夹",并以比之前快得多的步伐继续上路。

地雷被留在了身后。

好吧,我们终于过了桥。藏在高高的混凝土板后的士兵们对我们微笑。

"他们在说我们什么呢?在狠狠地骂吧?"一个胡子拉碴、约摸四十岁的大个子男人问。

"在某些地方,在某些时候。"我仿佛在重复某人说的话,这让我觉得可笑。

他也笑了。

我们俩都笑了,但为什么笑,不论是我,还是他,都不知道。

我们笑了——就这样。现在已经是一切都很可笑了!

有人用摄像机拍摄我们。哎呀,那个摄影师运气真好——我们还真像某部恐怖片群众场景的参加者!……只是万一突然导演不满意拍下的镜头,他不会再让我们从头重复一遍吧?

所以,我们必须快点走……

我们一直走。进入了萨姆特雷迪亚。大约一小时后,我们已经到了火车站。我们把行李、什物扔在站台上。我从背后取下我的美国麻袋。我那只像我一样遭受迫害的绿色孔雀仍然平静地坐在它自己那同样受迫害的树枝上,它不打算飞走,不会留下我一个人的!它可不是白白地从美国飞来的,对吧?广告文字结尾最后一行我不懂的文字 LEAWOOD,KAN‑SAS,USA 也还在那儿……三点时,从兹赫尼兹卡里河桥传来射击声……休战结束了!

离第比利斯火车到达的时间还剩五个多小时。

我累极了。经过数公里的步行通关后,全身关节酸痛。我倚靠着某人的行李箱,坐在自己的超级背包上,打着盹儿。

过了一会儿,我同伴马尔哈兹和巴羌纳递给我一个在车站售货亭里买来的巴掌大小的格鲁吉亚哈恰普里馅饼,让我走出了昏昏欲睡的状态。

馅饼有一股纸板的味道。

这时候一条狗向我靠近。悄悄地、小心翼翼地靠近。这是一条德国牧羊犬。它眼睛很灵光。它看着我。保持一副独立、尊严的样子(诶,"尊严"这个词我连想都不愿想起来!)。我看,它是想吃,但并没有公然乞讨，它看着我，像是顺便看我一眼。我把馅饼掰成两半，扔了一半给狗吃。它闻了闻，然后直视着我的眼睛，开始吃起来。它很饿，但吃得很从容，有王侯之范。

"是啊，所以你是贵族。"我对狗说，并把另一半馅饼也给了它（这次我没有扔过去，而是放到沥青地上）。

狗安静地继续吃，仿佛在伦敦的餐厅里享用午餐！

很明显，这是一条家狗，但究竟为什么它现在会在大街上呢？或许，它没有主人，或许有，但主人无法照顾它所以把它赶出了家门？又或许，它的主人死了？或许……或许它根本就是来自我的城市，是苏呼米的狗？……谁知道呢?！在通关过程中我看到过几条狗，和我们一起从市里离开的狗……不，它压根儿就不像流浪狗……

狗不紧不慢地吃了点，我也吃了点。它饱了一点，我也饱了一点。牧羊犬坐在那儿，看着我，仿佛是同路人看着同路人，像平等的人看着平等的人，眼神与我交流，仿佛在讲述自己的冒险经历。

它叙述中的某些东西我理解，某些东西——不理解："他看着，看着我……但终究无法理解——我是谁，我在这里失去了什么，我是有主人的，还是无主人的……"然后它起身走开了。漂亮地走开了。

不，它怎么也不像流浪狗！

它沿着铁路线离开了，远离了来自兹赫尼兹卡里的射击。

一路顺利，兄弟，再见！

和你一样，几个小时后我会沿着同一条路向第比利斯方向出发，虽然……我悄悄地跟你说——我不确定，第比利斯是否有人迎接我——第比利斯是否迎接我?！

1994 年 4 月 7—29 日